中华古典文学选本丛书

楚辞选

李山 译注

中华书局

图书在版编目（CIP）数据

楚辞选/李山译注. —北京：中华书局，2023.2
（中华古典文学选本丛书）
ISBN 978-7-101-15923-3

Ⅰ.楚… Ⅱ.李… Ⅲ.楚辞-选集 Ⅳ.I222.3

中国版本图书馆 CIP 数据核字（2022）第 185246 号

书　　　名	楚辞选
译　　　注	李　山
丛 书 名	中华古典文学选本丛书
责任编辑	聂丽娟
责任印制	陈丽娜
出版发行	中华书局
	（北京市丰台区太平桥西里 38 号　100073）
	http://www.zhbc.com.cn
	E-mail：zhbc@zhbc.com.cn
印　　　刷	大厂回族自治县彩虹印刷有限公司
版　　　次	2023 年 2 月第 1 版
	2023 年 2 月第 1 次印刷
规　　　格	开本/880×1230 毫米　1/32
	印张 10⅞　插页 2　字数 170 千字
印　　　数	1-5000 册
国际书号	ISBN 978-7-101-15923-3
定　　　价	38.00 元

前　言

　　以《离骚》《九歌》《天问》和《九章》为代表的"楚辞"诗篇，是继《诗经》三百篇之后的又一诗歌文学的高峰。

　　楚辞文学的开山人是战国时楚国的屈原。他是楚国的同姓，即芈姓贵族出身。屈氏早在春秋时期就很显赫，到屈原时，屈氏已经是楚国王室贵族的远支了，所以在《九章·惜诵》中，诗人自称"贫贱"。学者推测，屈原的生卒年大约为公元前 340 年至公元前 278 年。他在楚怀王早期很受重用，《史记·屈原列传》说他"入则与王图议国事……出则接遇宾客，应对诸侯"。不久，怀王听信谗言，"怒而疏"屈原。从此他在政治上失意，开始了诗歌的创作。其间，据《史记》记载，还曾受命出使齐国，另外还有劝怀王杀张仪以及劝阻怀王入秦等事。怀王死于秦后，楚顷襄王（？—公元前 263 年）继位，屈原的处境更加险恶。《史记》说顷襄王"怒而迁之"。对此，有学者说，就是流放江南。屈原离世的时间之所以定在公元前 278 年，是因为有学者相信，这一年秦将白起攻破楚国郢都，屈原极度苦闷、绝望，作《哀郢》《怀沙》而自杀。这一年是顷襄王二十一年。如此，屈原大约活了六十多岁。

　　屈原的时代，正是楚国由盛转衰的年代。楚威王时楚国势力鼎盛，其子怀王继位后，楚国迅速中衰。原因是怀王的内政外交都出了问题，内部小人势长，与列国的关系，听信纵横家张仪的蛊惑，从"合纵"改为"连横"，即从走联合东方各国抗秦的路线，变为与秦合作对付东方各国。此后，反复受秦欺骗，最后怀王被困死在秦国。

　　屈原亲历了这样的改变，痛惜而又痛苦。他是坚定的"合纵"路线者，更是一个时局的清醒者，还怀抱着改善楚国内政的理想，就难免要陷入政治的困顿中了。《离骚》的创作，应该在楚怀王改变国策之后。征诸《离骚》《九章》，政治失意后，他到过汉北，到过溆浦（即今湖南省西部，有沅水流过）等地，最后"怀石遂自沉汨罗以死"[1]。政治上的不幸与失意，换来的是文学上的成功，在古代通常如此，从《诗经》时代就开始了。《诗·大雅》《小雅》中不少抨击现实黑暗的诗篇，都是这样出现的，屈原的诗篇也如此。屈原的伟大，在于他的《离骚》等诗篇，在内涵和艺术上都超越了《诗经》同类的诗篇，散发出异

1　说到屈原，学术界还流行一种说法：屈原这个人不存在。此即所谓"屈原否定"说。持此说的学者有本国学者，也有日本学者，最近还传入了美国学者的说法。其实，真正证明屈原不存在，一得证伪《史记》关于屈原的记载。这一点，没见谁能真正办到了，只是各种七七八八的怀疑而已。还有，得证明《离骚》等不是战国文学。这一点，也没有办到。相反，出土的文献也表明这些诗篇的战国属性。如上博简中的《李赋》，有些文句与《橘颂》颇似。否定屈原不是目的，否定屈原是要说《离骚》等为后来人的作品。可是，《离骚》《九章》（可能个别篇章有伪托）等，其文风统一，必定出于同一时代。换言之，否定屈原的人说《离骚》等是后来秦汉人作的，可是秦汉的时代找不到与《离骚》等相近似的篇章。在这样的情况下，屈原为《离骚》等篇章的作者还是可信的。

样的光彩。

《文心雕龙·辨骚》说《楚辞》"体宪于三代,而风杂于战国",又说屈原"取镕经意,亦自铸伟辞"。是说屈原既继承了前代文学文化遗产,又创造了新的文学。楚辞文学忽然在楚国兴起,与北方繁盛的诸子之学南北映衬,好像是一个奇迹,其实是南楚文明不断进取进步的结果。

考楚国历史,由来甚久。《左传》记载他们曾在中原地区生活过。《左传·昭公十二年》载楚平王之言:"昔我皇祖伯父昆吾,旧许是宅。今郑人贪赖其田,而不我与。"是说楚人曾生活在许地,而今为郑国土地。这可以得到出土文献的证明。近出清华简《楚居》篇言楚远祖、殷商时的季连曾居騩山,此山见于《山海经》,其地在今河南新密境内。《楚居》还说季连曾"见盘庚之子",都是楚人曾在中原生活的证据。西周封建,据《史记》,楚人因与周贵族关系较远,封以子男之地,周人承认楚邦的存在,却给了较低的待遇。但是,楚地虽然僻处南方,其远方有更广大的毗连之地可以开发。于是,楚国人筚路蓝缕,以启山林,艰辛地向远方开边拓宇。这也养成了楚人倔强的性格,《史记·楚世家》载王熊渠之语有"我蛮夷也,不与中国之号谥"云云,自称蛮夷,自我贬损的气话中,含着兀傲,也就是倔强。讲这些,与理解楚辞有关。楚辞中的《九歌》,带有明显的中原痕迹,与楚人族群生活经历有关;屈原坚守节操"九死其犹未悔"以及他的宁死也不离楚国,都是这倔强精神的表现。

进入春秋时代,楚国人更积极北进,试图称霸中原。与此同时,我们也看到楚国人对中原文化的熟悉。楚庄王邲之战后,面对战场上敌我双方将士的尸体,悲天悯人,引经据典,以《诗经·周颂》的篇章言"武有七德",是深研《诗经》篇章才有的见解。楚庄王还向申叔时请教如何培养太子,申叔时作答,说到《春秋》《世》《诗》《令》《语》《故志》等多种文献,显示楚国文献的众多。之后,楚国又有左史倚相,"能读《三坟》《五典》《八索》《九丘》"。再略晚一点,东周王子朝"奉周之典籍以奔楚",事见《左传·昭公二十六年》,大批周室所藏典籍被带往楚国。还有,楚昭王曾向观射父问典籍所载"绝地通天"之事,见《国语·楚语下》,显示的是楚国人对远古之事的通晓。"郭店简""上博简""清华简"是楚地出土的诸多文献中的几种,特别受关注,因为其中有《尚书》《诗经》的篇章或相关论述,还有后来的道家、儒家文献,以及一些类似《左传》《国语》写法的史料。表明战国时期的楚国,俨然为文献大邦。如此,《离骚》《天问》中有那样多的中原文献记载的古典知识,也就很好理解了。

然而,《诗经》十五国风不含楚风,原因不得而知,却不可据此判断楚国无诗篇的采集加工。上博简中有一名为"采风曲目"的新文献,所含篇目四十一,其中"硕人"还与《诗经·卫风·硕人》同名,其间究竟有什么关联,学界还没有共识,但楚地诗篇及相关音乐的丰富则可以确定。清华简中有一篇名为"周公之琴舞"的文献,含有许多诗篇,其中有一首,文句篇章与《诗经·周颂·敬之》相同。以"琴"伴舞,先秦时期中原地区未见记述,但在楚辞中,以弦乐伴奏舞蹈则明见于《九歌》。再考"琴舞"中《敬之》之外其他有韵文字,某些用语为春秋时流行于器铭上的语词。因而笔者怀疑,所谓的"周公之琴舞",是春秋楚人改编扩充《诗经》篇章的新制作。质言之,很可能是春秋楚人的"诗乐舞"。如此,从"周公之琴舞"可观察楚辞之前春秋楚地的文学,观察其与中原文学的特殊关系。还有就是上博简中的《桐颂》[1]、《兰赋》、《有皇将起》、《鹠鹈》和《凡物流形》几篇新文献,对认识楚辞很有帮助。《凡物流形》里多为问对,与《天问》存在一定程度的类似。《兰赋》歌颂幽兰的德操,文句有韵,多为散体句式,与楚辞《卜居》《渔父》类似。而《桐颂》的某些句子与《橘颂》相似,这对于破除此篇为汉人伪托的说法是非常有力的。赋予某些自然植物美好的品格并加以颂扬,应该是楚辞文学的创新。

自古学者多强调楚辞的楚地特色,如宋代黄伯思《东观余论·翼骚序》就说楚辞的特点是"书楚语,作楚声,纪楚地,名楚物"。"楚语""楚声"和"楚物",道出了楚辞文学的地域特征。大体而言这是没有问题的。但若因此认为楚辞与当时的中原文学全然无关,也会流于片面。楚辞的语言,突破了《诗经》的四言为主的格局,句式上"兮"的广泛使用[2],又更令楚辞的长句读来抑扬顿挫、情绪流荡。

1　这篇文字被整理者定名为"李颂",考诸篇中内容,与李树毫无关系,因而学者认为正确的篇名当为"桐颂"。
2　"兮"字《诗经》也不少,另外新出土的竹简文字中,"兮"字又往往写为"可",若由此推想,远古"兮"字读音与"阿""呵"相近,看来也不是全无道理。

学者归纳《离骚》《九歌》的句式,得出三种基本的主导性句式,即
"三 × 三""三 × 二"和"二 × 二"三种。"三"指三言,"二"指二
言,"×"代表夹在三言或二言之间的虚词,如"之""乎""而",有时也
用"兮"字[1]。如"帝高阳之苗裔",就是"三 × 二"句式,"吉日兮辰良",
是"二 × 二"句式,其他类推。这样的在三言或二言实词之间加虚词
"之""而"等形成的句式,古人称之为"虚腰句"。像《离骚》"长太息
以掩涕兮,哀民生之多艰",由两个"虚腰句"构成上下句的关系,而第
一句结尾加上一个"兮"字,是两句之间的停顿,令上下句之间的气脉
连得更紧。这就是楚辞句法体式的大要。学者考察,这样的"虚腰"
加"兮"字的句法现象,早在屈原之前北方已经出现。如《左传·哀公
十三年》所载:"佩玉繠兮,余无所系之。旨酒一盛兮,余与褐之父睨
之。"又如《晏子春秋》所载"穗歌":"穗兮不得获,秋风至兮殚零落。"
后一句已是典型楚辞句。此外像《孟子》所引"沧浪歌",更是典型的
楚歌体式[2]。这就是说,楚辞的屈原作品固然是"书楚语,作楚声",即含
有较多的楚地词语,字词的读音也有楚地声调特点,但在语言变化上
还是与北方有其同步的关联的。正如学者指出的,古代汉语到春秋战
国时,双音节语词大量增多,因而导致南北方的诗歌句法出现突破旧

---

[1]　葛晓音《先秦汉魏六朝诗歌体式研究》,北京大学出版社 2012 年版,第 104—
111 页。
[2]　《孟子》中的《沧浪歌》,也见于《楚辞·渔父》篇,但《孟子》中的《沧浪歌》并没
有证据显示来自楚地。参葛晓音《先秦汉魏六朝诗歌体式研究》第 96—99 页。

四言体式的共同趋势。

　　但楚辞毕竟诞生于楚地，必定带有强烈的南方特征。黄伯思说屈宋篇章“纪楚地，名楚物”，即表现南楚的自然和人文。不过，楚辞的南方特征远不止此。更重要的特点表现在艺术思维方式上。持楚辞与《诗经》相较，虽然《诗经》的时代要早许多，但在内涵上，《诗经》所含的神话巫术等要素要明显少于《离骚》《九歌》和《天问》。楚辞“名楚物”，其中较多的是香草树木。在《诗经》里这些也不少，但不论“蒹葭苍苍”的蒹葭，“杨柳依依”的杨柳，还是“喓喓草虫”的草虫，都只是诗人的触物生情，却很少写对这些植物的服食和佩戴，《诗经·郑风》言溱洧水畔青年男女“秉蕑”，互赠“芍药”句，也只是持花赠人。但在《离骚》，“江离与辟芷”是可以“扈”（披）的，“秋兰”是要“纫”（佩戴在衣襟上）的，“木兰”的“坠露”是可以“饮”，“秋菊”的“落英”是可以“餐”的。甚至“琼枝”可以“折”而为“羞”，也可以精磨为“粻”（粮）。让人想到《山海经》中关于服食某些动植物可以“已病”，可以“不迷”的记述，显示了某种原始思维下的行为。在《九歌》中，天地人神仍活在典礼中，神灵有人的情感，人与神也可直接交流。至于《天问》问天地鬼神，问历史兴亡，真实与想象掺和，新的与旧的并陈，奇幻而汗漫。这些，都表明楚辞篇章深染着楚地特有的文化风俗，其中巫风、神话的要素又十分浓郁。

　　但是，屈原的诗篇虽然四溢着神话巫风的幽光，也绝非“怪力乱神”。《离骚》《九章》等抒发的政治、人生情怀，表明诗人与当时北方兴旺的诸子理性思潮息息相通[1]。"不有屈原,岂见《离骚》?"(《文心雕龙·辨骚》)屈原盘盘大才,以其超凡的才情,将楚地古老宗教中的众多要素激活,点铁成金,将古老的宗教因素转化为诗性的材料,因而完成一种融合,融古为新,古老的风俗与新时代的理性思考相互交融,形成一个色彩斑斓的崭新的诗歌审美世界。这个新的"诗歌审美世界",其显著特点有如下数端:

其一,鸿篇巨制的横空出世。这以《离骚》最典型。《诗经》较长篇章的创制,在一些讲述历史创业往事的篇章中已经出现,如《大雅·生民》《公刘》《绵》《皇矣》等。到西周晚期,一些抨击昏暗现实的所谓"变雅"的诗篇,如《小雅·正月》,《大雅》的《抑》和《桑柔》,也都是较长的篇幅。但是,这些诗篇也只是篇幅较长而已,在创作的思路上,抒情的表达上,还是与那些短章一致,没有形成新的方式。屈原《离骚》在篇幅上明显要长于《诗经》上述诸篇很多,主要原因是其诗篇构架方式的出新。这主要表现在《离骚》的虚实结合上。诗人有现实的苦闷,在这一点上,屈原是延续了"变雅"那些诗篇的情绪的。如何表现苦闷以及在苦闷之下的坚持与追求,《离骚》表现这一切,手法多样。在开始部分叙说自己修身的努力,政治革新的追求,忠君爱国的形象分明。若仅此,还是停留在《诗经》的模式上,但是诗人别具

---

[1]　屈原的"美政"理想、改革精神,以及诗篇中对历史的反思、对以往圣贤的景慕等,都表明他与诸子思想的相通。这些前人多有论述,如汤炳正《屈赋新探》对此就有很好的论述。可参看。

手眼、自出机杼，创造性利用了神话的思维线索，上天入地，四方求索，诗篇在虚实两层的相互映衬中变得立体。有趣的是，《诗经》这些篇章也有"我"的驾车游行，例如《小雅·节南山》："驾彼四牡，四牡项领。我瞻四方，蹙蹙靡所骋。"焦虑、苦闷的诗中之"我"也想出游，然而一句"四牡项领"即马不给力，也就作罢了。其实是文学想象力还有待提升的表现。说《离骚》是鸿篇巨制，就在其创作思维的复杂，抒情样态的繁富。

其二，一个伟岸挺拔的自我形象。《离骚》等篇章另一永不衰竭的魅力是诗篇之"我"的伟岸性格。在古典文学的长河中，他像银河系里的一颗巨大恒星，永远散发着光和热。《离骚》塑造自我，内涵丰厚，形象突出。从"我"（离骚也称"朕"）特殊日子的出生所具的"内美"到持续不断的修身，都是因为自觉"我"所肩负使命的重大，其实也就是"我"主体性强烈的显示。《离骚》《九章》乃至《卜居》《渔父》中的这个"我"，为了坚持理想，不惜与整个世界对峙，真有《孟子》所说的"虽千万人吾往矣"的气概。支撑着"我"的是尧舜禹汤等圣贤人物，是美政的崇高理想。因此，这个"我"可以驾驶太阳神的龙凤车马遨游宇宙。这个太阳一样的"我"，其光热没有照亮楚国的现实，却照亮了文学的历史天空和大地。这是战国时期理性精神造就的人，是新文化造就的士大夫的主体性，这样的主体性，可以突破世界的压抑的局面，而顶天立地。"我"的强劲主体性，其对抗黑暗的抗压性，是后世许多诗人难以比拟的。

其三，是对比兴艺术手段的发展。早在东汉王逸的《楚辞章句》，就强调了屈原篇章的"依《诗》起兴"，那就是香草以比美人，恶草以况奸邪。其实，《离骚》《九歌》《九章》等所谓的"比兴"手法，早已超越了《诗经》的比兴，其香草美人的取兴，也不是《诗经》"蒹葭苍苍"的"触物以起情"，屈原作品中的"比兴"更多的是譬况，是象征。其最大的贡献是将原始宗教的许多因素纳入文学抒情的手法之内。欲上昆仑，三次求女，无疑与古代求长生不老的仙术有关；古老的湘江女神，在《九歌》中点化为"目渺渺兮愁予"的少女，因而湘水之神就还俗为人；请求灵氛、巫咸为之占卜的巫术，则是求取内心方向的隐喻。这些所含的诗歌手法，对中国后世诗歌文学的影响也是巨大的。

其四，是诗歌语言的新变。《诗经》以四言为主，楚辞则六言为多，更长一点的句子也不是很少。如上所言，"虚腰句"在北方早就出现，可是若论句式的粹美，《离骚》等篇当然是无与伦比的。楚辞文学的句式，不仅有《离骚》"皇览揆余初度兮，肇锡余以嘉名"的"虚腰"加"兮"字的句子，还有《九歌》"吉日兮辰良，穆将愉兮上皇"这样语序错落有致的"二×二"的虚腰五言、六言句，还有"操吴戈兮被犀甲，车错毂兮短兵接"（《九歌》）这样柔中带刚的句子。此外，四言句在《橘颂》这样的篇章里也有上佳的表现。总之，屈原诗篇的语言是丰富的，楚地的色彩鲜明，可以代表整个时代的语言新变。

屈原之后，楚辞的写作者还有宋玉、唐勒、景差等。最近出土的文献中有一篇残缺的辞赋作品，也有学者认为作者是唐勒。汉代写楚辞体(又叫"骚体")的作者不少,贾谊、淮南小山的作品最好。后代写作此体者也不乏其人。

　　"楚辞"这个名称,文献的出处最早见于汉代,如《汉书·王褒传》就记载:西汉宣帝时,征召能诵读楚辞的人,九江被公被召。刘向在皇家藏书处整理文献,将屈原和宋玉以及汉代的淮南小山、东方朔、王褒,还有刘向自己的楚辞体篇章,汇聚成书,共十六篇,名之为"楚辞"。"楚辞"的名称正式确定并沿用至今。刘向编《楚辞》,还开了先例[1],就是编入自己的作品,后来王夫之《楚辞通释》也这样做,将自己的楚辞体篇章附在最后。

　　还有一点,就是楚辞的注释者在选篇上有自由,可以凭自己的标准改变篇目。东汉王逸《楚辞章句》是按着刘向本注的,书末加自己的作品。朱熹一辈子的学术重心在治经学典籍,出于为他所同情的南宋大臣赵汝愚遭贬致死鸣不平,破格注解了楚辞,这就是《楚辞集注》。朱熹觉得王逸《章句》中屈原、宋玉之后的篇章有些是无病呻吟,剔除了,另选篇目,将贾谊《吊屈原赋》《鵩鸟赋》两篇和扬雄《反离骚》选入并加注解。到王夫之也这样做,他的《楚辞通释》对汉代的篇章去取更严,除了《惜誓》《招隐士》之外又剔除一些。还扩展篇章选入的时间下限,选入江淹的《山中楚辞》和《爱远山》,最后是

1　也有学者说这个先例是宋玉开的,因为王逸《楚辞章句》的篇目,屈原的《离骚》之后就是宋玉的《九辩》。

他自己的篇章。

　　本书选篇遵从朱熹、王夫之的做法，屈原的作品保留（有些实在可疑如《远游》不选），汉代的篇章选贾谊《吊屈原赋》和淮南小山的《招隐士》。汉以后篇章不选。注释广采各家，同时注意吸收有关新出土文献的研究成果。

　　此书在中华书局已经出了几个版本，编辑聂丽娟女士付出甚多，在此致谢。书中一定有各种不足，敬请读者不吝赐教！

李　山

2022 年 10 月 26 日

目录

离　骚

《离骚》，屈原自叙政治遭遇和心灵求索的长篇抒情诗。

"离骚"的含义，历来有离别之忧愁、遭遇忧愁、牢骚、牢商（楚古曲名）以及遭愁等说法。其中当以第一说即离愁说最可取。

考诸作品内容，诗人在遭受政治上的挫折后，内心始终有一个解不开的结，即是否离开楚国。诗中请灵氛占卜，请巫咸决断，都不过是要解开这一心中的结。如此也可以说"离骚"是"离与不离"或更准确地说是"离不开"的愁苦。这是就作品实际而言，求证作品的名称，也是为更准确地把握作品内容。"离骚"何谓，在今天难以确定的情形下，就不如直接求诸作品所表了。

关于《离骚》的创作年代，一说是在被楚怀王疏远之后，一说是在楚怀王死后、顷襄王继位之初。材料不足，难以定论。

帝高阳之苗裔兮[1]，　　　古帝王高阳的后裔啊，

朕皇考曰伯庸[2]。　　　　我的先父名伯庸。

摄提贞于孟陬兮[3]，　　　岁星在寅那年的寅月，

惟庚寅吾以降[4]。　　　　庚寅那一日我降生。

皇览揆余初度兮[5]，　　　先父察看我初生的器宇，

肇锡余以嘉名[6]：　　　　赐予我佳美之名：

名余曰正则兮[7]，　　　　为我命名称"正则"，

字余曰灵均[8]。　　　　　为我取字叫"灵均"。

纷吾既有此内美兮[9]，　　我已有如此众多的内在美质，

又重之以修能[10]。　　　　又努力增加美好的仪容。

扈江离与辟芷兮[11]，　　　披上江蓠和白芷，

纫秋兰以为佩[12]。　　　　编织秋兰作佩饰。

――――

1　"帝高"句：帝高阳，帝颛顼，传说的"五帝"之一。据《史记·楚世家》，帝高阳为黄帝之孙，是楚国芈姓贵族的远祖。其世系为：颛顼（高阳）―称―卷章―重黎―吴回（重黎之弟）―陆终―季连（陆终六子之一，楚芈姓之先）。屈原家族为楚国同姓分支，都是帝颛顼的后代。由这两句可知，远古时期，楚国也是中原人群之一。他们来到江汉一带，是迁移的结果，至于迁移时间，据现代考古发现，大约在夏商交替之际。苗裔（yì），植物的茎叶为苗，衣服最下面的襟为裔；苗裔即遥

远祖先的后代。兮，楚简帛书文字，此字皆作"可"，即"呵"，语气词，是"啊"的祖构。

2 "朕皇"句：朕(zhèn)，我。先秦时期贵贱通用的第一人称形式，秦以后才为帝王专用。皇考，亡父之称。旧说皇考系远祖的尊称，然据春秋时楚国铜器铭文，皇考皆为亡父之称。伯庸，诗中之"我"的父亲。一说即火神祝融，据《史记·楚世家》，楚国贵族的远祖曾为火正，号祝融。

3 "摄提"句：摄提，摄提格的简称。古代用子、丑、寅、卯等十二地支将天宫划为十二等分，用岁星(即木星)在天空运转所指向的十二等分中的某一区间来纪年。岁星指向寅这一区间的年份，称为摄提格，即岁星在寅这一年。贞，当，指向。孟陬(zōu)，夏历正月的别名；夏历的每年第一个月，在十二地支中为寅。

4 "惟庚"句：惟，语助词，先秦时期习惯用法。庚寅，干支纪时日，六十为一甲子周期。庚寅是诗中之"我"的降生日。《史记·楚世家》："帝乃以庚寅日诛重黎，而以其弟吴回为重黎后，复居火正，为祝融。"可知重黎、吴回之后寅日在楚国十分重要而神圣。由此可知，诗中之"我"为祝融，换言之，诗人以祝融自比，以强调自己对楚国的重要。降，降生世间。降字先秦时期一般用作神灵降世，此处当系活用。

5 "皇览"句：皇，即上文皇考的简称。一说媲即母亲。据

《方言》及《广雅·释亲》，母亲称媓。为孩子命名一般是父亲的事，此处由母亲，或为母系社会遗俗。览，观察。揆，测度。初度，初生时的气度。诗中人以寅年、寅月、寅日生，大吉大利，气度不凡。下文的"内美"即据"朕"出生不凡而言。

6　"肇锡"句：肇（zhào），修饰性的词，金文常见。一说肇同兆，即占卜，古人起名字要占卜。锡，赐予。古代"锡"、"赐"往往通用。嘉名，美好的名字。一说乳名。

7　正则：屈原名平，正则即含着"平"字的意思。

8　灵均：屈原字原，古代称高而平的土地为原；灵，有善的意思，灵均两字内含着"原"字。以上八句，从远古族属、出生日期以及名字由来等方面，强调"朕"的出处不凡。寅年寅月寅日出生，或许是巧合，也可能是诗人借此表明自己的降生，犹如诛重黎而吴回复为火正祝融一样，对楚国有非凡的意义。如此，才与下文精神漫游求索的形象相搭配。

9　"纷吾"句：纷，繁盛，形容后面的"内美"两字。将形容词提前，是楚辞的特有语法。内美，内在的美好品质。

10　"又重"句：重（chóng），加上，增多。修，美好。能，"態"的异体字，即"态"。修态即美好的仪态、容貌。指下文佩戴香草等行为。一说"能"指才能，读音与"乃"相近。

11　"扈江"句：扈（hù），披戴。江离，离，一本作蓠，一种生在江边的香草，故称江离，又名蘪芜。辟芷（zhǐ），芷是香草，辟同僻，偏僻，即长在幽僻之地的香草。

12 "纫秋"句：纫（rèn），本义是绳索，在此作动词用，联缀的
意思。佩，佩戴，装饰，象征自己的德性。

汩余若将不及兮[1]，	匆匆然我总好像赶不上时光的流水，
恐年岁之不吾与[2]。	惟恐无情的岁月一去不再回。
朝搴阰之木兰兮[3]，	清晨，拔取山丘的木兰，
夕揽洲之宿莽[4]。	傍晚，采撷水洲的宿莽。
日月忽其不淹兮[5]，	日月匆匆不停留，
春与秋其代序[6]。	春秋往复相轮代。
惟草木之零落兮[7]，	想到草木将凋零，
恐美人之迟暮[8]。	担心美人也年衰。
不抚壮而弃秽兮[9]，	不趁年壮去除身上的秽行，
何不改乎此度[10]？	为何不改变固有的态度？
乘骐骥以驰骋兮[11]，	乘着骏马驰骋吧，
来吾导夫先路[12]！	让我在前边来引路！

——

1 "汩余"句：汩（yù），水疾行的样子，此处形容时光流逝。
若将不及，好像跟不上时光的流逝。及，赶上。

2 不吾与："不与吾"的倒文，时光不等待我的意思。

3 "朝搴"句：搴（qiān），拔取。阰（pí），平顶的小山丘。楚方言。木兰，香木的一种，花状像莲，又称辛夷。

4 "夕揽"句：揽，采摘。洲，河流中的小岛叫洲。宿莽，香草名，经冬不死，又名紫苏，楚语称作莽。木兰去皮不死，紫苏拔心不死，两者都有贞固的品性，故诗人用来作修身之物。楚地产灵草可以通神，所以，《左传》等文献记载楚向周王朝进贡包茅。佩戴香草，是通灵的表现，所以《离骚》用来比拟修身，带有强烈的巫觋色彩，是楚辞特点之一。

5 "日月"句：忽，迅速的样子。淹，停留。

6 代序：序，次；代序即次第相代。

7 "惟草"句：惟，思虑。零落，凋零。

8 "恐美"句：美人，美是壮盛的意思，美人指壮年的人。《离骚》中美人一词有时指代楚王，有时自指，有时也用来称呼美好的人。此处应指楚王。迟暮，指年老。

9 "不抚"句：抚，趁着。壮，美。字通"庄"。《论语》"色庄也"。秽，污秽之物。

10 此度：即上一句"不抚壮而弃秽"的态度。一说指现行的体制法度。

11 骐（qí）骥：骏马。比喻那些治理国家的贤才。

12 "来吾"句：来，招。导，引导。夫，语气词。先路，走在路之先，即为王前驱的意思。

昔三后之纯粹兮[1]，	古时的三王美德无瑕，
固众芳之所在[2]。	自然引得群贤环绕周围。
杂申椒与菌桂兮[3]，	兼容着花椒与肉桂，
岂维纫夫蕙茝[4]！	岂只佩带白芷和兰蕙？
彼尧舜之耿介兮[5]，	那唐尧虞舜光明正直，
既遵道而得路[6]。	遵循正道而得坦途。
何桀纣之猖披兮[7]，	夏桀商纣何等的猖狂放纵，
夫唯捷径以窘步[8]。	只因贪图捷径而困住脚步。
惟党人之偷乐兮[9]，	结党小人享乐偷安，
路幽昧以险隘[10]。	前途昏暗而又狭险。
岂余身之惮殃兮[11]，	难道我是害怕自己遭殃，
恐皇舆之败绩[12]！	怕的是国家倾覆灭亡！
忽奔走以先后兮[13]，	匆匆奔走在君主前后，
及前王之踵武[14]。	为使您追随圣王的足迹。

---

1 "昔三"句：三后，后，君主；三后具体所指，说法不一，据近年楚地所出竹简，三后为老童（即卷章）、祝融（重黎和吴回之号）和鬻熊。旧说为熊绎、若敖、蚡冒，或黄帝、颛顼、帝喾。纯粹，指德行粹美、完善。

2 "固众"句：固，故。众芳，比喻众多贤能的人。在，汇集。

3 "杂申"句：申椒，辛椒，香木。申、辛古通。一说为楚地名。

菌桂,香木名,桂的一种,白花,黄蕊。

4 "岂维"句:岂维,表示反问的语助词。夫,语助词。蕙,香草名,又名薰草,生长在地湿处,麻叶,红花,黑籽。气味如同蘼芜。茞(chǎi),香草,与芷同。申椒、菌桂、蕙、茞等都指代的是贤人,即上文所谓"众芳"。

5 耿介:耿,光明;介,正大。耿介即光明正大。

6 "既遵"句:遵,循。道,正途。路,大路。

7 "何桀"句:何,何等,多么。桀纣,桀是夏代最后一位君主,纣是商代最后一位君主,他们都因昏聩残暴而亡国。桀纣两字为一切邪恶君主的代名词。猖披,猖,狂妄;披,借作"诐(bì)",偏邪的意思。

8 "夫唯"句:唯,只。捷径,近路,小道,即不正的邪路。窘步,困窘失足。

9 "惟党"句:党人,古代的党人指朝廷中为私利而结成帮派的人。偷乐,苟且享乐。

10 "路幽"句:幽昧,黑暗。以,而。

11 "岂余"句:惮,惧怕。殃,灾祸。

12 "恐皇"句:皇舆,帝王坐的车,比喻国政。败绩,古代使用战车作战,车辙大乱是溃不成军的表现,为先秦时常用的军事术语,在此指国家的败亡。"皇舆"与"败绩"连用,用词讲究。

13 "忽奔"句:忽,急匆匆的样子。奔走先后,效力左右的意思,仍是从"皇舆"一语生发而来。

14　"及前"句:及,赶上。前王,即前文所提到的"三后"。踵
　　武,踵,脚后跟;武,足迹。踵武指前王的足迹、路途。

　　荃不察余之中情兮[1],　　　君王你不体察我的苦心,
　　反信谗而齌怒[2]。　　　　反信谗言对我暴怒。
　　余固知謇謇之为患兮[3],　我早知耿直进言会招来灾祸,
　　忍而不能舍也。　　　　　想要忍心放弃却忍不住。
　　指九天以为正兮[4],　　　遥指苍天为我作证,
　　夫唯灵修之故也[5]。　　　这全是为了君的缘故!
　　[曰黄昏以为期兮[6],　　　[原说是约定在黄昏,
　　羌中道而改路[7]。]　　　谁知你中途却改主意。]
　　初既与余成言兮[8],　　　当初你已和我有了约定,
　　后悔遁而有他[9]。　　　　后来却反悔有变化。
　　余既不难夫离别兮[10],　　我本不因离别而害怕,
　　伤灵修之数化[11]。　　　　伤心的是君主你的屡屡变卦。

———　1　"荃不"句:荃(quán),石菖蒲一类的香草,又名荪,这里用
　　　　来指代楚王。中情,忠心之情。

　　　2　齌(jì)怒:齌本义为猛火煮饭,齌怒为盛怒、暴怒的意思。

　　　3　謇(jiǎn)謇:忠诚恳切的样子,其义同"謇謇"、"拳拳"。

4 "指九"句：九天，九重天。正，证。

5 灵修：楚人称神灵为灵修，此处指代楚怀王。

6 期：约定。

7 羌：楚语，此处有转折的意味，犹如今语的"却"。以上二句
因与前文不能衔接，疑为衍文。

8 成言：约定好的言辞。

9 "后悔"句：悔遁，遁，逃跑。悔遁在此是背弃成言的意思。
有他，生了变故。有他为古代常语，如《周易·比》："有孚盈
缶，终来有它。"它、他古通。上博简《周易》"它"字作"他"。

10 难：惧怕。不难离别即不怕离别。

11 "伤灵"句：伤，悲伤，哀伤。数（shuò）化，总是改变，反
复无常。

余既滋兰之九畹兮[1]，　　　　我既栽种了数百亩的兰芝，
又树蕙之百亩[2]。　　　　　　又种植了百亩的蕙草。
畦留夷与揭车兮[3]，　　　　　畦畦都栽种了留夷和揭车，
杂杜衡与芳芷[4]。　　　　　　还间植了杜衡和白芷。
冀枝叶之峻茂兮[5]，　　　　　希望芳草枝叶婆娑，
愿俟时乎吾将刈[6]。　　　　　盼着到时能有收获。
虽萎绝其亦何伤兮[7]？　　　　虽凋谢干枯又何妨？
哀众芳之芜秽[8]。　　　　　　伤心的是群芳荒荒变得污浊。

众皆竞进以贪婪兮，　　　人人都竞相钻营来满足贪欲，
凭不猒乎求索⁹。　　　追逐索取从不满足。
羌内恕己以量人兮¹⁰，　　宽饶自己却苛责别人，
各兴心而嫉妒¹¹。　　　各怀鬼胎相互嫉妒。
忽驰骛以追逐兮¹²，　　匆匆奔走追利逐名，
非余心之所急。　　　　　这不是我热衷的路途。

1　"余既"句：滋，培植。畹(wǎn)，田亩单位，其面积说法不一，一说一畹为十二亩，一说三十亩，还有说二十亩。

2　树蕙：屈原曾为楚三闾大夫，负责贵族子弟的教育，树蕙指的是对贵族子弟的培育。

3　"畦留"句：畦，四面有田界的块状田地叫畦。此处为动词，一畦一畦地种植。留夷、揭车，都是楚地所产香草。

4　杜衡：状与葵相似的一种香草，俗称马蹄香。

5　"冀枝"句：冀，期待。峻，长大，高大。

6　"愿俟"句：俟，等待。刈(yì)，收割。

7　"虽萎"句：萎绝，枯死。何伤，无伤，无妨。

8　"哀众"句：哀，悲哀。芜秽，因荒芜而污秽，有变质的意思。这两句是说自己培养的贤才改变了节操而与恶势力同流合污了。

9　"凭不"句：凭，满，楚语。猒，同"厌"，满足。求索，索取。

10　"羌内"句：羌，发语词，楚语。恕，宽饶。量人，衡量他人。

此句言小人对自己宽恕对别人严格。

11 兴心:起心,打主意。

12 驰骛(wù):驰骋,奔走追逐。

老冉冉其将至兮[1],   衰老渐渐地就要来临,
恐修名之不立。   恐慌的是美名不能树立。
朝饮木兰之坠露兮,   清晨啜饮木兰滴下的甘露,
夕餐秋菊之落英[2]。   傍晚采食秋菊初绽的花瓣。
苟余情其信姱以练要兮[3],   只要我情感真实美好精粹,
长顑颔亦何伤[4]。   长期形神憔悴又有何妨。
擥木根以结茝兮[5],   采撷木兰根来编结香佩,
贯薜荔之落蕊[6]。   串起薜荔落下的嫩蕊。
矫菌桂以纫蕙兮[7],   竖立菌桂来连结蕙草,
索胡绳之纚纚[8]。   把胡绳搓得长又美。
謇吾法夫前修兮[9],   我效法的是先贤,
非世俗之所服[10]。   不同于世俗的穿着。
虽不周于今之人兮[11],   即便不投合当今的人,
愿依彭咸之遗则[12]。   也愿追随彭咸以为楷模!

——— 1 冉冉:渐渐。

    2 落英:初生的菊花,落为初始义,至今犹存,如房屋落成之

落等。

3　"苟余"句：信，真实。姱（kuā），美好。练要，精粹。

4　颜颔（kǎn hàn）面色黄瘦憔悴的样子。

5　"擥木"句：擥（qiān），同"揽"。木根，木兰的根。结，系。

6　"贯薜"句：贯，穿。薜荔，一种蔓生的香草。蕊，花心。

7　矫：高举。

8　"索胡"句：索，搓绳子，动词。胡绳，香草，可以做绳。索胡绳是说把胡绳搓成绳子。纚（lí）纚，编制得很整齐的样子。

9　"謇吾"句：謇，发语词。法，取法，效法。前修，前代的贤人。

10　服：佩带，指前文所说的服饰和服食。

11　周：合。

12　"愿依"句：彭咸，殷商时期的贤人，据说他上谏国君不听，投水自杀。又据《吕氏春秋·直谏篇》，楚文王大臣葆申强谏文王，文王不从，葆申"趣出，自流于渊，请死罪"。屈原此处言彭咸，表明自己将沉渊自杀，正与葆申的"自流于渊"之意相同。遗则，遗留的法则、榜样。

长太息以掩涕兮[1]，　　　　长叹一声两泪双流，
哀民生之多艰[2]。　　　　　哀伤人生是这样的艰难！
余虽好修姱以鞿羁兮[3]，　　虽然努力修身自我约束，

謇朝谇而夕替[4]。　　　　早上进谏晚上就遭贬。

既替余以蕙纕兮[5]，　　　既因佩带蕙草贬逐我，

又申之以揽茝[6]。　　　　又加上采集香草的罪。

亦余心之所善兮[7]，　　　只要是我真心喜爱的东西，

虽九死其犹未悔[8]。　　　为之死去多次也决不后悔。

怨灵修之浩荡兮[9]，　　　怨恨君主糊涂荒唐，

终不察夫民心[10]。　　　　终究不体察人的衷肠。

众女嫉余之蛾眉兮[11]，　那群女人嫉妒我有弯长的美眉，

谣诼谓余以善淫[12]。　　造谣诋毁我生性淫荡。

1　太息：长长的叹息。

2　"哀民"句：民生，有多种解释：一说民生即人生，指诗人自己，艰指艰难；一说民指百姓，民生多艰即百姓生活苦难；又一说民生指同朝小人，艰指其人心险恶。当以第一说为佳。

3　靮(jī)羁：靮是马缰绳，羁是马络头；靮、羁在此作动词，自我约束的意思。

4　"謇朝"句：朝，早晨，与夕字相对成文。谇(suì)，进谏。替，废除，撤职。

5　"既替"句：蕙，即用蕙草制成的带子。纕(xiāng)，佩带。

6　申：重申，再加。

7　"亦余"句：亦，语助词。善，爱好。

8　九死：多次死去，九表示多。

9　浩荡：大水横流的样子，比喻楚王的恣意妄为；犹今语所谓荒唐。

10　民心：人的内心。

11　"众女"句：众女，指代朝中的小人们。蛾眉，蛾指蚕蛾，蚕蛾的须细长弯曲，所以常用来形容女性的眉毛。在此，蛾眉字面上是说自己的美丽，实际是指自己的美好品质。

12　诼（zhuó）：诽谤。

固时俗之工巧兮[1]，	当今的流俗本就是善于取巧，
偭规矩而改错[2]。	违背规矩又改变举措。
背绳墨以追曲兮[3]，	背弃规则追逐邪曲，
竞周容以为度[4]。	把竞相苟合取容奉为生存准则。
忳郁邑余侘傺兮[5]，	忧愁烦闷我心神不宁，
吾独穷困乎此时也。	只有我贫穷困顿在这样年代。
宁溘死以流亡兮[6]，	宁愿猝然死去顺水漂流，
余不忍为此态也。	我也不忍做出同样的丑态。
鸷鸟之不群兮[7]，	猛禽不会与凡鸟们为伍，
自前世而固然。	从很久以前就是如此。
何方圜之能周兮[8]，	方的和圆的怎么能吻合，
夫孰异道而相安[9]？	志趣不同哪会相安无事？

屈心而抑志兮[10]，　　　内心委屈志向压抑，
忍尤而攘诟[11]。　　　　忍受罪名承当侮辱。
伏清白以死直兮[12]，　　保持清白为正直而死，
固前圣之所厚。　　　　本就是前代圣贤看重的道路。

1　工巧：善于取巧。

2　"偭规"句：偭（miǎn），违背。规矩，木工的工具，量圆用的为规，量方用的为矩，引申为法度、规则。改错，错通"措"，改错即改变措施。

3　"背绳"句：绳墨，木工用墨绳弹出直线，引申为规则。追，随。曲，邪曲。

4　"竞周"句：周容，无原则地取合。度，法度。

5　"忳郁"句：忳（tún）郁邑，忳，烦闷，在此作副词修饰"郁邑"；郁邑，忧愁。三个形容词连用，是楚辞的特有语法。侘傺（chà chì），失意的样子。

6　溘（kè）死：忽然死去。

7　"鸷鸟"句：鸷（zhì）鸟，鹰、鹞一类的猛禽。不群，猛禽总是离群索居，诗人以此来表明自己不与凡庸为伍。

8　"何方"句：方圜，方，方头的榫；圜即圆，圆形的孔。周，相容。

9　"夫孰"句：孰，谁，哪能。异道，志向和操守不同。

10　"屈心"句：屈，委屈。抑，压抑。

11　"忍尤"句：尤，责备。攘，取。《论语·子路》："其父攘羊，而子证之。"《孟子·滕文公下》："今有人日攘其邻之鸡者。"皆此义。诟，耻辱。

12　"伏清"句：伏，抱，坚守。清白，节操纯洁。死直，为正直而死。

悔相道之不察兮[1]，　　　　后悔选取路途不够仔细，

延伫乎吾将反[2]。　　　　　踌躇不前我要回返。

回朕车以复路兮[3]，　　　　掉转我的车子折回原路，

及行迷之未远。　　　　　　趁着迷途还不算太远。

步余马于兰皋兮[4]，　　　　任马漫步在长满兰草的水边，

驰椒丘且焉止息[5]。　　　　驰入满是椒树的小丘略作休息。

进不入以离尤兮[6]，　　　　进谏不被采纳反招致罪责，

退将复修吾初服[7]。　　　　退回来再修补我当初的旧衣。

制芰荷以为衣兮[8]，　　　　用荷叶做成上装，

集芙蓉以为裳[9]。　　　　　集荷花缝制下裳。

不吾知其亦已兮[10]，　　　　不了解我也罢，

苟余情其信芳。　　　　　　只要我情操真的芬芳。

高余冠之岌岌兮[11]，　　　　使我的帽子高高上耸，

长余佩之陆离[12]。　　　　　把我的佩剑打造得长长。

芳与泽其杂糅兮[13]，　　　　芬芳和污垢混杂在一起，

唯昭质其犹未亏[14]。　　洁白的质地不会有损伤。

忽反顾以游目兮[15]，　　忽然回首放眼眺望，

将往观乎四荒[16]。　　将去游览遥远的四方。

佩缤纷其繁饰兮[17]，　　佩着缤纷繁多的饰物，

芳菲菲其弥章[18]。　　馥郁的芳香更加显扬。

民生各有所乐兮[19]，　　人生各有自己的爱好，

余独好修以为常[20]。　　惟独喜欢圣洁我早就习以为常。

虽体解吾犹未变兮[21]，　　即使遭受肢解也不会改变，

岂余心之可惩[22]！　　我如此的心志又岂能被挫伤！

———

1　"悔相"句：相，观察。察，看清楚。

2　"延伫"句：延伫，低徊迟疑。反，返。

3　复路：回到过去的路。

4　"步余"句：步，信步，放开驾车的马使之自在游走。兰皋，长满兰草的河岸。皋，水边的高地。

5　"驰椒"句：椒丘，长满椒木的土丘；小高地为丘。焉，于是，在此。且焉止息，姑且在这里停留一下。

6　"进不"句：进，进仕，指在政治上有所作为。不入，不得入。离尤，离，遭到；尤，罪过。离尤即获罪。

7　"退将"句：退，退隐。与上文"入"字相对。初服，未仕时的服饰。修吾初服，即重新修炼美好品德。

8　芰(jì):菱。

9　"集芙"句:芙蓉,莲花。裳,下身的衣服。古代上衣下裳。

10　"不吾"句:不吾知,"不知吾"的倒文,不理解我。亦已兮,算了吧。

11　岌(jí)岌:高耸的样子。

12　"长余"句:佩,佩剑。陆离,长长的样子。

13　"芳与"句:芳,芳香;与下文"泽"相对。泽,字应作殬(dù),指腐朽发臭之物。杂糅,夹杂。比喻自己与小人共处一朝。

14　"唯昭"句:昭质,清白的品质。亏,残缺。

15　"忽反"句:反顾,回顾,回头看。游目,纵目,放眼。

16　四荒:四方的边际。这句是指重新寻找自己实现理想的地方。

17　佩:指前文所言包括各种香草在内的佩饰,不仅指长剑而言。

18　"芳菲"句:菲菲,香气勃发的样子。章,显著。

19　民生:即民性,生、性二字古通用。

20　常:字当作"恒",避汉文帝之讳而改。"常"字与下一句"惩"字为韵。常、惩韵部有别。校之于郭店简、上博简等出土于楚地的文献,知"常"字本当为"恒"。

21　体解:肢解,古代的一种酷刑。

22　惩:戒惧。

女嬃之婵媛兮[1]，	贴心的女嬃气我恼我，
申申其詈予[2]。	三番五次把我斥责。
曰：鲧婞直以亡身兮[3]，	她说："鲧刚直不顾性命，
终然夭乎羽之野[4]。	最终惨死在羽山的荒漠。
汝何博謇而好修兮[5]，	你何必总爱直言又好修德，
纷独有此姱节[6]？	偏偏浑身全是这等品格？
薋绿葹以盈室兮[7]，	野茅杂草堆积了朝堂，
判独离而不服[8]？	为什么偏你特别不肯佩戴？
众不可户说兮[9]，	众人不能逐户去说服，
孰云察余之中情[10]？	谁能体察我们的衷情？
世并举而好朋兮[11]，	世人都相互吹捧营私结党，
夫何茕独而不予听[12]？	你为何已如此孤独连我劝也不听？"

1　"女嬃"句：女嬃(xū)，侍妾。一说为诗人的姐姐，一说为诗人的妹妹，一说为诗人的女伴。楚地女子好以嬃为名，如吕后的妹妹名吕嬃。婵媛(chán yuán)，联绵词，因关切而恼怒的样子。

2　"申申"句：申申，重复，一遍一遍地。詈，骂，苦苦劝告。

3　"曰鲧"句：鲧(gǔn)，夏禹父亲名。在禹之前，鲧受帝的命令去治理大水。据《山海经》，为遏制洪水，鲧在没有得到帝命的情况下，擅用帝的息壤来堵洪水，招致帝的震怒，被杀死在羽野。婞(xìng)直，固执不听劝告。亡身，应作"忘身"，不顾生命的意思。

4　"终然"句：终然，终于。夭（yāo），夭折，死于非命。羽，地名，一说在今山东省蓬莱东南。历史上关于鲧的评价存在着分歧，在儒家文献如《尚书》中，鲧被称为"四凶"之一，但在《山海经》、《离骚》和《韩非子》等文献中，他又被视为一个奋不顾身的强直之人。

5　博謇：博，多；謇，正直之言。博謇即过分正直的意思。

6　姱（kuā）节：美好的节操。

7　"荟绿"句：荟（zī），众草聚集的样子。绿（lù），又名王刍、菉草，一种恶草。葹（shī），一名枲（xǐ）耳，恶草。盈室，满室。室在此指朝堂。

8　"判独"句：判，分别，与他人不同。离，与"判"意思同。服，佩戴。

9　户说：挨家挨户地说服。

10　余：我们。

11　"世并"句：并举，互相抬举。好朋，好结成朋党。

12　"夫何"句：茕（qióng）独，孤独，不合群。不予听，不听从我。

依前圣以节中兮[1]，　　照着前代圣贤的规矩坚持正理，

喟凭心而历兹[2]。　　可叹我内心愤懑如此遭际。

济沅湘以南征兮[3]，　　渡过沅水湘水再向南行，

就重华而陈词[4]：　　对着帝舜之灵陈述衷情：

启九辩与九歌兮[5]，　　夏启偷了《九辩》和《九歌》，

夏康娱以自纵[6]。　　　其子太康贪图安逸纵情享乐。

不顾难以图后兮[7]，　　不考虑祸患做长远打算，

五子用失乎家巷[8]。　　五个儿子因此而失去了家园。

羿淫游以佚畋兮[9]，　　羿纵欲游乐迷恋打猎，

又好射夫封狐[10]。　　　又喜欢射取肥大的狐狸。

固乱流其鲜终兮[11]，　　淫逸本就少有善终，

浞又贪夫厥家[12]。　　　寒浞又贪恋上后羿的美妻。

浇身被服强圉兮[13]，　　浇强壮雄武浑身是力，

纵欲而不忍[14]。　　　　放纵情欲不能克制自己。

日康娱而自忘兮[15]，　　每日寻欢作乐忘乎所以，

厥首用夫颠陨[16]。　　　他的头颅被人砍落在地。

1　"依前"句：依，遵循。前圣，即下文提到的重华。以，一本作"之"。节中，折中，中正。

2　"喟凭"句：喟（kuì），叹息。凭心，凭，懑。凭心即愤懑的心。历兹，兹，此。历兹即经受了这般遭遇。

3　"济沅"句：济，渡。沅、湘，两条水名，都在今湖南境内。南征，南行。以下全是诗人想象之辞。

4　重华：舜的名字。传说舜死在苍梧之野的九嶷山，其地在

今湖南宁远境内。诗人向重华陈词,须渡过沅、湘之水向南进发。长沙子弹库战国楚帛书中有"帝俊"二字,学者一般认为"帝俊"即"帝舜"。又,马王堆西汉墓出土的《地形图》,在九嶷山旁特标"帝舜"两字,可知帝舜死葬九嶷山的传说由来已久,至西汉初期犹在南方流传。

5 "启九"句:启,夏启,禹之子,继承禹位做了夏的国君。《九辩》与《九歌》,据《山海经》等文献,《九辩》与《九歌》都是天上的音乐,被启偷了带到人间。

6 "夏康"句:夏康,太康,夏朝君主,启的儿子。自纵,放纵自己。太康用《九辩》、《九歌》娱乐自己,任情放纵,导致了夏的失国。

7 "不顾"句:不顾难,不顾及后来的灾难。图后,图谋以后的事情。

8 "五子"句:五子,太康的五个儿子。用,因而。家巷,家国,家园。太康在外淫游无度,有穷国的君主后羿趁机夺取了夏的王位。太康的五个儿子因此逃离了京城。据说五子曾作歌悲叹夏的失国,称《五子之歌》。

9 "羿淫"句:羿(yì),有穷国君主,可能来自东方,与神话后羿射日的羿不是一个人。淫游,无节制地游荡。淫,过度。佚畋(tián),佚,放荡;畋,打猎。佚畋即无节制地打猎。

10 封狐:大狐狸。学者怀疑"狐"字当为"豨",即《天问》中

"封豨是射"之封豨。封豨即大野猪。

11　"固乱"句：乱流，淫乱之流。鲜终，鲜，少；终，善终。

12　"浞又"句：浞（zhuó），寒浞，羿的臣子。厥，其，指羿。家，家室，妻室。据《左传》记载，羿做了国君后，淫佚无度，不理国政，寒浞指使他的家臣射杀了羿，强占了他的妻室。

13　"浇身"句：浇（ào），寒浞的儿子。被服，本义是穿戴、装饰，在此有"具备"意。强圉（yǔ），强壮有力。

14　忍：节制。

15　康娱：康，大。康娱即无忧无虑地沉湎于享乐。

16　"厥首"句：首，脑袋。颠陨，坠落。据载，寒浞强占了羿的妻子后，与她生下了儿子浇，强壮多力，成人后日夜淫游无度，终于被夏康的后代少康杀死，夏恢复王位，史称少康中兴。

夏桀之常违兮[1]，	夏桀违背正道常理，
乃遂焉而逢殃[2]。	终于遭到了灭国的灾殃。
后辛之菹醢兮[3]，	殷纣把人剁成肉酱，
殷宗用而不长[4]。	殷商的宗庙香火因此不能久长。
汤禹俨而祗敬兮[5]，	商汤夏禹庄重而恭敬，
周论道而莫差[6]。	周详地思考大道丝毫不错。
举贤才而授能兮，	选拔任命贤良能干的人，
循绳墨而不颇[7]。	遵循标准从来没有偏颇。

皇天无私阿兮[8]，　　　　　上天公正对谁都不偏袒，

览民德焉错辅[9]。　　　　　谁有仁德就对谁施助。

夫维圣哲以茂行兮[10]，　　唯聪明睿智德行华美，

苟得用此下土[11]。　　　　才能享有这天下的国土。

瞻前而顾后兮，　　　　　观察了前代又观察后代，

相观民之计极[12]。　　　　考察了百姓的是非准则。

夫孰非义而可用兮？　　　哪个不义做法能被施用？

孰非善而可服[13]？　　　　哪个不善的事情可以实行？

阽余身而危死兮[14]，　　　即便身处险境濒临死亡，

览余初其犹未悔[15]。　　　回顾初衷我也毫无后悔。

不量凿而正枘兮[16]，　　　不肯为迁就榫眼而削改榫头，

固前修以菹醢。　　　　　因此前代贤人被剁成了肉酱。

曾歔欷余郁邑兮[17]，　　　不断抽泣我抑郁又惆怅，

哀朕时之不当[18]。　　　　哀叹自己没有遇到好时光。

揽茹蕙以掩涕兮[19]，　　　拿起柔蕙擦拭泪眼涔涔，

沾余襟之浪浪[20]。　　　　泪水簌簌沾湿我的衣襟。

1　常违："违常"的倒文，违背法则的意思。常，法则。

2　"乃遂"句：遂，终于。焉，语助词。逢殃，遭殃。据《史记》
记载，商汤伐夏桀，放之于南巢（今安徽南巢附近）。

3　"后辛"句：后辛，商纣王，古代帝王称后，纣又称帝辛。菹醢

(zū hǎi),本义是腌制肉酱,此处指商纣将人剁成肉酱的酷刑。

4 "殷宗"句:殷宗,商朝的宗庙祭祀。长,绵延。

5 "汤禹"句:俨,庄重。祗(zhī),敬畏。指夏禹和商汤这两位开国君主都敬畏上天。

6 "周论"句:周,周详细致。论,讲论,在此有思考选取的意思。

7 颇:偏差。

8 私阿:私亲,偏袒。

9 "览民"句:错,通"措",施加。辅,扶助。《左传·僖公五年》:"皇天无亲,惟德是辅。"与"皇天无私阿"两句意思相同。

10 "夫维"句:夫维,犹言惟有。茂行,美好的德行。

11 "苟得"句:苟得,才得到。用,享有。下土,天下的土地人民。

12 "相观"句:相,观察。计极,最终的法则或标准。

13 服:与"行"同义。

14 "阽余"句:阽(diàn),临近险境。危死,危亡以至于死。

15 "览余"句:初,初心,本心。其,指代诗人自己。

16 "不量"句:凿,木孔。枘(ruì),木楔。这句的意思是说,枘要插进凿中,如不度量凿的方圆大小,就无法合榫。比喻臣子如不度量国君的贤愚就直言进谏,一定会招致灾祸。

17 "曾歔"句:曾,屡次,不断地。歔欷(xū xī),抽泣声。

18　不当：不当时，生不逢时的意思。

19　茹：柔软。

20　浪浪：泪流不止的样子。

跪敷衽以陈辞兮¹，　　　　跪在地上铺开衣襟陈述衷情，

耿吾既得此中正²。　　　　耿耿然确信自己正道直行。

驷玉虬以乘鹥兮³，　　　　驾起玉龙乘着彩凤，

溘埃风余上征⁴。　　　　趁着长风我向天上飞腾。

朝发轫于苍梧兮⁵，　　　　清晨从苍梧山出发，

夕余至乎县圃⁶。　　　　傍晚我到达昆仑山的悬圃。

欲少留此灵琐兮⁷，　　　　想在这神山门前稍作停驻，

日忽忽其将暮。　　　　可惜时光匆匆天将暮。

吾令羲和弭节兮⁸，　　　　我让羲和停鞭慢行，

望崦嵫而勿迫⁹。　　　　走向崦嵫山的脚步莫要急促。

路曼曼其修远兮¹⁰，　　　　人生道路漫长又遥远，

吾将上下而求索¹¹。　　　　我要上天入地寻找正确的路。

饮余马于咸池兮¹²，　　　　让马在咸池饮一饮水，

总余辔乎扶桑¹³。　　　　把缰绳拴系扶桑树。

———　1　敷衽(rèn)：敷，平展；衽，衣服前襟。即把衣服的前襟
铺开。

2 "耿吾"句：耿，清楚明白。中正，正中。诗人在重华面前陈辞后，感觉他已经在神灵面前印证了中正的道理。

3 "驷玉"句：驷，本义是四匹马拉的车，在此作动词，驾起四马之车的意思。玉虬（qiú），白色无角的龙，玉在此表示颜色。鹥（yī），凤凰一类的鸟。

4 "溘埃"句：溘，掩，压着。埃风，卷着尘埃的大风。上征，向天上进发。

5 "朝发"句：发轫（rèn），轫是挡住车轮转动的横木，发轫即打开横木，车轮转动。苍梧，向舜陈词的地方，据说舜死后葬在九嶷山，而九嶷山即在苍梧界内。又上博简《容成氏》载，商汤伐夏桀，桀"去之苍梧之野"。遥远之南方有舜的传说，又有原始"九歌"，或自夏桀之逃亡至此始。

6 县圃：即悬圃。县、悬古今字。悬圃据说在昆仑山顶，为神灵所居。

7 "欲少"句：少留，稍微多留一会儿。灵琐，琐是门窗上刻画的环形花纹，这里是门的代称。灵琐即神灵居所的门。

8 "吾令"句：羲和，神话中为太阳神驾车的神。弭（mǐ）节，放下驾车的节，节是策马用的工具，意思是停止太阳的移动。

9 "望崦"句：崦嵫（yān zī），西方的神山，太阳归宿的地方。迫，近。

10 "路曼"句：曼曼，同漫漫，路遥远的样子。修，长。

11　求索：指下文的上天等追求理想女子的行动。

12　咸池：太阳洗澡的神池。据《淮南子》，太阳早晨从一个叫
旸谷的地方升起，然后到咸池洗澡，而后再升高西征。

13　"总余"句：总，拴系。辔，马缰绳。扶桑，神话中的树名，
太阳从扶桑树下升起。近年在四川三星堆遗址曾发现青铜制
造的扶桑神木，高两米余，上有九只大鸟表示太阳。

折若木以拂日兮[1]，　　　　　折下若木枝拦挡太阳，
聊逍遥以相羊[2]。　　　　　　好有片刻时光在此徜徉。
前望舒使先驱兮[3]，　　　　　派望舒在前面当向导，
后飞廉使奔属[4]。　　　　　　令飞廉跟在后面来奔跑。
鸾皇为余先戒兮[5]，　　　　　鸾凤为我在前面戒备开道，
雷师告余以未具[6]。　　　　　雷神却告诉我还没有准备好。
吾令凤鸟飞腾兮，　　　　　　我让凤凰展翅腾飞，
继之以日夜[7]。　　　　　　　夜以继日片刻不息。
飘风屯其相离兮[8]，　　　　　旋风会聚来集合，
帅云霓而来御[9]。　　　　　　率领虹霞来迎接。
纷总总其离合兮[10]，　　　　　云霞纷乱时聚时散，
斑陆离其上下[11]。　　　　　　忽上忽下色彩斑斓。
吾令帝阍开关兮[12]，　　　　　我请帝宫门卫打开大门，
倚阊阖而望予[13]。　　　　　　他却靠着天门冷眼相对。

时暧暧其将罢兮¹⁴，　　天色昏暗又一日将毕，

结幽兰而延伫¹⁵。　　　手持着幽兰我久久伫立。

世溷浊而不分兮¹⁶，　　世道浑浊善恶不分，

好蔽美而嫉妒¹⁷。　　　喜好遮盖美好是因心怀忌恨。

1　"折若"句：若木，神树名，生在昆仑山西端，青叶红花，光华四射，是太阳下落后栖息之处。拂，拦挡，挡住太阳使其不能迅速下落。

2　"聊逍"句：聊，姑且。逍遥，在此有徘徊的意思。相羊，即徜徉，徘徊的意思。

3　"前望"句：前，使……在前。望舒，月神的驾车者。

4　"后飞"句：飞廉，风神。奔属，追随不离。

5　"鸾皇"句：鸾皇，凤凰。先戒，在前面警卫。

6　"雷师"句：雷师，雷神。未具，未准备齐全。

7　"继之"句：夜以继日的意思。因前面"雷师"言行驾准备"未具"，所以命凤凰等加紧工作。

8　"飘风"句：飘风，旋风。屯，聚集。其，然，语助词。相离，离即丽，相附丽。

9　"帅云"句：云霓，云霞。御，迎接。

10　"纷总"句：总总，云屯聚的样子。离合，忽开忽合。

11　"斑陆"句：斑，犹言斑斑，色彩多样的意思。陆离，五光

十色。

12　"吾令"句：帝阍，帝庭的看门人。古代看门人或为阉人，
或为刖足者，多刑余之人。从下文"倚阊阖"看，此处看门人
为刖足者。开关，开门。

13　"倚阊"句：阊阖（chāng hé），天门。望，瞪着眼睛看，有
冷漠之意。

14　暧（ài）暧：昏暗的样子。

15　延伫：迟疑徘徊。

16　溷（hùn）浊：犹言混浊。

17　蔽美：遮盖美好的东西。以上言登天失败。

朝吾将济于白水兮[1]，	清晨我将渡过白水，
登阆风而绁马[2]。	登上阆风来拴马。
忽反顾以流涕兮，	猛然回首潸然泪下，
哀高丘之无女[3]。	哀叹高丘没有神女。
溘吾游此春宫兮[4]，	忽然漫步到了青帝春宫，
折琼枝以继佩[5]。	折下玉树琼枝来加长佩饰。
及荣华之未落兮[6]，	趁着鲜花还没有凋落，
相下女之可诒[7]。	查找值得馈赠的人间女子。
吾令丰隆乘云兮[8]，	我让丰隆乘着云朵，
求宓妃之所在[9]。	去寻求宓妃的居所。

解佩纕以结言兮[10]，　　解下佩带当信物，
吾令蹇修以为理[11]。　　令那蹇修做媒人。
纷总总其离合兮，　　　宓妃态度暧昧若即若离，
忽纬𬘘其难迁[12]。　　　飘忽不定总闹别扭难以迁就。
夕归次于穷石兮[13]，　　晚上住到穷石过夜，
朝濯发乎洧盘[14]。　　　早晨在洧盘洗头。
保厥美以骄傲兮[15]，　　自恃美貌她十分骄傲，
日康娱以淫游。　　　　成天寻欢作乐恣意冶游。
虽信美而无礼兮，　　　虽然美丽却没礼数，
来违弃而改求[16]。　　　丢开她我要另做追求。
览相观于四极兮[17]，　　纵目远眺遥远的四方，
周流乎天余乃下[18]。　　周游各处又返回大地。
望瑶台之偃蹇兮[19]，　　遥望瑶台高高耸立，
见有娀之佚女[20]。　　　看见了有娀氏美女简狄。

———

1　白水：神话中发源于昆仑山的一条河，饮其水可以不死。

2　"登阆"句：阆（láng）风，昆仑山上的神山。绁（xiè），拴，系。

3　"哀高"句：高丘，即阆风之丘。女，神女。

4　春宫：东宫，东方青帝所居住的宫殿，青帝为司春之神。

5　"折琼"句：琼枝，犹言玉树。继，增加。

6　荣华：即上文琼枝的花；花朵古称荣华。

7　"相下"句：下女，下界之女。此句承"高丘无女"而来。诒（yí），同"贻"，赠送。

8　丰隆：云神。

9　宓（fú）妃：即洛神，传说为伏羲氏的女儿，溺水而死，成为洛水之神。

10　结言：订约。

11　"吾令"句：蹇修，人名，旧说为伏羲氏的大臣，详细情况已不可考。理，使者，媒人。

12　"忽纬"句：忽，飘忽不定。纬缅（huà），违拗。难迁，难以迁就。

13　"夕归"句：次，停留，住在。穷石，山名，神话中弱水的发源地，神话人物后羿就住在这里。传说中宓妃与后羿有一段淫乱关系，所以诗说她晚上次于穷石。

14　"朝濯"句：濯发，洗涤头发。洧（wěi）盘，神话中的水名，发源于崦嵫山。宓妃在这里濯发，当是一种炫耀自己美丽的放荡行为。

15　"保厥"句：保，恃，仗着。厥，其，指宓妃。

16　"来违"句：来，乃，于是。违弃，抛弃，放弃。

17　览相观：叠字，都是看的意思，楚辞特有的语法。

18　"周流"句：周流，回环，周游。乃，于是，才。

19　"望瑶"句：瑶台，用美玉砌成的高台。偃蹇（jiǎn），高耸的样子。

20　"见有"句：有娀（sōng），有娀氏的简称，古代部落名。佚女，美女，佚字一本作"妷"。有娀氏女即商的女始祖简狄，她是高辛氏的妻子，据说是因吞食了玄鸟蛋而生下商族祖先契（xiè）。上海博物馆藏《战国楚竹书·子羔》篇有"契之母，有娀氏之女也，游于央台之上，有燕衔卵而措诸其前，取而吞之"的记载。央台即瑶台，据简文，简狄吞卵而生商朝始祖的地点就在瑶台。

吾令鸩为媒兮[1]，	我要鸩鸟做我的媒人，
鸩告余以不好[2]。	鸩鸟却说她对我无意。
雄鸠之鸣逝兮[3]，	雄鸠鸣叫着又去说媒，
余犹恶其佻巧[4]。	我又厌恶它轻佻多嘴。
心犹豫而狐疑兮[5]，	心里犹豫疑惑不决，
欲自适而不可[6]。	想亲自前往又不合礼仪。
凤皇既受诒兮[7]，	凤凰已经下了聘，
恐高辛之先我[8]。	恐怕高辛已先我得到简狄。
欲远集而无所止兮[9]，	想要远走高飞却无处安身，
聊浮游以逍遥[10]。	姑且游荡逍遥散心。
及少康之未家兮[11]，	趁着少康还没有成家，
留有虞之二姚[12]。	还剩下有虞氏的姚氏双娇。

理弱而媒拙兮[13]，　　　媒人们无能又笨拙，

恐导言之不固[14]。　　　怕他们传言办不妥。

世溷浊而嫉贤兮，　　　世道浑浊嫉妒贤能，

好蔽美而称恶。　　　　不成人之美却专事挑拨。

闺中既以邃远兮[15]，　　宫室本来就幽深迂远，

哲王又不寤[16]。　　　　明君实在又浑噩。

怀朕情而不发兮[17]，　　满怀衷情不能倾诉，

余焉能忍而与此终古[18]？　我如何隐忍才能忍到生命结束？

1　鸩(zhèn)：鸟名，喜食蛇，羽毛有毒，可杀人。

2　不好：不爱。这句的意思是说，鸩回话说有娀之女不爱你。

3　"雄鸠"句：鸠，斑鸠。鸣逝，逝，曲折婉转，鸣逝即叫得很好听的意思。

4　佻巧：花言巧语的意思。

5　狐疑：犹豫、拿不定主意。

6　自适：亲自前往。

7　"凤皇"句：凤皇，一本作凤鸟，即玄鸟。传说简狄吞玄鸟之卵而生子，屈原《九章·思美人》："高辛之灵盛兮，遭玄鸟而致诒。"这里又说凤凰，是把玄鸟当凤凰看的。受诒，即授予聘礼；受、授古语可通用。

8　高辛：帝喾的称号。据载简狄为高辛的次妃。

9   集:停留。

10   浮游:无目的的漫游。

11   "及少"句:少康,夏的中兴君主,杀死寒浞和浇而复国。未家,未成家。

12   "留有"句:留,留在家里,未被人娶走的意思。有虞,古部落,据载为舜的后代,姚姓。据记载,寒浞使浇杀死少康的父亲相,少康是相的遗腹子,生在有娀氏,后来又逃到有虞,有虞君将自己的两个女儿许给他,就是"二姚"。

13   理弱而媒拙:诗人认为求宓妃和求有娀之女的失败,都是媒人不可靠的结果,所以有此感叹。

14   导言:媒人撮合的语言。

15   "闺中"句:闺中,古代女子居住的房屋称闺。此指宓妃、有娀、二姚住处。邃(suì)远,深远。

16   哲王:指楚怀王。

17   不发:不得发泄。

18   终古:生命结束。

索藑茅以筳篿兮[1],   取来藑茅和竹片,
命灵氛为余占之[2]。   请灵氛为我占卜推算。
曰: 问:
"两美其必合兮[3],   "两美相遇,一定结合?

孰信修而慕之[4]？　　哪个真正的美女值得求索？

思九州之博大兮，　　想天下这样宽阔广博，

岂惟是其有女[5]？"　　难道只有这里才有娇娥？"

曰：　　卜告：

"勉远逝而无狐疑兮[6]，　　"努力远走不要犹豫，

孰求美而释女？　　哪位爱美者会把你放弃？

何所独无芳草兮，　　什么地方没有芬芳的香草，

尔何怀乎故宇[7]？"　　你又何必怀恋故里？"

世幽昧以眩曜兮[8]，　　世道昏暗使人眼迷乱，

孰云察余之善恶？　　谁能考察我是恶是善？

民好恶其不同兮，　　世人的喜好各不相同，

惟此党人其独异[9]！　　只有这些小人特别古怪。

户服艾以盈要兮[10]，　　个个把臭艾挂满腰间，

谓幽兰其不可佩。　　反说幽兰不可佩带。

览察草木其犹未得兮[11]，　　观察草木尚且不能得当，

岂珵美之能当[12]？　　鉴别美玉又怎能在行？

苏粪壤以充帏兮[13]，　　取来粪土填满香囊，

谓申椒其不芳。　　却说申椒毫不芬芳。

欲从灵氛之吉占兮[14]，　　想要听从灵氛的吉卦，

心犹豫而狐疑。　　心中却犹豫又迟疑。

巫咸将夕降兮[15]，　　听说巫咸将在晚上降临，

怀椒糈而要之¹⁶。　　　怀揣椒香的精米把他迎请。

———

1　"索藑"句：索，取。藑（qióng）茅，一种可以用来占卦的草。以，与。筳篿（tíng tuán），占卜用的小竹片。

2　灵氛：灵即巫，氛为巫的名，据《山海经·大荒西经》记载，灵山之上有十位神巫，其中之一即灵氛。

3　两美必合：比喻明君贤臣的遇合。

4　慕：爱慕，倾慕。

5　"岂惟"句：是，指代楚国，与前文"九州"相对，九州指天下。女，汝，你。灵氛称呼诗人之语。

6　"勉远"句：勉，努力。狐疑，犹豫不决。以上两个"曰"字领起的两个四字句，是两次占卜的结果。仓山楚简有"屈宜习之以彤笭为左尹邵沱贞"之语，望山楚简亦有"瘖以黄灵习之"之说，两"习之"都是两次占卜的意思。习，此处通"袭"。

7　故宇：故居，故国。灵氛劝告诗人离开楚国到远方去寻找自己的理想。

8　眩曜：迷乱的样子。

9　独异：与众不同。

10　"户服"句：服，佩带。艾，白蒿，有异味。要，古"腰"字。

11　未得：不能得到实情。

12　"岂珵"句：珵（chéng），"程"的假借字，度量的意思。当，恰当。这两句是说那些党人连草的好坏都分不清楚，又如何能分别人的美好品德。

13　"苏粪"句：苏，取。粪壤，粪土。帏，香囊。

14　吉占：吉利的占辞。

15　巫咸：《山海经》记载的灵山十巫之一，地位身份要比灵氛高。

16　"怀椒"句：椒糈(xǔ)，椒是香料，糈是精米；椒糈是用香料熏染过的精米。要，求。

百神翳其备降兮[1]， 九疑缤其并迎[2]。	众神遮天蔽日一齐降， 九嶷之神纷纷相迎。
皇剡剡其扬灵兮[3]， 告余以吉故[4]。	巫咸煌煌然闪耀着灵光， 把吉祥的缘故对我讲。
曰：	他说：
"勉升降以上下兮， 求榘矱之所同[5]。	"努力上天下地去找寻， 求索与你准则相同的知音。
汤禹严而求合兮[6]， 挚咎繇而能调[7]。	商汤夏禹虔诚地寻求同道， 伊尹皋陶因此能和他们协调。
苟中情其好修兮， 又何必用夫行媒？	如果内心确实爱好修美， 又何必请人来做媒？
说操筑于傅岩兮[8]，	傅说曾手执木杵在傅岩筑墙，

武丁用而不疑[9]。　　　　武丁任用他却毫无疑心。

吕望之鼓刀兮[10]，　　　　姜尚曾经操刀做屠户，

遭周文而得举[11]。　　　　遇到周文王就得到重任。

宁戚之讴歌兮[12]，　　　　宁戚放声高歌抒怀抱，

齐桓闻以该辅[13]。　　　　齐桓公听后就命他做重臣。

及年岁之未晏兮[14]，　　　趁着年华还没衰老，

时亦犹其未央[15]。　　　　趁着时光还没用尽。

恐鹈鴂之先鸣兮[16]，　　　担心杜鹃过早鸣唱，

使夫百草为之不芳。”　　　使百草霎时间不再芳香。”

──

1　翳（yì）其：犹言翳翳，遮天蔽日的样子。

2　“九疑”句：九疑，也写作九嶷，山名；此处指九疑山诸神。一说九疑非山名，而是巫的名称，犹如灵山十巫。并迎，一起来迎接百神。

3　“皇剡”句：皇剡（yǎn）剡，光华闪闪的样子。扬灵，神灵显扬。从以上对巫咸降临的描绘，可知其身份的不一般。

4　吉故：吉利的缘故，指下文所言君臣相得的故事。

5　榘镬（jǔ yuē）：“榘”同“矩”，方形的工具；镬，量圆形的工具；两者都有尺度的意思。

6　“汤禹”句：严，庄重，严肃。求合，访求志同道合的人。

7　“挚咎”句：挚，伊尹的名，辅佐商汤灭夏。咎繇（yáo），即

皋陶。舜的贤臣。调,和谐。

8　"说操"句:说(yuè),即傅说,殷高宗的贤臣,据说他在傅岩做筑墙苦力,高宗梦见了他,就把他找来请他做相。筑,筑墙用的杵。傅岩,地名,在今山西平陆县附近。

9　武丁:即殷高宗,商代的明君。

10　"吕望"句:吕望,即辅佐周武王灭商的姜尚,又称太公望,其祖先封地在吕,又称吕尚。鼓刀,犹言舞刀。姜尚未被周文王发现时,曾在商首都朝歌做屠夫。

11　"遭周"句:周文,即周文王姬昌,武王之父,周家基业的奠定者。举,提拔。

12　"宁戚"句:宁戚,春秋时期卫国的商人,有一次晚上喂牛时唱歌,被齐桓公听到,发现他是个贤才,就任用他做齐国客卿。讴歌,徒歌,没有伴奏地歌唱。

13　该辅:该,周详,完备。该辅即使贤人对齐的辅助更加完备。

14　晏:晚。

15　未央:未尽。

16　鹈鴃(tí jué):子规,又名伯劳,初秋鸣叫,故有下文的百草不芳。

何琼佩之偃蹇兮[1]，　　　　玉佩是何等美质非凡，众葳然而蔽之[2]。　　　　　众人却严严地把它遮掩。

惟此党人之不谅兮[3]，　　　这些结党小人毫无诚信，

恐嫉妒而折之[4]。　　　　　我担心嫉妒使他们把琼佩毁损。

时缤纷其变易兮，　　　　　时世纷乱变化无常，

又何可以淹留[5]？　　　　　又怎么可以久留？

兰芷变而不芳兮，　　　　　兰和芷变质不再芬芳，

荃蕙化而为茅。　　　　　　荃与蕙也变成了菅茅。

何昔日之芳草兮，　　　　　为什么从前的香草，

今直为此萧艾也[6]？　　　　现在简直成了蒿艾？

岂其有他故兮，　　　　　　难道说还有其他什么缘故，

莫好修之害也[7]！　　　　　全都是不好修德的祸害！

余以兰为可恃兮[8]，　　　　我以为兰草十分可靠，

羌无实而容长[9]。　　　　　它却华而不实空有其表。

委厥美以从俗兮[10]，　　　　放弃美质顺从流俗，

苟得列乎众芳[11]？　　　　　如何可以名列群芳谱？

椒专佞以慢慆兮[12]，　　　　花椒专横谄媚又傲慢，

樧又欲充夫佩帏[13]。　　　　假茱萸也想要挤进香囊。

既干进而务入兮[14]，　　　　既然拼命钻营攀援，

又何芳之能祗[15]？　　　　　又怎能知道敬重芬芳！

固时俗之流从兮[16]，　　　　时俗本来就随波逐流，

又孰能无变化？　　　　　　又怎能不发生变异？

览椒兰其若兹兮，　　　　眼见花椒兰草尚且如此，
又况揭车与江离[17]?　　　又何况那揭车和江蓠！
惟兹佩之可贵兮[18]，　　　只有这玉佩最为可贵，
委厥美而历兹[19]。　　　　可美质遭弃经历如此。
芳菲菲而难亏兮，　　　　它芳香飘飘难以减损，
芬至今犹未沫[20]。　　　　芬芳至今仍不泯。
和调度以自娱兮[21]，　　　调谐心情自我宽娱，
聊浮游而求女。　　　　　姑且漫游去寻找美女。
及余饰之方壮兮[22]，　　　趁着我的佩饰还鲜亮，
周流观乎上下。　　　　　周游上天观天地四方。

1　"何琼"句：琼佩，玉佩。偃蹇，委婉美好貌。

2　菱(ài)：遮蔽。

3　谅：正直可信。

4　"恐嫉"句：恐，一说为"共"的误字。之，指上文琼佩。

5　淹留：停留。

6　"今直"句：直，简直，一下子。萧艾，贱草，蒿草。

7　莫：不。

8　"余以"句：兰，本为香草名，此处或影射楚怀王幼子令尹子
兰。他与下文提到的"椒"，应都是前文所言"哀众芳之芜秽"
的"众芳"之人。恃，倚仗。

9　"羌无"句：无实，不结果实。容长，外表修长。

10　委厥美：丢掉他们的美好；委，丢弃。

11　苟：在此表疑问，如何的意思。这句是说他们如何可以得列众芳。

12　"椒专"句：椒，影射大夫子椒。专佞，专事谄佞。慢慆(tāo)，怠慢佚乐。

13　樧(shā)：茱萸一类的草，形状似椒而不香，比喻楚官场的一批小人。

14　"既干"句：干进，钻营以谋求个人权位利禄。务入，与"干进"同意。

15　祗：敬重。言那些干进的人是不能尊重任何芳香之物的。

16　流从："从流"的倒误，随波逐流。

17　揭车、江离：与椒兰相比系一般的芳草，比喻自己培育的一般人才；离，一本作蓠。这句的意思是说，兰和椒都不可靠，何况揭车和江离那样的芳草呢？

18　兹佩：即上文所言的琼佩，诗人自指。

19　"委厥"句：委，字当作"秉"，与"委"字形近而误；秉，持。历兹，至今。

20　沬：泯没。

21　和调度：三个字同意，为并列结构，自我调适，缓和心情的意思。

22　及余饰之方壮兮：与前文"佩缤纷其繁饰兮"同意，指代自己所修的德行。

灵氛既告余以吉占兮，
历吉日乎吾将行[1]。

折琼枝以为羞兮[2]，
精琼爢以为粻[3]。

为余驾飞龙兮，
杂瑶象以为车[4]。

何离心之可同兮[5]？
吾将远逝以自疏[6]。

遭吾道夫昆仑兮[7]，
路修远以周流[8]。

扬云霓之暗蔼兮[9]，
鸣玉鸾之啾啾[10]。

朝发轫于天津兮[11]，
夕余至乎西极[12]。

凤皇翼其承旂兮[13]，
高翱翔之翼翼[14]。

忽吾行此流沙兮[15]，
遵赤水而容与[16]。

灵氛已把吉卦对我说清，
选定吉日我将要远行。

折下琼枝当做佳肴，
精制玉屑当做干粮。

飞龙为我把车驾，
杂用美玉象牙把车来妆。

离心离德怎么共处？
我将远行来自我疏离。

转道我去往昆仑山，
道路漫长四下游历。

升起云霞旗帜蔽天日，
振响鸾形玉铃声啾啾。

清早从银河渡口出发，
晚上到达西天尽头。

凤凰纷飞承举着云旗，
高高地翱翔翻动着彩翼。

转眼我走过流沙之地，
沿着赤水徘徊犹豫。

1　历：选择。

2　"折琼"句：琼枝，琼树的枝条。羞，珍贵食品。

3　"精琼"句：精，动词，将米舂得很细。琼麋（mí），麋，细末；琼麋即玉的细末。粻（zhāng），粮。

4　象：象牙。句意为用美玉和象牙为车的装饰。

5　离心：异心，不同的心志。

6　自疏：自动疏远，指自己将远游而言。

7　"邅吾"句：邅（zhān），转向，楚方言。道，取道。

8　周流：曲折。与"修远"相对成文。

9　"扬云"句：云霓，旗帜，以云霓为旗帜。暗蔼，旌旗蔽天的样子。

10　"鸣玉"句：玉鸾，玉雕刻成的鸾形的车铃。啾啾，铃声。

11　天津：天河的渡口。

12　西极：西方的尽头。

13　"凤皇"句：翼，《文选》作"纷"，繁多。承，举。旂，画有交龙的旗帜。

14　翼翼：飞翔貌。

15　流沙：西方的沙漠，因沙流动而得名。据《山海经·海内西经》，流沙从昆仑经过。

16　"遵赤"句：赤水，神话中发源于昆仑山的水。容与，徘徊不前。

麾蛟龙使梁津兮[1]，　　　　　指挥蛟龙搭渡梁，

诏西皇使涉予[2]。　　　　　　命令西皇少暤将我渡。

路修远以多艰兮[3]，　　　　　道路漫长遥远充满艰险，

腾众车使径待[4]。　　　　　　传令众车径自来相护。

路不周以左转兮[5]，　　　　　路过不周山车向左转，

指西海以为期[6]。　　　　　　约定西海来驻足。

屯余车其千乘兮[7]，　　　　　集合我成千的车子，

齐玉轪而并驰[8]。　　　　　　齐整整玉轮共向前。

驾八龙之婉婉兮[9]，　　　　　婉婉八龙擎驾行，

载云旗之委蛇[10]。　　　　　车插云旗随风卷。

抑志而弭节兮[11]，　　　　　停住长鞭抑制激情，

神高驰之邈邈[12]。　　　　　神思飞驰浮想联翩。

奏九歌而舞韶兮[13]，　　　　奏起《九歌》舞《九韶》，

聊假日以偷乐[14]。　　　　　姑且借此自偷欢。

陟升皇之赫戏兮[15]，　　　　初升的太阳灿烂辉煌，

忽临睨夫旧乡[16]。　　　　　忽然瞥见云下的故乡。

仆夫悲余马怀兮[17]，　　　　车夫悲伤我马也留恋，

蜷局顾而不行[18]。　　　　　曲身回头再不能迈向前。

―――　1 "麾蛟"句：麾，指挥。蛟，龙的一种，能兴风作浪。梁津，梁在此作动词，架桥；梁津即在渡口架桥。

2 "诏西"句：诏，告令。西皇，西方之神。涉，渡。

3 艰：路途艰难。

4 径待：径，直；待，字应作"侍"；径侍即径相侍卫，以免渡河发生危险的意思。

5 不周：不周山，神话中的山，在昆仑山西北，其山有缺，故名。

6 "指西"句：西海，神话中西北方向的海，一说即今天青海省的青海湖。期，期待，在此指目的地。

7 "屯余"句：屯，聚集。千乘，极言其多。

8 轪(dài)：古称车辖为轪，指代车轮。一说，字当作"鞙"，马缰绳。

9 婉婉：龙行进时蜿蜒曲折的样子。

10 委蛇(wēi yí)：旗帜飘扬时舒卷貌。

11 "抑志"句：抑志，志，通"帜"，旗帜；抑帜即将旗帜下垂。弭节，放下赶车的马鞭，使车停止。

12 邈邈：浩渺无际的样子。

13 韶：即《九韶》，夏启的舞乐。

14 "聊假"句：假日，借机会。偷乐，偷，同"愉"，愉乐即娱乐、快乐。

15 "陟升"句：陟升，两个字同义，都是升高的意思。皇，初升的太阳。赫戏，天宇光辉貌。

16 "忽临"句：临睨(nì)，下视。旧乡，故乡，即楚国。

17 怀：思。

18 "蜷局"句：蜷(quán)局，屈曲的样子。顾，回头看。不行，不能行进。

乱曰[1]：　　　　　　　　　　尾声：
已矣哉[2]！　　　　　　　　　算了吧！
国无人莫我知兮[3]，　　　　　国中没有人理解我，
又何怀乎故都[4]！　　　　　　我又何必怀恋故国！
既莫足与为美政兮[5]，　　　　既然没人能与我实行美政，
吾将从彭咸之所居[6]！　　　　我将追随彭咸到他住的地方！

―― 1 乱：古代音乐最后一章为乱，即今所谓尾声。乱有两重含义：一是对整个乐章大意的再现，"乱"有整理之义；一是结尾章繁音促节，纷杂交错，所以称为乱。

2 已矣哉：犹今语所谓"算了吧"。

3 国无人，国家无人，人指贤人。

4 故都：故国。

5 美政：屈原心中美好的政治理想，如任用贤人，变法图强，效法禹、汤、文、武振兴楚国等等。

6 "从彭咸"句：即投水自杀。

　　《离骚》是一首堪称伟大的抒情诗篇。其伟大首先在于诗篇以第一人称形式，展现了一个以崇高政治理想、芳洁人生品格、誓不向恶势力低头的强悍主体精神与傲岸不群的自我形象，具有强烈的震撼力。

　　这一主体精神形象的表现，是由诗篇雄奇新巧的构思来达到的。

　　从大的结构上说，诗篇分虚、实两部分。从一开始到"女嬃之婵媛兮，申申其詈予"，多实写。主要叙述自己诗中之"我"的身世、修养、在楚国的作为、积极进取的政见，对生活真谛的理解及对党人的厌恶。其中开始八句可能借用了楚国神事中降神仪式的一些表达因素，用神圣自比以突出"朕"的不凡。

　　在这部分内容中，以众多的香草譬喻"我"芳德高洁，是《诗经》比兴之后别开生面的新手法。

　　继而是女嬃责备与诗中之"我"的感怀，看上去似乎是诗中人内心出现了犹豫，实际是以此为下半部分上天入地的精神漫游求索来蓄势，诗也自此由实入虚，形成重要的过渡。

　　漫游求索的描述以及之后向昆仑的驾龙西游，是《离骚》最为奇特的部分。这两部分由就重华陈词、阊阖受阻、求女（宓妃、有娀氏之女和有虞二姚）以及驾龙西游组成。诗中之"我"登天下地，求药求女，其内涵不外表达诗人难以排解的苦闷以及对故国故乡的难分难舍。然而在艺术上，由于对历史传说、神话故事的出神入化的使用，则形成了驰情入幻、波澜壮阔的新境地。

再从诗篇整体的发展线索看，诗篇是在矛盾冲突的主线下伸展深化的。诗篇首先明确自己的"内美"和大志，接着就是实写自己的失败。这是第一个回合。

继而是退修初服，以及在女媭"詈予"下的"就重华而陈词"。在得到了坚强的自我确证之后，又展开了升入天界的进程。然而，又是无情的失败。这是第二个回合。

继而是上下求女，而三次求女，又是一次次的无果而终。这是第三个回合。

三次巨大挫折的惨淡，反而使诗中之"我"有了在更广阔范围内漫游求索的宏望。然而，最终还是失败。不过，这最后一次失败，不是来自客观上的阻碍，而是来自"我"自己，是对故国故乡的深沉的情感使他不能远行。反复的冲突，映现的是诗人内心的纠结、挣扎与痛苦，也映现了诗中人在挫折面前的毅然坚持。

从内涵上说，反复的求索与失败的过程，是诗篇内涵逐渐丰富、诗中人性格逐渐丰满的过程；从艺术表现上看，这样的过程，也是把香草美人、历史故事和神话传说等诸多因素融入篇章，从而形成雄奇瑰丽的烂漫艺术的过程。

在《诗经》时代，情感的抒发，有意无意是与古代神话传说切割开来的。诗篇漫游部分有一点值得提出，即诗篇采用了古老神仙宗教的要素，来表现精神的求索。首先，诗中之我上昆仑山，而《山海经》等文献明言，此山有"不死之药"。其次，诗篇以求女失败，写自己的苦闷。在古老的神仙追求中，有一种成仙术即"御女术"，所谓黄帝一日十二女，最终升仙。再次，诗人最终"驾八龙"的升天，更与古老神仙"三蹻"（龙、虎、鹿）之术相合。就是说，利用宗教神话因素展开诗篇的想象，正是《离骚》最重要的特征。诗人运用这些宗教神话素材，也真仿佛如造化之力，能使云腾，能使雾起，能令鬼神为之起舞，能令草木活色生香！在这样的造化之笔下，《离骚》显现出自己特有的意象纷披、光怪陆离，显现出自己特有的恢宏、烂漫的伟大气象。

再从语言句式上说，篇章多用"兮"字的六言诗句，更使得诗篇读来舒缓而顿挫，畅达而抑扬。情感上的忧愤深广，表现上的浩瀚无涯，格调上的瑰丽雄奇，语体上的舒卷悠扬，是《离骚》的总体特征。

前人用"文师词宗"誉之，是不错的。

九　歌

《九歌》,屈原依据楚国古旧乐章翻新改写的祭祀组曲。

其创作时间,古代学者认为是在屈原遭怀王疏远后,现代有学者则认为,《九章·惜往日》所言"受命诏以昭时"即指此而言,时间应在诗人被信任时。

《九歌》之源,《离骚》说是夏启时就有,各种文献也表明《九歌》应与夏代有关。由此,可知楚文化有夏代的渊源。楚人曾在中原生活,传世文献有记载,而上博简《容成氏》篇言夏桀曾逃至"苍梧之野",更强化这样的认识。

《九歌》号为"九",却有十一篇。前人对此有不同解释,一种说法以为《九歌》的首章《东皇太一》和结尾的《礼魂》为迎神、送神曲,中间的九篇才是实际的祭祀乐歌。

又有人认为《九歌》中的《湘君》和《湘夫人》两篇实际为一曲演唱的两个组成部分,《大司命》和《少司命》的情况也一样。这样,《九歌》也还是九曲之歌。

东皇太一

东皇太一，楚人对天帝的尊称，天帝而称"东皇"，是因为它的祠坛立在东边，又可能与天从东方破晓以及东方为一年之始有关。太一即东皇、昊天，是最高神的称呼。近出郭店简有《太一生水》篇，言"太一生水，水反辅太一是以成天，天反辅太一是以成地"。然而天地相辅，生神明、阴阳及万物。据此"太一"是生育万物的基始，也可以说是天地神明之始。

《九歌》中的神多用楚人所习惯的名称。

此篇只是描写了迎接天神的隆重场面，没有人神之间的对唱。这可能与古代祭祀惯例有关，据甲骨文及其他文献，祭祀中是不能直接与最高神沟通的，祭者只能把自己的虔诚展示给它看，得到它的肯定，方能获赐福。

东皇就是这样的最高神。所以它只被隆重地请出场，祭者却不直接向它吁求什么，这可能就是此篇无与神交流情感表现的原因。

吉日兮辰良[1]，　　　　吉日良辰好时光，
穆将愉兮上皇[2]。　　　将要恭敬祭上皇。
抚长剑兮玉珥[3]，　　　手握长剑玉饰柄，
璆锵鸣兮琳琅[4]。　　　身佩美玉响叮当。
瑶席兮玉瑱[5]，　　　　瑶席四角玉镇压，
盍将把兮琼芳[6]。　　　纯美香花手中拿。

―――　1 "吉日"句：吉日，好日子。《九店楚简·日书》："凡吉日，利
　　　以祭祀，祷祠。"又据此书，凡春日祭祀，壬、癸为吉日。辰，时
　　　辰。辰良，即"良辰"的倒文。

　　　2 "穆将"句：穆，恭敬。愉，使快乐。动词。上皇，上帝，这里
　　　指东皇太一，即昊天上帝。湖北云梦睡虎地秦简《日书》甲种
　　　101正贰有"毋以子卜筮，害于上皇"之语。上皇因其地位重
　　　要而称"太一"。马王堆帛书有"太一将行图"，接近正方形图
　　　案上端画有鹿角状神人头像，其东西各有雷公、雨师像相伴。
　　　又南阳汉墓画像石中也有太一像，居整个图像正中，头戴"山"
　　　字形冠冕，其上下左右围绕着朱雀、玄武、苍龙、白虎四象；此
　　　外，左有伏羲捧日，右为女娲抱月。石像两端分别为北斗七星
　　　和南斗六星。整幅图像就是太一主宰宇宙的样子。这又与郭
　　　店简《太一生水》相合，此简文说"太一生水，水反辅太一"以
　　　成天地、四时、阴阳乃至万物。由此可知太一之尊贵，是超过

任何神的。

3　珥：剑鼻，剑把上突出的部分。这里指剑把。

4　"璆锵"句：璆锵（qiú qiāng），佩玉撞击发出的声音。琳琅，美玉名。

5　"瑶席"句：瑶席，瑶为"䕩"之假借，䕩席，即用䕩草编的席子，陈设在神位前面。一说，瑶为美玉名；瑶席，饰有玉石的席子。玉瑱，瑱，通"镇"。玉镇，用来压住坐席的玉石。

6　"盍将"句：盍，合，与"将"同义。一说为发语词，无意。将，持，拿起。把，持，拿着。琼芳，琼，美玉名；琼芳，形容花色鲜美。一说琼芳即玉枝；一说琼芳即《离骚》中的"蘪茅"，是楚地的一种香草，也叫香茅。

蕙肴蒸兮兰藉[1]，	蕙包兰裹祭肉香，
奠桂酒兮椒浆[2]。	进献桂酒香椒浆。
扬枹兮拊鼓[3]，	扬起槌儿敲击鼓，
疏缓节兮安歌[4]，	节奏舒缓歌悠扬，
陈竽瑟兮浩倡[5]。	吹竽弹瑟放声唱。
灵偃蹇兮姣服[6]，	灵巫华服舞翩跹，
芳菲菲兮满堂[7]。	香气浓郁满厅堂。
五音纷兮繁会[8]，	五音合鸣相交响，
君欣欣兮乐康[9]。	神君欢乐又安康。

1 "蕙肴"句：肴蒸，祭祀用的肉。藉，衬垫。

2 "奠桂"句：奠，献祭。桂酒，用桂花浸泡的酒。椒浆，用花椒浸泡的浆。浆，一种味薄的饮料，《周礼》"四饮"之一。

3 "扬枹"句：扬，举。枹（fú），鼓槌。拊（fǔ），拍击。

4 "疏缓"句：节，节拍。安，安详。

5 "陈竽"句：陈，陈列。竽，吹奏乐器，类似笙，三十六管。瑟，弹拨乐器，类似筝，二十五弦，长方形，有音箱，近年楚地考古多有发现。浩倡，大声唱；倡，通"唱"。

6 "灵偃"句：灵，降神的巫师。一说指所祭祀的神，即东皇太一。偃蹇（yǎn jiǎn），舞貌。形容舞姿回旋曲折。一说形容舞姿繁复。姣服，华丽的服饰。姣，美好。

7 芳菲菲：香气馥郁。

8 "五音"句：五音，指古代五声音阶上的五个音级，即宫、商、角、徵、羽，大体相当于现代简谱上的 1、2、3、5、6。纷，众多的样子。繁会，错杂。

9 "君欣"句：君，指东皇太一。欣欣，喜悦的样子。康，平安，安乐。

云中君

　　云中君是云神，云中是神的住所。诗篇既写了云神的出行和光彩，以及忽然而降、飘然而去的神秘莫测，也写到了灵巫代表人对它的虔诚和思恋。

　　学者曾怀疑云中君为月神，江陵天星观一号楚墓出土竹简文字证明，云中君就是云神。

浴兰汤兮沐芳[1]，　　　　沐浴兰草煮成的香汤，

华采衣兮若英[2]。　　　　穿上绚丽如花的衣裳。

灵连蜷兮既留[3]，　　　　灵巫舞姿回旋神附体，

烂昭昭兮未央[4]。　　　　神光闪闪啊无限辉煌。

蹇将憺兮寿宫[5]，　　　　将要安居在云神宫殿，

与日月兮齐光。　　　　同日月一起大放光芒。

龙驾兮帝服[6]，　　　　龙驾的车啊天帝的衣，

聊翱游兮周章[7]。　　　　且翱翔啊周游来往。

灵皇皇兮既降[8]，　　　　神灵挟着光焰从天降，

猋远举兮云中[9]。　　　　又迅速飞升回到云上。

览冀州兮有余[10]，　　　　视野超出华夏范围，

横四海兮焉穷[11]。　　　　横越四海无边无疆。

思夫君兮太息[12]，　　　　思念云神长声叹息，

极劳心兮忡忡[13]。　　　　忧心至极啊心神惶惶。

―――　1　"浴兰"句：浴，洗澡。兰汤，用兰草煮的洗澡水；汤，热水。沐，洗头。芳，芳香，指兰汤。

2　"华采"句：华采，缤纷的色彩。若，如。一说为杜若。英，花。

3　"灵连"句：灵，降神的巫师。一说指神，即云中君。连蜷，

回环曲折的样子。留,停留。这句是说女巫降神时,神灵附体,模拟云神的姿态。一说留为"橮"字之借,橮,即燎祭,即积柴燃烧祭祀天神。

4 "烂昭"句:烂昭昭,光明的样子。未央,未尽。

5 "蹇将"句:蹇,发语词。憺(dàn),安。寿宫,云中君在天上的宫殿。一说为供神之处。

6 "龙驾"句:龙驾,龙车。帝服,天帝之服,指云神的衣着。

7 周章:周游来往。

8 皇皇:光明的样子。皇,同"煌"。

9 猋(biāo):迅速离去的样子。

10 冀州:古代把中国划分为九州,分别是冀、兖、青、徐、扬、荆、豫、梁、雍。冀是九州之首,居于九州的中间,因而可用冀州来代指中国。楚地非冀州,但《九歌》为夏代古乐舞的遗留,冀州一词,是古曲翻新留下的痕迹。

11 "横四"句:四海,指中国以外。古人认为九州之外被东南西北四海包围。焉,何处。穷:尽。

12 "思夫"句:夫,语气词。君,云中君。

13 "极劳"句:劳心,担心,忧心。忡忡,形容忧虑的感受。

湘　君

　　湘君和湘夫人是湘水神（也有人认为是湘山神），近年出土葛陵、天星观及包山各地之楚简，均称其为"二天子"，或即"天帝二位子女"之意。

　　传说她们是尧的女儿，舜的妻子。据说舜在前往苍梧巡视时死在那里。两位妻子追赶舜，到达洞庭湖时，闻听舜已死去，南望痛哭之后，双双投入湘水。此后其神灵经常出没于湘水洞庭，"其出必以飘风暴雨"（《山海经·中山经》），楚地之人为之立祠。

　　在岁时祭祀的漫长过程中，二女的传说也发生了变化，逐渐变成了一对配偶："湘君"有了舜的影子，另一女神则变成了"湘夫人"。于是祭祀的献歌，便特别从两人相互思恋却总是乖违不偶上加以表现，从而流露出浓郁的缠绵幽怨之情。

　　《湘君》是由扮演湘夫人的女巫唱给湘君听的。

君不行兮夷犹[1]，	湘君你犹豫迟迟不动，
蹇谁留兮中洲[2]？	为谁停留在水中沙洲？
美要眇兮宜修[3]，	我容貌美丽修饰得宜，
沛吾乘兮桂舟[4]。	驾着桂木船顺水飞舟。
令沅湘兮无波[5]，	命沅水湘水不起波浪，
使江水兮安流[6]。	令长江之水平稳流淌。
望夫君兮未来[7]，	夫君不来我望穿秋水，
吹参差兮谁思[8]？	吹响排箫是暗恋着谁？
驾飞龙兮北征[9]，	驾起龙舟我朝北航行，
邅吾道兮洞庭[10]。	曲曲折折绕道洞庭。
薜荔柏兮蕙绸[11]，	薜荔做帘蕙做帐，
荪桡兮兰旌[12]。	荪草饰桨兰做旌。
望涔阳兮极浦[13]，	朝向涔阳遥远的岸，
横大江兮扬灵[14]。	横渡大江显神能。
扬灵兮未极[15]，	威灵尽显却未能到，
女婵媛兮为余太息[16]！	侍女悻悻啊为我叹息。
横流涕兮潺湲[17]，	眼泪横涌不住地滴落，
隐思君兮陫侧[18]。	思念湘君悲伤又失意。
桂棹兮兰枻[19]，	桂木做桨兰木做舷，
斲冰兮积雪[20]。	分开积雪啊击破层冰。

1　"君不"句：君，湘夫人对湘君的称呼。夷犹，犹豫迟疑。

2　"蹇谁"句：蹇，通"謇"，发语词。谁留，为谁停留。洲，水中陆地。

3　"美要"句：要眇，美好的样子。宜修，修饰得恰到好处。

4　"沛吾"句：沛，船顺流而下走得很快的样子。吾，湘夫人自称。桂舟，用桂木造的船。

5　沅湘：沅水、湘水，都在今湖南境内。

6　安流：平稳地流淌。

7　夫：发语词。

8　参差：排箫的别名。排箫由数支竹排成一列组成，上端平齐便于吹奏，下端两边长，中间短，故称参差。传说排箫为舜发明，所以此处吹箫以表对舜的思念之情。

9　"驾飞"句：飞龙，龙船。北征，向北航行。

10　邅（zhān）：楚方言，转弯，转道。这两句和下面四句都是叙述湘君的情况，是湘夫人的想象。

11　"薜荔"句：柏，柏壁，即帘子。绸，通"帱"，帐子。

12　"荪桡"句：桡（ráo），短桨。一说是旗杆上的曲柄。旌，旗杆顶上的装饰。

13　"望涔"句：望，在此有朝向的意思。涔阳，地名，涔水北岸，具体地点不详。极浦，遥远的水岸。

14　"横大"句：横，横渡。大江，长江。扬灵，显示威灵。

15　极：至,到达。

16　"女婵"句：女,湘夫人身边的侍女。余,湘夫人。从这句
开始又转回对湘夫人的叙述。

17　"横流"句：横流涕,犹言眼泪纵横。潺湲,泪流不止的
样子。

18　"隐思"句：隐：痛,痛苦。悱侧,即悱恻,悲伤。

19　"桂棹"句：桂棹(zhào),桂木做的桨。枻(yì),船舷。一
说是短桨。

20　斲：砍开,破开。

采薜荔兮水中,	水里采薜荔,
搴芙蓉兮木末[1]。	树梢折芙蓉。
心不同兮媒劳[2],	心思不同媒人徒劳,
恩不甚兮轻绝[3]。	恩爱不深轻易绝情。
石濑兮浅浅[4],	水流石滩声溅溅,
飞龙兮翩翩[5]。	龙舟疾驰飞翩翩。
交不忠兮怨长,	爱不忠贞怨恨长又深,
期不信兮告余以不闲[6]。	告诉我无闲只因不守信。
鼌骋骛兮江皋[7],	清晨驰骋在水边高地,
夕弭节兮北渚[8]。	晚上停车在北边沙洲。
鸟次兮屋上[9],	鸟在屋子上栖息,

水周兮堂下[10]。　　　　水绕着厅堂周流。

捐余玦兮江中[11]，　　　把我的玉玦投入江，

遗余佩兮澧浦[12]。　　　玉佩也扔到澧水滨。

采芳洲兮杜若[13]，　　　采摘芳洲上的杜若，

将以遗兮下女[14]。　　　将其赠给下界女人。

皆不可兮再得[15]，　　　良辰美景难再有，

聊逍遥兮容与[16]。　　　姑且逍遥漫步游。

───　1　"搴芙"句：搴，拔取，摘取。木末，树梢。薜荔本来缘木而
生，荷花本来长在水里，现在却到水中摘薜荔，到树上采荷花，
必然是徒劳无功。比喻等待湘君没有结果。

2　"心不"句：媒，媒人。劳，徒劳。

3　轻绝：轻易断绝。

4　"石濑"句：石濑，沙石滩上的流水。浅浅，水流得快的
样子。

5　翩翩：颠簸起伏的样子。两句是湘夫人眼中光景，以表其
百无聊赖之情。

6　"期不"句：期，约会。不信，不守信。不闲，没有空闲。

7　"鼂骋"句：鼂(zhāo)，通"朝"，清晨。骋骛(wù)，奔驰，驰
骋。皋，高地。

8　"夕弭"句：弭，停止。节，马鞭。渚，水中陆地。

9   次:止宿,栖息。

10   周:环流。

11   "捐余"句:捐,丢弃。玦,似环而有缺口的玉器。玦与"诀"音近,古人往往用赠玦来表达诀别或断绝关系的意思。

12   "遗余"句:遗,丢下。佩,玉佩;佩与"背"音近,把它丢弃,也表示断绝的决心。澧,水名,一作"醴",在今湖南境内。

13   芳洲:长满香草的水中小洲。

14   "将以"句:遗,赠送。下女,下界的女子。一说指湘夫人身边的侍女。

15   旹:"时"的异体字。

16   "聊逍"句:聊,姑且。容与,不慌不忙,犹言漫步。

湘夫人

湘夫人,由扮演湘君的男巫唱给湘夫人的歌。

与《湘君》乃至《九歌》其他各篇一样,诗中有些内容是巫代表神唱的。

帝子降兮北渚[1]，　　　　　　帝尧的女儿降临北渚沙洲，

目眇眇兮愁予[2]。　　　　　　　眺望不见使我忧愁。

袅袅兮秋风[3]，　　　　　　　　秋风缕缕啊轻吹，

洞庭波兮木叶下[4]。　　　　　　洞庭微波黄叶飘落。

白薠兮骋望[5]，　　　　　　　　穿过白薠极目远望，

与佳期兮夕张[6]。　　　　　　　为与佳人约会昨晚就开始忙。

鸟萃兮苹中[7]，　　　　　　　　鸟为何落在苹草里，

罾何为兮木上[8]？　　　　　　　鱼网为何投在树木上？

沅有茝兮醴有兰[9]，　　　　　　沅水的白芷澧水兰，

思公子兮未敢言[10]。　　　　　　暗恋着公子不敢言。

荒忽兮远望[11]，　　　　　　　　迷迷茫茫远张望，

观流水兮潺湲。　　　　　　　　但见江水缓缓淌。

麋何食兮庭中[12]？　　　　　　　麋鹿为何吃草在庭院，

蛟何为兮水裔[13]？　　　　　　　蛟龙为何受困浅滩上？

朝驰余马兮江皋，　　　　　　　早晨驱马在江边高地，

夕济兮西澨[14]。　　　　　　　　晚上渡江到西岸旁。

闻佳人兮召予，　　　　　　　　听说佳人将我召唤，

将腾驾兮偕逝[15]。　　　　　　　驾起车儿飞驰要与她同往。

1　帝子：指湘夫人，传说她是帝尧的女儿。女儿古代也可以
　称为"子"。

2 "目眇"句：眇眇，目光远望的样子。予，我，湘君自称。

3 袅(niǎo)袅：风吹落叶的样子。一说微风吹拂的样子。

4 "洞庭"句：波，起波浪。木叶，树叶。

5 "白薠(fán)"句：白薠，水草名。一本"白薠"上有"登"字，即登上长满白薠的高地。骋望，纵目远眺。

6 "与佳"句：佳，佳人。张，陈设准备。

7 萃：集。

8 罾(zēng)：渔网。用此网捞鱼与一般撒网不同，网四角拴在一根木杆上，先将网沉入水底，然后突然用杆把网兜起。这两句和《湘君》"采薜荔兮水中，搴芙蓉兮木末"两句一样，都是反常之喻。

9 "沅有"句：茝，香草。醴，通"澧"，澧水。

10 公子：指湘夫人。

11 荒忽：通"恍惚"，隐隐约约的样子。

12 麋：麋鹿。

13 水裔：水边。这两句说麋鹿本来生活在深山中，现在却跑到庭院里来，本来生活在深水中的蛟龙，现在却出现在浅水中。比喻等待湘夫人没有结果。

14 澨(shì)：水边。

15 "将腾"句：腾驾，驾车腾空。偕逝，同往。

筑室兮水中[1]，　　　　　　水中筑起房舍宫殿，

葺之兮荷盖[2]。　　　　　　用荷叶覆盖在屋顶。

荪壁兮紫坛[3]，　　　　　　荪草做墙紫贝铺庭，

播芳椒兮成堂[4]。　　　　　椒泥涂满各厅堂。

桂栋兮兰橑[5]，　　　　　　桂木做栋木兰做椽，

辛夷楣兮药房[6]。　　　　　辛夷为楣白芷装房。

罔薜荔兮为帷[7]，　　　　　编结起薜荔做帐围，

擗蕙櫋兮既张[8]。　　　　　摆开蕙幔张高堂。

白玉兮为镇，　　　　　　　白玉做镇压坐席，

疏石兰兮为芳[9]。　　　　　分布石兰散芬芳。

芷葺兮荷屋[10]，　　　　　白芷加厚荷叶顶，

缭之兮杜衡[11]。　　　　　匝匝缠绕香杜衡。

合百草兮实庭[12]，　　　　集合各种香草满庭院，

建芳馨兮庑门[13]。　　　　使芳香之气弥漫在廊庭。

九嶷缤兮并迎[14]，　　　　九嶷山神纷纷来迎接，

灵之来兮如云[15]。　　　　神灵前来如漫天云。

捐余袂兮江中[16]，　　　　衣袖抛进江水里，

遗余褋兮醴浦[17]。　　　　扳指丢到澧水滨。

搴汀洲兮杜若[18]，　　　　采撷水洲上的杜若，

将以遗兮远者[19]。　　　　想要送给远方人。

时不可兮骤得[20]，　　　　美好时光难再得，

聊逍遥兮容与。　　　漫步周游且散心。

—— 1　筑：板筑，古代一种筑墙的方式。

2　葺（qì）：覆盖，用草盖屋顶。

3　"荪壁"句：荪，即溪荪，一种芳草。紫，一种珍贵的贝类。坛，楚方言称中庭为坛。

4　"播芳"句：播，撒。成堂，《楚辞补注》一本作盈堂。当从。《九店楚简·日书》《郭店楚墓竹简》等，凡盈满的意思，其字都作"涅"，即"盈"字异体。可知古涅、盈、成三字音同，可通假。前人解"成堂"为用花椒和泥涂墙，不对。此句就是堂室内满撒芳椒的意思。

5　橑（liǎo）：屋椽。

6　"辛夷"句：楣，门上的横梁。药，白芷，一说即芍药。

7　"罔薜"句：罔，通"网"，编结。帷，帐子的四围。

8　"擗蕙"句：擗（pǐ），剖开。櫋（mián），一本作"樆"，通"幔"，帐子的顶。一说为屏风，一说为屋檐板。张，张挂。

9　疏：分散地摆放。

10　芷葺：用白芷把屋顶加厚，指在原有的荷叶屋顶上加盖一层白芷。

11　缭：缠绕。

12　"合百"句：合，集合。百草，泛指各种香草。实，充满。

13 "建芳"句：建，设置。庑，堂外周围的廊屋。从"筑室兮水中"至"建芳馨兮庑门"十余句，写湘君为迎接湘夫人而建筑精美的住处。如此，下文的失望之情才显得深沉。

14 "九嶷"句：九嶷，山名，在今湖南。这里指九嶷山群神。舜死在九嶷山，所以诗篇说这里的神灵也来了。缤，众多的样子。

15 灵：指上句提到的九嶷山群神。

16 袂（mèi）：衣袖。古音与"诀"相近，丢弃它，表示永不断绝的决心。一说为夹衣。

17 褋（dié）：韘（shè）字的假借，即扳指，射箭时戴在拇指上用来钩弦，多用玉石制作。形状环形有缺口，喻义与玦相似。一说为单衣。

18 "搴汀"句：搴，拔取，摘取。汀洲，水中的平地。

19 远者：指下界之人。一说指湘夫人。

20 骤：容易。

大司命

大司命，主宰人寿命的神。

此神既见于《周礼·大宗伯》，又见于江陵楚简。不过楚简与《周礼》一样，都不分大小。出土铭文《齐侯壶》有"折（誓）于大司命"。既言"大司命"，当有"小司命"，司命分大小，春秋时期在齐（今山东北部）曾流行，应是这古风俗的留存。

关于《九歌》何以分大小，王夫之《楚辞通释》说："大司命统司人之生死，而少司命则司人子嗣之有无，以其所司者婴稚，故曰少，大则统摄之辞也。"是大小司命职责不同。

可能大司命为男性神，小司命为女性。

从篇中"吾与君"云云，可知楚人祭祀时，大概由女巫迎接大司命，男巫迎接少司命，男女巫各与神灵相对酬唱而且歌舞。

广开兮天门[1],　　　　打开天宫所有的大门,

纷吾乘兮玄云[2]。　　　我驾着浓厚的绛云。

令飘风兮先驱[3],　　　让旋风做我的前导,

使冻雨兮洒尘[4]。　　　叫暴雨洗净浮尘。

君迴翔兮以下[5],　　　司命神盘旋飞翔从天降,

踰空桑兮从女[6]。　　　翻越空桑我将你紧跟。

纷总总兮九州[7],　　　林林总总的九州众生,

何寿夭兮在予[8]!　　　你们的生死在我掌心!

高飞兮安翔,　　　　　又高又稳神飞翔,

乘清气兮御阴阳[9]。　乘着清气驾阴阳。

吾与君兮斋速[10],　　我追神君齐步飞,

导帝之兮九坑[11]。　　引导着上帝去九冈。

灵衣兮被被[12],　　　我的云霞之衣长长,

玉佩兮陆离[13]。　　　我的玉佩璀璨熠熠。

1　天门：天宫大门。

2　"纷吾"句：纷,形容云浓重。玄云,黑红色的云。

3　飘风：旋风。

4　冻(dōng)雨：暴雨。

5　"君迴"句：君,指大司命。迴翔,盘旋。

6　"踰空"句：踰,越过。空桑,神话中的山名。女,同"汝",

指大司命。这句是巫自述。

7　纷总总：众多的样子。

8　"何寿"句：寿，长寿。夭，短命。予，我，大司命。对这句的
理解有分歧：一说是人们的寿命长短都由我掌握，一说人们的
寿命长短怎能由我掌握。

9　"乘清"句：清气，天地间清明之气。阴阳，阴阳二气；古人
认为阳主生，阴主杀。

10　"吾与君"句：吾与君，吾指巫，君指大司命之神灵。斋速，
一本作"齐速"，同速前进。一说速通"邀"。斋邀，虔诚而恭
敬的样子。

11　"导帝"句：帝，上帝，指大司命。之，往。九坑(gāng)，一
本作"九阬"。一说是山名，在楚国郢都附近，是楚国祭上帝的
地方。一说指九州之山，代指九州。坑，通"冈"，高地。导帝九
坑正是巫者所为。

12　"灵衣"句：灵衣，当系"云衣"之误。被被，同"披披"，长
衣飘动的样子。

13　陆离：光彩闪烁。

壹阴兮壹阳[1]，　　　　　　一阴一阳神莫测，
众莫知兮余所为[2]。　　　　我司命的玄机谁能知！
折疏麻兮瑶华[3]，　　　　　折下神麻玉色花，

将以遗兮离居[4]。   送给离群索居司命神。

老冉冉兮既极[5]，   老境渐渐到来，

不寖近兮愈疏[6]。   渐行渐远不亲近。

乘龙兮辚辚[7]，   神乘龙车声隆隆，

高驰兮冲天。   高高飞驰猛腾空。

结桂枝兮延伫[8]，   攀持桂枝啊久期待，

羌愈思兮愁人。   思念愈深啊心愈哀。

愁人兮奈何，   哀愁啊无奈，

愿若今兮无亏[9]。   但愿生命永远如斯无亏败。

固人命兮有当[10]，   可是啊命运有定数，

孰离合兮可为[11]？   悲欢离合哪是人力所能改？

——

1　对这句的理解有分歧：一说是阴阳变化莫测，一说是神光
忽明忽暗，忽隐忽显。也有说阴阳代表生死，"壹阴壹阳"即一
死一生。

2　余：指大司命。

3　"折疏"句：疏麻，神麻。一说即芝麻。瑶华，菅草的花。
瑶，通"蓍"。一说指玉色之花。

4　"将以"句：遗，赠送。离居，离居的人，指大司命。自"折
疏麻"句以下，为巫者所歌。

5　"老冉"句：冉冉，渐渐。极，至。

6　"不寖"句：寖近，稍稍亲近。愈疏，越发疏远，与司命之神疏远，暗含着死的意思。

7　"乘龙"句：龙，指龙车。辚辚，车声。

8　延伫：久久地站立。延，长。伫，立。

9　"愿若"句：若今，如今。无亏，亏，亏损。无亏即生命健康。

10　"固人"句：固，本来。当，正常，定规。

11　可为：不可为。这句的意思是说，既然命的安排不在人手中，人的生死离别谁又能管得了？

少司命

近出葛陵楚简（甲—7）文有"祈福于……司折……"云云，有研究者以为即《九歌》之少司命。

又"司折"亦见于齐国器铭《洹子孟姜壶》，曰"齐侯拜嘉命……于大无（巫）、司折于（与）大司命"，"司折"与"大司命"相连，也有学者以为即少司命。

关于少司命的神职，已见《大司命》题解。

秋兰兮麋芜[1]，　　　　　　秋兰啊麋芜，
罗生兮堂下[2]。　　　　　　丛生堂下一簇簇。
绿叶兮素枝[3]，　　　　　　绿叶啊白枝，
芳菲菲兮袭予[4]。　　　　　芳菲馥郁袭人。
夫人自有兮美子[5]，　　　　人人各有美儿女，
荪何以兮愁苦[6]？　　　　　荪草何必心苦闷？
秋兰兮青青[7]，　　　　　　秋兰郁葱葱，
绿叶兮紫茎。　　　　　　　　绿叶啊紫茎。
满堂兮美人，　　　　　　　　满屋尽是美丽的人，
忽独与余兮目成[8]。　　　　刹那间四目交流灵犀一点通。
入不言兮出不辞[9]，　　　　来时不言离不辞，
乘回风兮载云旗[10]。　　　 乘着旋风啊飘着云旌。
悲莫悲兮生别离，　　　　　　最悲莫过生别离，
乐莫乐兮新相知[11]。　　　 最乐无如结新朋。
荷衣兮蕙带[12]，　　　　　　荷叶衣服蕙草带，
儵而来兮忽而逝[13]。　　　 忽然到来忽离开。
夕宿兮帝郊[14]，　　　　　　夜宿天国郊外，
君谁须兮云之际[15]？　　　 你在云端上把谁等待？

---

　　1 "秋兰"句：秋兰，即兰草，因在秋天开花，故称秋兰。麋芜，
香草，七、八月间开白花，香气浓郁。"麋"字又写作"蘼"。

2　罗生：并列而生。

3　枝：一作"华"。

4　袭：侵袭，形容香气扑鼻。

5　"夫人"句：夫，发语词。人，人们。美子，美好的孩子。少司命主管生育和保护儿童，所以这句写到人们祈子的内容。

6　荪：香草名，即溪荪，用来代指少司命。

7　青青：茂盛的样子；青，通"菁"。

8　"忽独"句：余，巫自称。目成，眉目传情。

9　辞：告辞。

10　"乘回"句：回风，旋风。云旗，以云为旗。

11　相知：知己，朋友。

12　荷衣、蕙带：都是神的服饰。蕙，蕙草。

13　"儵而"句：儵（shū），一作倏。儵、忽，都是迅速、忽然的意思。逝，去，往。

14　帝郊：天国的郊外，犹天界；帝，上帝。

15　谁须：即"须谁"，等待谁。

与女游兮九河[1]，　　　　与你畅游在九河，
冲风至兮水扬波[2]。　　　疾风吹来荡水波。
与女沐兮咸池[3]，　　　　与你同浴在咸池，
晞女发兮阳之阿[4]。　　　晒晾你长发向阳坡。

望美人兮未来[5]，　　　　翘盼美人啊你却总不到，

临风怳兮浩歌[6]。　　　　迎着长风失意放歌。

孔盖兮翠旍[7]，　　　　　孔雀羽的车盖翡翠毛的旗，

登九天兮抚彗星[8]。　　　登上九天抚彗星。

竦长剑兮拥幼艾[9]，　　　手举长剑怀抱婴，

荪独宜兮为民正[10]。　　　香荪啊您最适合掌管万民的命！

1　"与女"句：女，通"汝"，指少司命。九河，天河，银河。一说禹把黄河分为九股，称九河。

2　冲风：暴风；一说是山谷之风。古本没有这两句，一般认为系《河伯》中的词句，窜入本篇。

3　咸池：神话中的天池。传说太阳在那里沐浴。

4　"晞女"句：晞(xī)，晒干。阳之阿，大概指传说中的旸谷；阳，太阳。阿，山陵凹曲处。

5　美人：指少司命。

6　"临风"句：怳，失意的样子。浩歌，放声唱歌。

7　"孔盖"句：孔，孔雀。翠，翡翠鸟。旍(jīng)，同"旌"，旗杆上的装饰。

8　抚彗星：彗星俗称"扫帚星"，传说彗星会带来灾难，"抚彗星"就是安抚它，不让它给人间造成灾难。一说"扫帚星"能扫除邪秽，"抚彗星"即少司命手持彗星扫除灾难，保护儿童。

9 "竦长"句:竦,挺出,高举。一本作"怂"。幼艾,指婴儿,幼童。

10 "荪独"句:荪,指少司命。正,古人称官长为正,主宰的意思。

东　君

《东君》，祭祀日神的乐歌。

篇中的"吾"、"余"都是日神自称，即是说，诗篇是以日神的口吻写的。

有前辈学者以为此篇应在《东皇太一》之后，《云中君》之前，实则未必。

所以认为《东君》位置该提前，是因为相信中国古代有太阳崇拜。实际上，古代先民信仰上天，不是信仰某个天体，而是恭敬日月星辰在天宇中的运行秩序。另外，前面《东皇太一》表明，太阳的地位远不如"东皇太一"尊崇。

战国楚地竹简也显示，日月之神的地位并不是很高。

此篇所表，太阳从东方按时升起的那一刻才是最令人关切和欢愉的。

暾将出兮东方[1]，　　　旭日将要升起在东方，

照吾槛兮扶桑[2]。　　　照我栏杆木扶桑。

抚余马兮安驱[3]，　　　拍着我的马儿慢慢行，

夜皎皎兮既明[4]。　　　夜色渐消天转亮。

驾龙辀兮乘雷[5]，　　　六龙之驾雷为轮，

载云旗兮委蛇[6]。　　　云旗舒卷飘扬在车上。

长太息兮将上，　　　长叹一声将要巡天去，

心低徊兮顾怀[7]。　　　心中踌躇留恋好彷徨。

羌声色兮娱人[8]，　　　歌声舞姿多么令人醉，

观者憺兮忘归[9]。　　　观看的人入迷忘回归。

1　"暾将"句：暾(tūn)，旭日。东方，古代日出时分，祭日于东方。甲骨文即有"又出日"之语，"又"为祭祀用语，即在日出时举行祭典的意思。

2　"照吾"句：吾，太阳自称。槛，栏杆。扶桑，神话中生长在日出处的神树。这句是说东君用扶桑树作为宫殿的栏杆。

3　"抚余"句：抚，轻轻拍打。余，太阳自指。

4　皎皎：同"皎皎"，明亮的样子。

5 "驾龙"句：辀（zhōu），车辕，代指整个车子。雷，形容车声似雷。

6 委蛇（wēi yí）：长而曲折的样子。形容旗帜舒卷飘扬。

7 "心低"句：低佪，徘徊不进的样子。顾怀，怀念，怀恋。

8 "羌声"句：声色，指祭神的乐舞。娱人，使人愉悦。

9 憺（dàn）：安，有沉浸的意思。此句是日神眼中热烈的祭祀场面。

缅瑟兮交鼓[1]，	急促弹瑟鼓对鼓，
箫钟兮瑶虡[2]。	撞起编钟架轻摇。
鸣篪兮吹竽[3]，	吹响了篪儿奏起竽，
思灵保兮贤姱[4]。	想着美貌贤德的巫女。
翾飞兮翠曾[5]，	舞姿翩跹忽而低曲忽而高翔，
展诗兮会舞[6]。	一首首诗歌一节节舞。
应律兮合节[7]，	合乎音律应节拍，
灵之来兮蔽日[8]。	群神遮天蔽日享祭来。
青云衣兮白霓裳[9]，	青云为衣白霓裳，
举长矢兮射天狼[10]。	搭起长箭射天狼。
操余弧兮反沦降[11]，	搭开木弓天狼应声降，

援北斗兮酌桂浆[12]。　　举起北斗舀桂浆。

撰余辔兮高驼翔[13]，　　抓紧缰绳高飞驰，

杳冥冥兮以东行[14]。　　幽暗中赶路回东方。

———

1　"縆瑟"句：縆(gēng)，绷紧。交鼓，古人把鼓悬在木架上，多二人对击，所以说交鼓。

2　"箫钟"句：箫，应作"撠"，敲击。瑶，通"摇"，摇摆。虡(jù)，悬挂钟磬的木架。

3　籥(chí)：通"篪"。古代一种竹制吹奏乐器，类似笛，八孔。

4　灵保：指巫，迎接日神者。此句是说日神喜爱巫祝人员。

5　"翾飞"句：翾(xuān)，轻轻地低飞。翠曾，翠，即"猝"；曾，即"翻"，高飞；翠曾，即像鸟一样猝然高飞。此句形容巫的舞姿变化。

6　"展诗"句：展诗，一首接一首地吟唱诗歌；展，陈。会舞，众人一同起舞。

7　"应律"句：应律，合于音律。合节，跟随节拍。

8　灵：跟随东君来飨祭的众神。

9　青云衣、白霓裳：诗以日落时的晚霞比喻东君的服饰。

10　"举长"句：矢，矢与下句的"弧"合起来当指天上的弧矢星，又称天弓，由九颗星组成，形似弓箭，指向天狼。天狼，星名，主侵掠。

11　"操余"句：弧，木弓。反，反身。沦降，降落。

12　"援北"句：援，拿起。北斗，星名，由七颗星组成，形似舀酒的斗。桂浆，桂花泡的香酒。

13　"撰余"句：撰，抓住。辔，缰绳。驼，应作"驰"。

14　"杳冥"句：杳，深远的样子。冥冥，幽暗。以东行，往东方行，指太阳回返东方。此句表明战国时人认为一昼夜即太阳运行的一个周期。

河　伯

　　《河伯》，祭祀黄河之神的歌曲，表现了河伯对洛水之神即洛嫔的思恋之情。

　　河伯名冯夷，文献记载说冯夷以八月上庚日渡河溺死，天帝命之为河伯。《天问》和《史记》又有河伯娶妻的记载。

与女游兮九河[1]，	与你一同游九河，
冲风起兮横波[2]。	暴风突起水扬波。
乘水车兮荷盖[3]，	乘的水车荷叶盖，
驾两龙兮骖螭[4]。	两龙为驾螭骖车。
登昆仑兮四望，	登上昆仑四下望，
心飞扬兮浩荡[5]。	神思飞扬心开阔。
日将暮兮怅忘归[6]，	天色将晚乐忘返，
惟极浦兮寤怀[7]。	想着远岸心欢乐。
鱼鳞屋兮龙堂[8]，	鱼鳞瓦屋龙壁堂，
紫贝阙兮朱宫[9]。	紫贝楼台红宫墙。
灵何为兮水中[10]？	水灵为何还停留在水中央？
乘白鼋兮逐文鱼[11]。	乘着白龟逐斑鱼。
与女游兮河之渚[12]，	与你同游在河洲，
流澌纷兮将来下[13]。	冰凌纷纷顺河流。
子交手兮东行[14]，	拱手告辞向东行，
送美人兮南浦[15]。	送你送到洛水入河南浦口。
波滔滔兮来迎，	波涛滚滚来相迎，
鱼邻邻兮媵予[16]。	鱼群纷纷伴送在左右。

———　1　"与女"句：女，即"汝"，与河伯相恋的女神，即洛神。九
河，据说禹治水时为防止河水泛滥成灾，曾开凿数条河道，把

黄河分为九股,并行入海,称为九河。

2 "冲风"句:冲风,暴风。一说旋风。横波,大波浪。一本作
"扬波"。

3 水车:河伯所乘的车子。

4 "驾两"句:两龙,《山海经·海内北经》:"冰夷人面,乘两
龙。"冰夷即冯夷,长有人的面孔,出行两龙为驾。骖(cān),
古代以四马驾车,中间的两匹马叫服,两边的两匹马叫骖。这
里骖是动词,以螭为马的意思。螭(chī),无角之龙。

5 浩荡:心情开阔。

6 怅:应为"憺"字之误,安乐。一说,字通"畅",心情畅然。

7 "惟极"句:惟,思念。极浦,遥远的水岸。寤怀,开怀,
释怀。

8 "鱼鳞"句:鱼鳞屋,用鱼鳞铺顶的屋子。龙堂,壁上画龙的
厅堂。一说为用龙鳞盖的厅堂。

9 "紫贝"句:紫贝,海贝的一种,很珍贵。阙,宫殿门口两
边的楼台,中间有道路。朱宫,涂成红色的宫殿。一本作"珠
宫",用珍珠建的宫殿。

10 灵:指洛神。这句表明河伯邀洛神来为她准备的宫殿,洛
嫔却在犹豫。不过看下文,她最终还是来了。

11 "乘白"句:鼋(yuán),大鳖。文鱼,有斑纹的鱼。这种鱼
见于《山海经·中山经》《西山经》,能从西海游到东海,且"夜

飞而行"。

12　渚：水中的小块陆地。

13　流澌：解冻时河水漂浮的冰块。此句点明了河泊与洛嫔相会的时节。

14　"子交"句：子，您，指河伯。交手，拱手，表示告别。一说握手告别。

15　"送美"句：美人，指洛神。南浦，洛水与黄河的连接处；洛水自南注入黄河，故称。上一句为洛神口吻，此句则为河伯语气。

16　"鱼邻"句：邻邻，一本作"鳞鳞"，一个挨着一个，众多的样子。媵（yìng），本指伴嫁的女子，这里意思是陪伴，相送。最后两句作洛嫔口吻。

山　鬼

《山鬼》，祭祀山神的乐歌。

山神是古代礼敬的天地神灵之一，然而此篇所写山神富有女性特征。

清人顾成天《九歌解》认证此篇与巫山神女故事有关，今人郭沫若《屈原赋今译》更认为诗中的"於山"即"巫山"。

如此，诗篇或与巫山神女传说有关。

若有人兮山之阿[1]，	仿佛有人在山角，
被薜荔兮带女罗[2]。	身披薜荔萝束腰。
既含睇兮又宜笑[3]，	媚眼半开最宜笑，
子慕予兮善窈窕[4]。	爱我姿容善窈窕。
乘赤豹兮从文狸[5]，	骑红豹子带花狸，
辛夷车兮结桂旗[6]。	辛夷木车飘桂旗。
被石兰兮带杜衡[7]，	石兰为披杜衡作带，
折芳馨兮遗所思[8]。	折下芳香送所爱。
余处幽篁兮终不见天[9]，	身在幽暗竹林终日不见天，
路险难兮独后来。	路途艰险来得晚。
表独立兮山之上[10]，	孤标兀立高山顶，
云容容兮而在下[11]。	云气涌涌脚下翻。
杳冥冥兮羌昼晦[12]，	光线昏暗白昼黑黪黪，
东风飘兮神灵雨[13]。	东风一飘神灵忽降雨。
留灵修兮憺忘归[14]，	留恋所爱啊忘记了归，
岁既晏兮孰华予[15]？	时光已逝谁能让韶华再返回？
采三秀兮於山间[16]，	采集灵芝巫山间，
石磊磊兮葛蔓蔓[17]。	乱石磊磊藤葛蔓。
怨公子兮怅忘归[18]，	盼不到公子心怀怅恨不知返，
君思我兮不得闲[19]。	若真想我怎会无余闲？

山中人兮芳杜若[20]，　　　山中女神芳香似杜若，

饮石泉兮荫松柏[21]，　　　松柏荫下饮山泉，

君思我兮然疑作[22]。　　　你的思念真让人信疑各一半。

雷填填兮雨冥冥[23]，　　　雷声隆隆雨绵绵，

猨啾啾兮又夜鸣[24]。　　　猿声凄厉彻夜声啾啾。

风飒飒兮木萧萧[25]，　　　山风呼啸落叶沙沙，

思公子兮徒离忧[26]。　　　思念公子徒惹悲愁。

1　"若有"句：若，好像，仿佛。阿，山坳。

2　"被薜"句：被，同"披"。薜荔（bì lì），一种蔓生植物，又叫木莲。带，以…为带。女罗，即女萝，又名菟丝，也是蔓生植物。

3　"既含"句：含睇，眼睛半睁，脉脉含情。宜笑，适于笑，牙齿长得整齐美观，因而笑得好看。

4　"子慕"句：子，指山鬼爱慕的人，或云即男巫。予，山鬼自称。善，此处善字有天生如此的意思，"善窈窕"，即"天生窈窕"。窈窕，身姿美好的样子。

5　"乘赤"句：从，跟随，即文狸跟随自己。文狸，有花纹的狸猫。狸，狸猫，猫科动物。

6　结桂旗：用桂枝编成旗子。

7 带杜衡：用杜衡作带。

8 "折芳"句：芳馨，泛指香花芳草。遗，赠送。

9 "余处"句：余，山鬼自称。篁（huáng），竹子的一种，在此指竹林。

10 表：突出，特立。

11 容容：云气浮动的样子。

12 "杳冥"句：杳，遥远的样子。昼晦，白天光线昏暗。

13 "东风"句：神灵，指山鬼，传说巫山神女能"旦为朝云，暮为行雨"。雨，行雨，降雨。

14 "留灵"句：留，挽留。一说等待。灵修，山鬼称呼恋人。

15 "岁既"句：岁既晏，年纪老了；晏，迟，晚。孰，谁。华，美。

16 "采三"句：三秀，灵芝的别名，传说灵芝一年开三次花，故称三秀。於山，即巫山。

17 "石磊"句：磊磊，乱石堆积的样子。蔓蔓，蔓延的样子。

18 "怨公"句：公子，山鬼称恋人之名。怅，惆怅。

19 "君思"句：君，山鬼称恋人。我，山鬼自称。

20 "山中"句：山中人，山鬼自称。杜若，香草名。

21 "饮石"句：石泉，山泉。荫松柏，用松柏遮阴。

22　"君思"句：然疑，将信将疑。作，产生。

23　填填：雷声。

24　猨：同"猿"。

25　"风飒"句：飒飒，风声。萧萧，风吹叶落的声音。

26　"思公"句：徒，徒然，白白地。离，通"罹"，遭受。

国　殇

《国殇》，歌颂为国而死的人。他们因国事而死于非命，故称国殇。

包山楚简（225）有"举祷于殇东陵连嚣子发"语，可知楚国确实是为那些战斗死者举行祭祀典礼的。

经过屈原加工的《国殇》，就是专门祭祀那些为国捐躯者、向他们表达敬意的篇章，具有强烈的时代色彩。

操吴戈兮披犀甲[1]，　　　　　拿起锋利吴戈，　披上犀皮铠甲；

车错毂兮短兵接[2]。　　　　　双方车轮交错，　敌我短兵相加。

旌蔽日兮敌若云，　　　　　　旌旗遮住太阳，　敌人多如云团；

矢交坠兮士争先[3]。　　　　　羽箭纷纷下落，　军士奋勇当先。

凌余阵兮躐余行[4]，　　　　　打乱我的阵脚，　冲垮我的队行；

左骖殪兮右刃伤[5]。　　　　　左边骖马战死，　右边战马创伤。

霾两轮兮絷四马[6]，　　　　　两轮埋入泥土，　四马都被绊住；

援玉枹兮击鸣鼓[7]。　　　　　奋起玉饰鼓槌，　嘭然擂响战鼓。

天时怼兮威灵怒[8]，　　　　　上天已经发威，　神灵也在震怒；

严杀尽兮弃原壄[9]。　　　　　残酷搏杀完结，　军士弃尸荒野。

出不入兮往不反[10]，　　　　出征不能回师，　一去再不复返；

平原忽兮路超远[11]。　　　　平原多么苍茫，　归途何其遥远。

带长剑兮挟秦弓[12]，　　　　身带长长利剑，　手握秦地良弓；

首身离兮心不惩[13]。　　　　身首虽然分离，　至死不悔忠诚。

诚既勇兮又以武[14]，　　　　果然十分勇敢，　又是那么威猛；

终刚强兮不可凌[15]。　　　　至死刚毅顽强，　不可侮辱欺凌。

身既死兮神以灵[16]，　　　　身躯虽然已死，　精神却将永恒；

子魂魄兮为鬼雄[17]。　　　　你的忠魂毅魄，　定为鬼中英雄。

───　　1 "操吴"句：吴戈，吴地所产的戈，以锋利著称。这里的吴
　　　　戈，可能是仿吴式的戈。戈是古代一种长柄兵器，顶端装有横

刃,适于兵车作战。犀甲,犀牛皮做的铠甲。

2　"车错"句:错毂(gǔ),车轮交错。毂,车轮中心穿轴的圆木,两头长尖,有金属包裹。短兵接,指近战。短兵,指刀剑一类;短是相对于弓矢而言。

3　交坠:两军互相射箭,箭交相坠落。

4　"凌余"句:凌,侵犯。阵,阵脚,队形。一说阵地。躐(liè),践踏。行,行列,队伍。

5　"左骖"句:殪(yì),死。右,右边的骖马。刃伤,被兵器砍伤。

6　"霾两"句:霾(mái),通"埋",指埋入泥中。絷(zhí),绊。埋轮絷马,以示必死之心。

7　"援玉"句:援,拿起。玉枹,用玉装饰的鼓槌。

8　"天时"句:天时怼(duì),一本作"天时坠",日暮。一说上天发怒;怼,震怒。威灵,神灵。

9　"严杀"句:严杀,严,残酷;严杀即残杀,尽杀。弃原壄,壄,"野"的异体字;弃原野指将士的尸体丢弃在原野,没有人收殓埋葬。

10　反:返。

11　"平原"句:忽,辽阔渺茫。超远,遥远。

12　秦弓:秦地所产的良弓。秦地盛产质地坚硬的木材,制造的弓射程比较远。篇中"秦弓"与"吴戈"一样,可能指仿秦式之弓,以表武器先进。

13　惩:后悔。

14　"诚既"句:诚,实在,确实。勇武,勇,英勇,指精神;武,有武艺有力量。

15　"终刚"句:终,毕竟,到底。凌,精神上不可战胜。

16　灵:灵验,显灵,即精神不死之意。

17　"子魂"句:子魂魄,一本作"魂魄毅"。鬼雄,鬼中的雄杰。

礼　魂

《礼魂》，送神曲。

自《东皇太一》请出最高神之后，陆续请出各位神灵加以祭祀。典礼结束后，敬送各位神灵归位，此时歌唱《礼魂》。

又有人认为"礼魂"之"魂"当为"成"字之误，礼魂实即礼成；也有人认为"礼魂"只是《国殇》一篇的乱辞，其"礼魂"一名，与《国殇》"子魂魄兮为鬼雄"一句相应。这些说法，姑备参考而已。

成礼兮会鼓[1]，　　　　典礼完成齐声击鼓，

传芭兮代舞[2]，　　　　传递香花轮番起舞，

姱女倡兮容与[3]。　　　美女歌唱从容有度。

春兰兮秋菊[4]，　　　　春有兰啊秋有菊，

长无绝兮终古[5]。　　　永不断绝传千古！

1　"成礼"句：成礼，祭礼完成。会鼓，众鼓齐鸣。

2　"传芭"句：芭，通"葩"，花。一说芭蕉。代，轮流，交替。

3　姱：美好。

4　菊：一本作"鞠"。

5　终古：久远，永远。

　　朱熹在其《楚辞辩证》曾这样评价《九歌》："楚俗祠祭之歌……或以阴巫下阳神，或以阳神接阴鬼。"朱熹的说法实际注意到了《九歌》的一大特点，即诗篇多采取了男女对唱亦即人神对唱的方式。而且，这对唱的情调，还是表达男女相恋的。其中尤以《湘君》、《湘夫人》为最，相互间因相思而寻找，寻找不见，即翘盼，继而猜疑，以至撇掉赠送之物。

　　就是神，只要陷入爱，也会变得急躁多疑，正是楚国鬼神祭典人化神灵倾向的表征。《大司命》、《少司命》乃至《河伯》、《山鬼》都有这样的特点。如此，庄重祭祀明显戏剧化

了。祭祀却以爱情来娱神,可能与远古祭祀"以身事神"的习俗有关。

远古事神不外祈求生产与生育,每每伴随两性活动。从这一角度说,《九歌》之人神(男女)歌唱,是对古俗的提纯与升华。人神之间一股股"微漠的难以掩抑的深长的感伤情绪"(马茂元《楚辞选》)正是篇章最迷人的地方。

艺术上,《九歌》又是富于神韵的,《湘夫人》中"帝子降兮北渚"一段,袅袅秋风、片片落叶,是徐徐而下的帝子衬托,微波荡漾的清影与美人眇眇相映,明晰的图景,淡淡的哀愁,是何等灵动、风情万种的妙境!

《九歌》的风格是多样的,二《湘》之外,《大司命》颇带几分庄严;《少司命》则更多几分恋慕的风情;《河伯》的人神之爱如伴如友,颇有些豪情;《山鬼》则幽俏冷艳,明显有一股幽怨;《东君》的格调是热烈的;而《国殇》的风格偏于雄浑豪迈。

与《离骚》、《天问》相比,《九歌》各篇是短歌微吟的,不论风调如何变化,整体上活色生香、玲珑剔透的总体风格,都是十分明显的。

天　问

《天问》，关于天地、自然和人世一切事物现象的发问。

诗篇从天地未分、阴阳变化、日月星辰，一直问到动植珍怪、神话传说乃至圣贤凶顽和近世的治乱兴衰。凡此种种都一并在"天"这大题目下发问之，表现出强烈的探索精神。

诗篇结构，先自然后人事，人事的发问又由远及近，次第有序，可见是精心安排的。

关于《天问》创作，旧说屈原放逐之后，徘徊楚地山泽，见楚先王及公卿庙宇墙壁画有天地山川神灵及圣贤怪物行事的图绘，于是呵而问之。

自来学者对此有信有疑，疑者又各有主张。近年有学者提出新说，以为《天问》的发问形式，恰表明诗篇是保存在楚地的古人记忆、传承自己民族文化经验、历史经历的"创世史诗"。

曰：遂古之初¹，　　　　　　请问远古初年的事，

谁传道之²？　　　　　　　　是谁传说了下来？

上下未形³，　　　　　　　　天地尚未形成，

何由考之⁴？　　　　　　　　根据什么来考定？

冥昭瞢暗⁵，　　　　　　　　一片混沌冥昧，

谁能极之⁶？　　　　　　　　有谁能究其根由？

冯翼惟像⁷，　　　　　　　　元气恍惚难表其状，

何以识之？　　　　　　　　　如何加以辨识？

明明暗暗⁸，　　　　　　　　白日黑夜交替，

惟时何为⁹？　　　　　　　　时间是何等之事？

阴阳三合¹⁰，　　　　　　　　阴阳交互作用，

何本何化¹¹？　　　　　　　　什么是本根什么又是衍生？

圜则九重¹²，　　　　　　　　浑圆的天有九重，

孰营度之¹³？　　　　　　　　是谁围绕它测量？

惟兹何功¹⁴，　　　　　　　　这工程多么宏浩，

孰初作之？　　　　　　　　　最初由谁来建造？

斡维焉系¹⁵？　　　　　　　　天如车盖系在哪里？

天极焉加¹⁶？　　　　　　　　天枢北斗又安在何地？

八柱何当¹⁷？　　　　　　　　八根天柱竖立在哪里？

东南何亏¹⁸？　　　　　　　　大地东南为何低洼？

九天之际¹⁹，　　　　　　　　九野之间的边际，

安放安属[20]?　　　何处安放又在何处相及?

隔阂多有[21],　　　天空有许多拐角,

谁知其数?　　　　有谁知道它的多少?

———

1　"曰"句:曰,发问之语。遂古,远古;遂,通"邃",悠远。

2　传道:传说。

3　"上下"句:上下,指天地。形,有形状。

4　考:考证,考究。一说形成。

5　"冥昭"句:冥昭,昏暗。冥,昏暗。昭,明亮。冥昭,偏指冥。瞢(méng)暗,昏暗。瞢,模糊不清,昏暗。

6　极:穷究。

7　"冯翼"句:冯翼,无形无状的样子。《淮南子·天文训》:"天地未形,冯冯翼翼。"高诱注:"冯翼,无形之貌。"一说大气浮动的样子。惟,语气词。像,形象,样态。

8　"明明"句:明,白天。暗,黑夜。

9　时:时间。一说通"是",这。

10　三合:相互作用。三,通"参"。一说指天、地、人三才。

11　"何本"句:本,本源。化,化育,化生。

12　"圜则"句:圜,音义都同于"圆",指天,古人认为天圆地方。九重,九层。古人想象天有九层。

13　"孰营"句:营,通"环",围绕,环绕。一说营造。度,

测量。

14 "惟兹"句:兹,这。功,工程,指九重天的营造。

15 "斡维"句:斡(wò),车盖。古人认为天如车盖笼罩着大地。一说斗柄,指北斗柄部的三颗星。维,绳子。焉,哪里。

16 "天极"句:天极,即北斗。加,安放。

17 "八柱"句:八柱,古代传说有八座大山作为支柱,支撑起天空。当,在。

18 亏:缺陷,缺损。西北高、东南低之说,始见战国文献,郭店简《太一生水》即有"(天不足)于西北,其下高以强;地不足于东南,其上……"。至西汉《淮南子·天文训》又载共工与颛顼争帝失败,怒触不周山,天柱折断,天倾西北,地陷东南,所以河流都向东流,东南形成了大海。

19 "九天"句:九天,指天的中央和八方,又称九野。际,边界。

20 "安放"句:安,哪里。属,连接。

21 "隅隈"句:隅(yú),角落。隈(wēi)弯曲的地方。《淮南子·天文训》:"天有九野,九千九百九十九隅。"

天何所沓[1]?　　天与地在哪里会合?

十二焉分[2]?　　十二次是怎样划分?

日月安属[3]?　　太阳月亮挂在哪里?

列星安陈？	群星又陈列在何处？
出自汤谷⁴，	太阳从那汤谷出发，
次于蒙汜⁵；	晚上住宿在蒙水泮；
自明及晦⁶，	从早晨一直到黄昏，
所行几里？	一共走了多少里路？
夜光何德⁷，	月亮拥有什么本领，
死则又育⁸？	居然能够死而复生？
厥利维何⁹，	那样做有什么好处，
而顾菟在腹¹⁰？	在肚子里养只玉兔？
女歧无合¹¹，	女歧她没有过丈夫，
夫焉取九子？	如何生出九个孩子？
伯强何处¹²？	风神伯强住在何处？
惠气安在¹³？	和风又从哪里吹出？
何阖而晦¹⁴？	为何天门关上就天黑？
何开而明？	为何天门打开就天亮？
角宿未旦¹⁵，	当东方角星没有发亮，
曜灵安藏¹⁶？	太阳又在哪里躲藏？

1　沓：重叠，会合。古代认为天像一口锅一样倒扣在大地上，因而问天地在哪里弥合。一说沓通"蹋"，即踏。这句是问天足踏在什么地方。

2　十二：指十二次，即木星古纪年法。参《离骚》"摄提贞于孟陬兮"句注。

3　属：附着。

4　汤谷：传说中的地名，古人认为是太阳升起的地方。

5　"次于"句：次，止息，住宿。蒙汜，古代神话中太阳停宿的地方。蒙，传说中水名；汜，水边。

6　"自明"句：明，白天，天亮。晦，夜晚。

7　"夜光"句：夜光，月亮。德，本领。月亮每月圆缺变换一次，古人认为月亮具有死而复生的本领，每月生一次，死一次。一说"德"通"得"，获得，与嫦娥偷吃不死药的传说有关。

8　育：生。月的出没和圆缺，古人都称之为生死。

9　利：好处。一说通"黎"，指月中黑影。

10　顾菟：兔子。因兔子奔跑时喜欢回头看，所以叫"顾兔"。一说"顾"为发语词，无义。一说顾菟是蟾蜍的异名。

11　女歧：即九子母，神女，又为星名。传说她没有丈夫却生了九个儿子。

12　伯强：风神，又名禺强。一说指箕星。

13　惠气：和风。气，风。

14　阖：关闭。

15　"角宿"句：角宿，二十八星宿之一，为东方七宿的第一宿，有两颗星。传说这两颗星之间为天门。旦，天明。

16　曜灵:指太阳。

不任汩鸿[1]，	鲧不能担当治水重任，
师何以尚之[2]?	众人为何还将他推荐?
佥曰何忧[3]，	都说:"不必太过担心，
何不课而行之[4]?	为何不让他先试一试?"
鸱龟曳衔[5]，	鸱鸟和乌龟拖土衔泥，
鲧何听焉[6]?	鲧为何听从它们计谋?
顺欲成功[7]，	治水眼看就要成功，
帝何刑焉[8]?	帝尧为何把他严惩?
永遏在羽山[9]，	长期被幽禁在羽山，
夫何三年不施[10]?	为何多年也不赦免?
伯禹愎鲧[11]，	大禹在鲧的肚子里，
夫何以变化?	又是怎样孕育生成?
纂就前绪[12]，	大禹继承治水重务，
遂成考功[13]。	终于完成先父功业。
何续初继业[14]，	为何大禹子承父业，
而厥谋不同[15]?	他的措施却不相同?
洪泉极深[16]，	滔滔洪水深不见底，
何以窴之[17]?	他是用什么来填平?
地方九则[18]，	广袤大地分为九州，

何以坟之[19]？　　　他又用什么来加高？

河海应龙[20]，　　　应龙如何用尾划地？

何尽何历[21]？　　　江河如何流入海里？

鲧何所营[22]？　　　鲧经营了什么事情？

禹何所成？　　　　禹取得了哪些成功？

康回冯怒[23]，　　　共工勃然大怒，

地何故以东南倾？　　大地为什么就向东南倾？

1　"不任"句：任，胜任。汩(gǔ)，治水。鸿，洪水。

2　"师何"句：师，众人。一说百官。尚，推举，推荐。何以尚即推荐谁的意思。

3　"佥曰"句：佥(qiān)，都。何忧，有什么可忧虑？

4　课：考核，试验。此句是说众官推荐鲧治水的故事，见《尚书·尧典》。

5　"鸱龟"句：鸱(chī)龟，鸱，鸟名。一说鸱龟是一物，即《山海经·中山经》所说的旋龟。曳，拉，牵。

6　听：听从，听任。对这句话的理解历来存在分歧：一说是鸱龟以拉土衔泥的方式向鲧示意堵塞洪水，鲧就听从了它们的建议；一说是鲧被杀之后，尸体被龟鸟争食，鲧只能听任它们；一说是龟鸟破坏堤防，鲧却听任不理。

7　顺欲：顺从愿望。一说将要。

8 "帝何"句：帝，帝尧。一说上帝。刑，惩罚。

9 遏：囚禁。

10 "夫何"句：三年，多年。施，通"弛"，释放。这句的解释多有分歧：一说鲧被囚多年也不释放；一说鲧被囚多年也没被处死；一说鲧被杀，尸体三年不腐。

11 "伯禹"句：伯禹，即禹，因尧曾封他为夏伯，所以称伯禹。愎，一本作"腹"，肚子。传说鲧死后尸体三年不腐，用刀剖开他的肚子，就生出了禹。

12 "纂就"句：纂（zuǎn），继续。就，成就。绪，指治水的事业。

13 "遂成"句：考，已死的父亲称考。功，事业。

14 续初继业：继承先人的事业。"续初"与"继业"互文。

15 谋：方法。传说鲧治水用堵塞的方法，禹用疏导的方法。

16 洪泉：洪水。泉，通"渊"。一说洪水的源泉。

17 寘：音义都同于"填"字。

18 "地方"句：方，分。一说广。九则，九州。一说九等，传说禹治水后把全国的土地按优劣分为九等。

19 坟：土堆，引申为堆积。一说通"分"，划分。

20 应龙：传说中一种有翅膀的龙。

21 "何尽"句：尽，一本作"画"。历，经过。传说大禹治水时应龙助其治水，它拖着尾巴在前面走，禹沿着它尾巴划出的痕迹开凿河道,导流入海。

22　营:经营,营建。

23　"康回"句:康回,即共工。冯,盛,冯怒即盛怒。参本诗"东南何亏"句注。

九州安错[1]?	大地九州如何安置?
川谷何洿[2]?	河谷之地为何低陷?
东流不溢[3],	百川东流大海不满,
孰知其故?	谁知这是什么缘故?
东西南北,	从东到西从南到北,
其修孰多[4]?	纵横哪个距离更长?
南北顺椭[5],	如果南北更为狭长,
其衍几何[6]?	又比东西长出多少?
昆仑县圃[7],	昆仑山顶上的悬圃,
其凥安在[8]?	它的尾部坐在何地?
增城九重[9],	昆仑山上九层增城,
其高几里?	它的高度有多少里?
四方之门[10],	昆仑山四面的山门,
其谁从焉?	谁从那里进进出出?
西北辟启[11],	西北方的山门开启,
何气通焉?	是什么风吹过那里?

1　错：措，放置。

2　洿(wū)：低洼，深陷。一说为开掘。

3　溢：满。这句指百川归海，大海也不满溢。

4　修：长。

5　椭：狭长，一说椭圆。

6　衍：余，多出，一说广大。

7　县(xuán)圃：神话地名，传说在昆仑山顶与天相通之处，上不连天，下不接地，故称悬圃。

8　尻(jū)：古"居"字，地址。一说应作"凥"，基础。

9　"增城"句：增城，神话地名。传说昆仑山分为三级，最上一层即为增城，也称"层城"。九重，传说增城有九层，高一万一千里一百一十四步二尺六寸。

10　四方之门：昆仑山四方的山门。一说天的四方的四个天门。

11　"西北"句：西北，指昆仑山西北方的山门，传说不周风就从这里通过。不周山传说是地狱幽都的门户，不周风被看作是阴风、肃杀之风。辟启，开启。

日安不到？	太阳哪里普照不到？
烛龙何照[1]？	为何还要烛龙照亮？
羲和之未扬[2]，	羲和还没扬鞭启程，

若华何光³？	若木为何发出光芒？
何所冬暖⁴？	什么地方冬天温暖？
何所夏寒？	什么地方夏天寒凉？
焉有石林⁵？	哪里有石头的树林？
何兽能言⁶？	什么野兽能作人言？
焉有虬龙⁷，	哪里有无角的虬龙，
负熊以游⁸？	背着大熊四处游转。
雄虺九首⁹，	九个头的毒蛇雄虺，
儵忽焉在¹⁰？	飞快地又去了哪里？
何所不死¹¹？	何处才是不死之国？
长人何守¹²？	高大巨人守卫什么？
靡蓱九衢¹³，	浮萍居然长了九个枝丫，
枲华安居¹⁴？	枲麻开出的鲜花又在哪里？
一蛇吞象¹⁵，	巴蛇可以吞下大象，
厥大何如？	那它又有多么庞大？
黑水玄趾¹⁶，	黑水、交趾和三危，
三危安在¹⁷？	这些地方都在何处？
延年不死¹⁸，	那里的人长生不死，
寿何所止？	寿命何时才能结束？
鲮鱼何所¹⁹？	鲮鱼到底生活在哪里？
鬿堆焉处²⁰？	吃人鬿堆鸟到底居住何处？

羿焉彃日[21]？　　　　后羿在什么地方射日？

乌焉解羽[22]？　　　　日中金乌在何处死去？

———

1　烛龙：神名。据《山海经·大荒北经》，在太阳照不到的遥远北方，是烛龙照亮大地。

2　"羲和"句：羲和，传说中为太阳驾车的神。扬，扬鞭启程。

3　若华：神话中若木开的花。传说若木生长在西方日落之处，当太阳落在若木之下，若木的花就会发出红色的光照亮大地，是古人对晚霞的一种想象。

4　所：地方。

5　石林：传说西南有石树成林。一说昆仑山上有玉石树林。

6　兽能言：会说话的野兽。一说即看守昆仑山大门的"开明兽"。

7　虬：一种无角之龙。

8　"负熊"句：负，背。熊，动物，性凶猛。一说通"能"，指鳖。

9　虺（huǐ）：传说中的一种毒蛇。

10　儵（shū）忽：指闪电，比喻速度极快的样子。一说儵忽为二神名，南海之帝为儵，北海之帝为忽。

11　不死：长生不死。《山海经·海外南经》记载交胫国东有"不死民"，"其为人黑色，寿不死"。《山海经·大荒南经》中也有"不死之国"。

12　"长人"句：长人，指防风氏。传说他身长三丈，死后一节骨头就装满了一车。一说指长寿之人。守，守卫。传说禹令防风氏守封、嵎之山。

13　"靡萍"句：靡萍，萍通"萍"，靡萍又叫麻萍。九衢（qú），九个枝丫。衢，本指道路，这里指树的分岔。

14　枲（xǐ）：一种麻。分岔的靡萍和开花的枲麻都是不常见的奇异的景象。

15　一蛇吞象：一本作"灵蛇吞象"。指传说中的"巴蛇吞象"，《山海经·海内南经》："巴蛇食象，三岁而出其骨，君子服之，无心腹之疾。"

16　"黑水"句：黑水，传说中的水名。玄趾，传说中的山名。

17　三危：传说中的山名。黑水、玄趾、三危，这三个地方都是传说中的不死之国、长寿之乡。

18　延：长。

19　鲮鱼：即陵鱼。古代传说中的一种怪鱼。《山海经·海内北经》："陵鱼人面，手足，鱼身，在海中。"一说即鲮鲤，就是穿山甲。

20　鬿（qí）堆：即"鬿雀"，一种传说中的怪鸟。《山海经·东山经》："东次四经之首，曰北号之山……有鸟焉，其状如鸡而白首，鼠足而虎爪，其名曰鬿雀，亦食人。"

21　"羿焉"句：羿，传说中的人名。彃（bì），射。

22 "乌焉"句：乌，传说太阳中有三足乌。解羽，羽毛散落，指乌死。传说太阳原有十个，每天一个，轮流出现。尧的时候，十个太阳同时出现在天上，树木、庄稼全都枯萎，野兽危害人民，尧派羿射日，射中了九个，其中的三足乌也都被射死。

禹之力献功[1]，	大禹努力完成功业，
降省下土四方[2]；	降临巡视天下九州。
焉得彼嵞山女[3]，	在哪里遇到涂山氏女，
而通之于台桑[4]？	与她在台桑有了夫妇之事？
闵妃匹合[5]，	他们婚配结合，
厥身是继[6]；	是为禹后继有人；
胡维嗜不同味[7]，	他们怎么因嗜味相同，
而快鼌饱[8]？	都贪图于满足情欲？
启代益作后[9]，	启代替益作了君王，
卒然离蠥[10]；	突然又遭受了灾殃；
何启惟忧[11]，	为何夏启遭受忧患，
而能拘是达[12]？	被拘禁却又能逃出？
皆归躲鞫[13]，	益的党羽都被贯耳治罪，
而无害厥躬[14]？	夏启却没有受到损伤？
何后益作革[15]，	为何益的王位被启篡夺，
而禹播降[16]？	禹的后代却能昌盛兴旺？

启棘宾商[17]，　　　启多次献祭女子给天帝，
九辩九歌[18]；　　　得到《九辩》与《九歌》；
何勤子屠母[19]，　　为何启杀死自己的母亲，
而死分竟地[20]？　　死后国土被儿子分割？

———

1　"禹之"句：力，努力。献功，做出贡献，做出功绩。对于禹的功绩，传世文献如《尚书》等言其治理洪水，设立九州以及三过家门而不入等。出土文献上博简《容成氏》在治水之外，更言其"因迩以而知远，去苛而行简，因民之欲，会天地之利"等功德。可以参看。

2　"降省"句：降，降临，下降。省，察看。下土四方，一本作"下土方"，一本作"下土"。指天下。

3　鲧山：鲧，同"涂"，古地名，传说禹在治水的过程中娶涂山氏之女为妻。

4　"而通"句：通，结成夫妇。台桑，地名。一说指桑间野地，为男女幽会场所。

5　"闵妃"句：闵，婚配。"闵"与"昏"古音近义通；"婚"古作"昏"。妃，配偶。匹合，婚配，匹配。

6　厥身是继：继其身的意思；继，继嗣。这句是说禹与涂山女结合是为延续后代。

7　"胡维"句：嗜，爱好，嗜好。嗜不同味，当作"嗜欲同味"。

味,口味,这里是比喻性欲。

8 "而快"句:快,快意,满足。龘(zhāo)饱,龘,同"朝"。饱,当为"饥"字之误。朝饥,古代隐语,指代性欲得到满足。

9 "启代"句:启,禹的儿子。益,夏禹的大臣。后,君主。相传益因助禹治水有功,禹死传位给益。此处却说启率领人攻打益,夺取帝位,对后人了解夏初这段历史颇有帮助。

10 "卒然"句:卒然,忽然;卒,通"猝"。离,罹,遭受。孽(niè),灾祸。

11 惟:通"罹",遭受。

12 "而能"句:拘,拘禁。达,逃脱。这句是说启与益争帝位,曾被拘禁,后来逃脱。

13 躲簻(chè jū):躲字当作"聅",古代军中以矢贯耳的刑法,在此是治罪的意思。簻,审问定罪。这句是说益的党羽都被治了罪。

14 "而无"句:厥,其,指启。躬,身体。据以上诗句,看来益、启之争颇为激烈反复。

15 "何后"句:后益,因为益担任过君主,所以称后益。作革,变更。

16 播降:播种。比喻后代兴旺不绝。一说"播降"应作"蕃隆"。

17 "启棘"句:棘,通"亟",屡次。宾,做客。商,"帝"字的误写。宾帝即到天帝那里做客。一说宾为嫔，据《山海经》，启向上天献了三位嫔，才得到了天乐。

18　《九辩》、《九歌》：乐曲名，传说启从天上所得。

19　"何勤"句：勤子，指启，勤有忧苦的意思，勤子，即指给母亲带来苦痛的儿子。一说勤，字通刭，刽的意思。勤子即刭杀儿子，与"屠母"为对偶。屠，杀。一说割裂。

20　竟地：国土；竟，通"境"。对这句话的理解有分歧：一说启杀母，启死后几个儿子争夺王位，分裂了启建立的国家；一说启母涂山氏未分娩时，化为石头，启破石而出，碎石满地；一说启杀母求雨，把母亲的尸体分割抛弃到四境；一说禹母生禹难产，胸裂开后生禹，尸体散落于地。

帝降夷羿[1]，	上天降下东夷后羿，
革孽夏民[2]；	胁迫祸害夏朝人民；
胡躬夫河伯[3]，	羿为何要射伤河伯，
而妻彼雒嫔[4]？	强娶他的妻子洛嫔？
冯珧利决[5]，	套着扳指的手张开蚌饰的弓，
封豨是躬[6]；	巨大的野猪被射死；
何献蒸肉之膏[7]，	为何羿献上了祭肉，
而后帝不若[8]？	上帝却不高兴领情？
浞娶纯狐[9]，	寒浞想娶羿妻纯狐，

眩妻爰谋[10];	两人合谋把后羿害;
何羿之躬革[11],	为何后羿射得穿牛皮,
而交吞揆之[12]?	却被阴谋勾结所算计?
阻穷西征[13],	羿从鉏地西迁穷石,
岩何越焉[14]?	艰难险阻如何越过?
化为黄熊[15],	伯鲧化身变成黄熊,
巫何活焉?	神巫怎样把他救活?
咸播秬黍[16],	都播种下的是黑黍,
莆藋是营[17];	都曾锄去苗间草;
何由并投[18],	为何只有鲧流放,
而鲧疾脩盈[19]?	罪过被说得恶满盈?
白霓婴茀[20],	白色霓裳首饰多,
胡为此堂[21]?	嫦娥妆扮为何如此华丽堂皇?
安得夫良药[22],	羿从哪得到不死药,
不能固臧[23]?	却不能够妥善收藏?
天式从横[24],	自然法则不可改变,
阳离爰死[25];	阳气消散就会死亡;
大鸟何鸣[26]?	日中金乌为何鸣叫?
夫焉丧厥体?	它又怎么能把身丧?

---

1 "帝降"句:降,降下。夷羿,传说是有穷国的君主,属东

夷,故称"夷羿"。有关羿的传说参《离骚》"羿淫游以佚畋兮"
句注。

2　"革孽"句:革,胁迫。"革"当为"勒"的借字;《穆天子传
注》:"勒,劳也。"引申为逼迫、胁迫。孽,祸患,灾祸。

3　躲:字同"射"。

4　"而妻"句:妻,娶妻。雒嫔,即洛水女神宓妃,据说是河伯
的妻子。雒,同"洛"。传说羿射瞎了河伯的左眼,一说将河伯
射死,夺其妻雒嫔。

5　"冯珧"句:冯,拉开,拉满。珧(yáo),蚌壳,指用蚌壳装饰
的弓。决,射箭时套在大拇指上用来钩弦的工具,多以玉或金
属制成,如后来的扳指

6　"封豨"句:封,大。豨(xī),野猪。

7　"何献"句:蒸肉,祭祀用的肉。蒸,即"烝",冬祭。这里泛
指祭祀。膏,肥厚的肉。

8　"而后"句:后帝,天帝。若,顺从,喜悦。

9　"浞娶"句:浞(zhuó),寒浞,羿的相。纯狐,羿的妻子。

10　眩妻:即玄妻,羿妻肤色黑而美,故称。一说眩妻即淫妻;
眩,迷惑。

11　革:皮革,传说羿力大善射,可以射穿七层牛皮。

12　"而交"句:交,合力,勾结。吞,吞没,吞灭。揆(kuí),
计谋。

13　"阻穷"句:阻,即钼,地名。穷,即穷石,地名。西征,《左传》记载,夏朝衰落时,后羿自东方向西迁到穷石。

14　岩:通"险",险要。

15　黄熊:传说鲧死后化为黄熊,进入羽渊。熊,通"能(古音nǎi)",一种大鳖。一说为龙,声近而误。

16　"咸播"句:咸,都,指鲧和禹。秬(jù)黍,黑色的黍子。

17　"莆蕚"句:莆蕚(guàn),泛指杂草。莆,一种水草;蕚,通"萑(huán)",芦草。营,当为"耘"字的假借,指除去莆蕚一类的恶草。

18　并投:放逐;并,通"迸",在此为摒弃的意思。

19　"而鲧"句:疾,罪过。脩,同"修",长久。盈,满。这句是感叹鲧的流放和身背恶名。这里表示对鲧十分同情,与《离骚》言"鲧婞直"一致。

20　"白霓"句:霓,指霓裳。婴,颈饰。弗(fú),妇女首饰。

21　堂:华丽的样子。这句是形容嫦娥的盛装。

22　良药:不死药。

23　"不能"句:固,牢固。臧,同"藏",收藏,保管。指羿保管不当,神药被嫦娥偷吃。传说羿从西王母处求得不死药,被妻子嫦娥偷吃,奔月而去。

24　"天式"句:天式,自然的法则。从横,运动作用,变化消长;从,同"纵"。

25　阳离：阳气离开。古人认为阳气离开身体，人就会死亡。

26　大鸟：指日中的三足乌。

蓱号起雨[1]，	雨师蓱翳兴云布雨，
何以兴之[2]？	他是如何将雨发动？
撰体协胁[3]，	风师雨师组成一个合体，
鹿何膺之[4]？	为何鹿体压在雨师之上？
鳌戴山抃[5]，	巨龟背负大山起舞，
何以安之？	大山为何还能安放？
释舟陵行[6]，	浇在陆地能撑船行走，
何以迁之[7]？	如何克服阻力向前航？
惟浇在户[8]，	浇来到嫂子门口，
何求于嫂[9]？	他对嫂子有何求？
何少康逐犬[10]，	为何少康放出猎狗，
而颠陨厥首[11]？	浇一下就被砍了头？
女歧缝裳[12]，	女艾为浇缝制下裳，
而馆同爰止[13]；	两人在此同宿一房；
何颠易厥首[14]，	为何少康砍错脑袋，
而亲以逢殆[15]？	女艾自己遭受灾殃？
汤谋易旅[16]，	浇谋划着改换军队，
何以厚之[17]？	如何增强军事力量？

覆舟斟寻¹⁸，　　　　　浇打翻了斟寻战船，

何道取之¹⁹?　　　　　他用什么计谋才得逞?

桀伐蒙山²⁰，　　　　　夏桀出征讨伐蒙山，

何所得焉?　　　　　他这样做有何收成?

妹嬉何肆²¹，　　　　　妹嬉又是如何放纵，

汤何殛焉²²?　　　　　商汤如何把她严惩?

1　萍（píng）号：雨师的名字，又叫萍翳。

2　兴：起，发动。

3　"撰体"句：撰，通"纂"，聚集；撰体即将众多动物形体聚集在一起。协胁，协，合；胁，人体两侧的肋骨部分；协胁指肋部相连。

4　"鹿何"句：鹿，风神飞廉。《三辅黄图》："飞廉，神禽，能致风气者。身似鹿，头如雀，有角而蛇尾，文如豹。"膺，当，正当。指鹿正好压在雨师身体之上。这两句的主语是"鹿"，意思是说鹿与雨师萍翳构成一个合体，两者在肋部相连。考古曾在河南濮阳西水坡发现距今 6000 年左右的三组用蚌壳码成的龙虎鹿图案。其中第二组图为鹿与龙、虎、蜘蛛组成的蚌塑图案，鹿就压在龙、虎之上，构成一合体。此诗言鹿与雨师合体，或为史前蚌塑图案的变化形式。此句一本作"撰体胁鹿，何以膺之"。

5　"鳌戴"句：鳌，海中大龟。戴，顶着，背着。抃（biàn），拍手，这里是形容海龟背驮大山却能四肢舞动。

6　"释舟"句：释，放弃。陵，陆地。

7　迁：移动。传说浇能在陆地行舟。

8　"惟浇"句：浇，人名，又称过浇。参《离骚》"浇身被服强圉兮"句注。户，门。

9　嫂：指女歧。

10　"何少"句：少康，夏代中兴之君，夏相之子仲康之孙，他杀死了浇，恢复了夏朝。逐，通"嗾（sǒu）"，放狗咬人。传说少康最终是利用打猎的机会，放出猎犬杀死浇。

11　"而颠"句：颠，坠落。陨，落。

12　女歧："歧"当作"艾"，《左传·哀公元年》：少康"使女艾谍浇"，即派女艾在浇身边当眼线。

13　"而馆"句：馆同，即同馆，同居。爰，于焉的合音，于此的意思。止，停息。

14　"何颠"句：易，换。厥，指女艾。传说浇与女艾私通，少康夜袭浇，错砍了女艾的头。

15　逢殆：冒着危险，指少康亲自砍杀女艾之事。

16　"汤谋"句：汤，当为"浇"之误。一说"汤"古作"唐"，"唐"与"康"形近而误，故指少康。易，整顿。旅，军队。

17　厚：加厚，增强。

18　斟寻：古国名，与夏同姓。据说夏相失国后投靠斟灌、斟寻两国，浇发兵灭掉了斟灌、斟寻，杀死了夏相。当时夏相的妻子身怀有孕，逃回娘家生下了孩子，即少康。少康长大后，浇继续追杀，他就逃到了有虞，在有虞国的帮助下，纠结了斟灌、斟寻两国力量，打败了浇。

19　道：方法。

20　"桀伐"句：桀，夏代的最后一位暴虐君主。蒙山，古国名，即岷山。《竹书纪年》说，桀征伐岷山，得到两个美女，分别叫琬和琰。于是把元配夫人末喜抛弃在洛水边的冷宫里，末喜与商汤的谋臣伊尹勾结，灭掉了夏。上博简《容成氏》有夏桀"不量亓（其）力之不足，起师以代岷山氏，取亓（其）两女琰、琬"之语，与《竹书纪年》合。

21　"妹嬉"句：妹嬉，即末喜，夏桀的元配夫人，有施氏之女。肆，放肆。

22　殛（jí）：惩罚。这句是问，末喜那样放肆，汤为什么惩罚她。

舜闵在家[1]，	舜在家里本有母亲，
父何以鳏[2]？	为何说他父是光棍？
尧不姚告[3]，	尧不告知舜的父母，
二女何亲[4]？	女儿怎能与舜成婚？

厥萌在初⁵，	舜当初是一介平民，
何所亿焉⁶？	怎能料到后来之尊？
璜台十成⁷，	玉石高台有十层，
谁所极焉⁸？	谁能登上玉台顶？
登立为帝，	舜登基称帝登此台，
孰道尚之？	是由谁来引导？
女娲有体⁹，	二女侍舜很得体，
孰制匠之¹⁰？	如此品行谁塑造？
舜服厥弟¹¹，	舜凡事顺从他弟弟，
终然为害¹²？	象却始终对兄要加害。
何肆犬体¹³，	猪狗行为舜放任，
而厥身不危败¹⁴？	为何他自己却总能避害不伤败？
吴获迄古¹⁵，	都说虞舜长命百岁，
南岳是止¹⁶；	最后葬在南岳苍梧；
孰期去斯¹⁷，	谁能料到就在这里，
得两男子¹⁸？	舜和商均都有坟墓？
缘鹄饰玉¹⁹，	食器上雕象又嵌玉，
后帝是飨²⁰；	商汤高兴地享用美味；
何承谋夏桀²¹，	伊尹充当了商汤的内应，
终以灭丧²²？	为何最终因流放太甲而亡身？
帝乃降观²³，	商汤去巡视四方，

厥萌在初[5]，	舜当初是一介平民，
何所亿焉[6]？	怎能料到后来之尊？
璜台十成[7]，	玉石高台有十层，
谁所极焉[8]？	谁能登上玉台顶？
登立为帝，	舜登基称帝登此台，
孰道尚之？	是由谁来引导？
女娲有体[9]，	二女侍舜很得体，
孰制匠之[10]？	如此品行谁塑造？
舜服厥弟[11]，	舜凡事顺从他弟弟，
终然为害[12]？	象却始终对兄要加害。
何肆犬体[13]，	猪狗行为舜放任，
而厥身不危败[14]？	为何他自己却总能避害不伤败？
吴获迄古[15]，	都说虞舜长命百岁，
南岳是止[16]；	最后葬在南岳苍梧；
孰期去斯[17]，	谁能料到就在这里，
得两男子[18]？	舜和商均都有坟墓？
缘鹄饰玉[19]，	食器上雕象又嵌玉，
后帝是飨[20]；	商汤高兴地享用美味；
何承谋夏桀[21]，	伊尹充当了商汤的内应，
终以灭丧[22]？	为何最终因流放太甲而亡身？
帝乃降观[23]，	商汤去巡视四方，

下逢伊挚[24]；　　　　　正好遇到伊尹；

何条放致罚[25]，　　　　汤惩罚桀放逐鸣条，

而黎服大说[26]？　　　　为何百姓那样欢欣？

———

1　闵：通"母"。

2　鳏（guān）：同"鰥"。男子成年而无妻叫作鰥。这句话是说舜有母亲，为何说他父亲是鰥夫。

3　姚告：告知舜的父母。姚，舜姓。

4　"二女"句：二女，帝尧的两位女儿，据《尚书·尧典》，尧为考验舜的德行，把两个女儿嫁给舜，以观其治家德行。亲，成亲。

5　"厥萌"句：厥，指舜。萌，通"氓"，指平民。

6　亿：通"臆"，料想，猜测。这句是问舜当初做平民的时候，他如何想得到后来成帝王的事。

7　"璜台"句：璜台，台名，玉石砌成。成，即层。

8　极：至。

9　"女娲"句：女娲，"娲"字应作"媒"，侍女之称，指上文的"二女"；《说文》引《孟子》："舜为天子，二女媒。"即二女服侍。体，即"礼"，礼、体二字古可以通用。

10　制匠：制造。匠，动词，造。制匠在此有培养、教训的意思。

11　"舜服"句：服，顺从。弟，指舜的弟弟象。

12　"终然"句:终,始终。为,被。害,加害。

13　"何肆"句:肆,放任。犬体,一本作"犬豕",犹言猪狗,指舜弟象。

14　不危败:传说舜始终对象很和善,后来还把他封到有庳做国君,故有此问。

15　"吴获"句:吴,古吴、虞通用,虞即虞舜。获,获得。迄古,终古,得享天年。

16　"南岳"句:南岳,指南方大山,指舜南巡,死葬苍梧事。止,至,留住。这句是说舜以终其天年著称,为什么却葬在南方大山。

17　"孰期"句:期,料想。去,一本作"夫"。斯,指南岳。

18　两男子:舜和他的儿子商均,据《山海经》,舜葬苍梧,他的儿子商均也葬在这里。

19　"缘鹄"句:缘,纹饰装饰。鹄,象。《尔雅·释器》:"象谓之鹄。"是说食器上铸刻有象的图案。商周青铜器多见。

20　"后帝"句:后帝,指商汤。一说指上帝。飨,请人享用食物。传说伊尹想接近商汤,就利用做美食的机会,用烹调之理来说服商汤,从而被汤任用。

21　"何承"句:承,接受,担当。谋,图谋。《吕氏春秋·慎大》《古本竹书纪年》等载,商汤用苦肉计派伊尹去做夏桀的大臣,充当内应,勾结桀的元妃末喜,与汤里应外合,灭掉了夏朝。

近出清华简有《尹至》篇，也有伊尹自夏至商，与汤谋伐夏桀之事的记载。

22　灭丧：指伊尹最终被杀。《古本竹书纪年》："伊尹放太甲于桐……七年，王潜出自桐，杀伊尹。"

23　"帝乃"句：帝，商汤。降观，深入民间，了解民情，指出巡。

24　伊挚（zhì）：即伊尹，名挚。

25　"何条"句：何条，即鸣条，地名。放，放逐，流放。传说商汤灭夏后，把桀放逐到鸣条。

26　"而黎"句：黎服，百姓。服，即菔，是楚地对农夫的蔑称。楚方言称黎民为黎菔。一说"服"字当为"民"。说，通"悦"。

简狄在台[1]，	简狄深居九层高台，
喾何宜[2]？	帝喾如何与她配婚？
玄鸟致贻[3]，	黑色燕子生下鸟蛋，
女何喜[4]？	简狄吃了何以怀孕？
该秉季德[5]，	王亥秉承父王季德行，
厥父是臧[6]；	和他父亲一样善良；
胡终弊于有扈[7]，	为何最终被有易驱使，
牧夫牛羊？	为有易氏放牧牛羊？
干协时舞[8]，	王亥拿着盾牌跳舞，
何以怀之[9]？	为何思念有易女子？

平胁曼肤¹⁰，　　　　那个女子胸部饱满皮肤嫩，

何以肥之？　　　　　　她为什么就这样丰腴？

有扈牧竖¹¹，　　　　王亥身为易氏牧人，

云何而逢¹²？　　　　怎样遇到这个女子？

击床先出¹³，　　　　他被击杀在床女子却先逃，

其命何从？　　　　　　王亥亡魂又向何处飘游？

恒秉季德¹⁴，　　　　王恒也秉承父王季德行，

焉得夫朴牛¹⁵？　　　哪里得到拉车的牛？

何往营班禄¹⁶，　　　为何他去谋求封赏，

不但还来¹⁷？　　　　回来时却空着两手？

───

1　"简狄"句：简狄，传说为有娀（sōng）氏的美女，帝喾的次妃，生商族始祖契。台，传说有娀氏建了一座九层高台，让简狄和她的妹妹居住在上边。参《离骚》"望瑶台之偃蹇兮"句注。

2　"喾何"句：喾（kù），即帝喾，号高辛氏。宜，通"仪"，匹配。

3　"玄鸟"句：玄鸟，燕子。致，送。贻，送。

4　喜：怀孕。一本作"嘉"，义为怀孕生子。据说简狄吞食玄鸟卵而生子。

5　"该秉"句：该，通"亥"，即王亥，殷商先公先王之一。秉，通"禀"，承受，继承。季，王亥的父亲冥。传说他曾为夏水官，忠于职守，被水淹死。

6　臧：善。

7　"胡终"句：胡，为什么。弊，困乏，疲劳。一说通"毙"，死亡。有扈，当为"有易"，古国名，在今河北北部涞水、易县一带。

8　"干协"句：干协，盾牌，又称胁盾；协即胁，古人操盾牌时将其顶在胁部，故称。时，是。舞，即万舞，干胁之舞是其中一部分。万舞见于甲骨文，春秋时犹见记载。

9　怀：思念。指王亥跳舞心中想着有易之君的妻子。

10　"平胁"句：平胁，丰满的胸部。人丰满则胸部平滑，看不见肋骨。曼肤，光泽细嫩的皮肤。

11　牧竖：牧仆，牧童。竖，竖子，对僮仆、儿童的称呼。

12　逢：遇上，遇到。这是问王亥地位低微怎么会遇到有易氏的妻子。一说王亥与有易女子私通，被有易的牧人发现。

13　"击床"句：击床，指有易之君趁王亥与自己妻子私通时，把王亥杀死。《古本竹书纪年》："殷侯子亥宾于有易而淫焉，有易之君绵臣杀而放之。"先出，指有易之女事先走掉。

14　恒：指王亥的弟弟王恒。

15　朴牛：即服牛，用牛拉车。

16　"何往"句：营，谋求。班，分赏，赏赐。禄，爵禄。据此知王恒有在有易求封爵之事。

17　但：当为"得"字之误。

昏微遵迹[1]，	闻言上甲微继承先人的事业，
有狄不宁[2]；	打得有易氏不得安宁；
何繁鸟萃棘[3]，	为何猫头鹰聚集灌木，
负子肆情[4]?	女子和男人都爱纵欲放情？
眩弟并淫[5]，	恒也与有易女私通，
危害厥兄；	以致害死他的长兄；
何变化以作诈，	为何有人诡计多端，
后嗣而逢长[6]?	后代反而兴旺绵延？
成汤东巡，	成汤去往东方巡视，
有莘爰极[7]；	直到有莘国才停止；
何乞彼小臣[8]，	为何他求一个小臣，
而吉妃是得[9]?	却得到嘉美的妃子？
水滨之木，	水边的空心桑树中，
得彼小子[10]；	找到了小婴儿伊尹；
夫何恶之[11]，	为何有莘氏讨厌他，
媵有莘之妇[12]?	用他作女儿的陪嫁？
汤出重泉[13]，	汤离开被囚的重泉，
夫何罪尤[14]?	他犯下了什么罪过？
不胜心伐帝[15]，	汤没心思讨伐夏桀，
夫谁使挑之[16]?	是谁教唆他这样做？

1　"昏微"句：昏，闻，听说。"闻"字写作"昏"，战国文字常见，如郭店楚简《老子》"上士昏道，堇能行于其中"等。微，即上甲微，王亥之子。一说为王恒之子。遵迹，遵照先人的轨迹，即继承先人事业，继承祖德。

2　有狄：即有易。狄，通"易"。此句承前"击床先出"而来，史载王亥最终被有易杀害，后其子上甲微借兵于河伯，伐有易，杀有易国君。

3　"何繁"句：繁鸟，猫头鹰。萃，聚集。棘，酸枣树。泛指有刺的灌木。此句喻指淫乱之事。

4　"负子"句：负子，妇人和男子。负，通"妇"，指有易之女。子，指王亥、王恒兄弟。肆，放纵。

5　眩弟：迷惑弟弟。弟，指王恒。眩，昏乱，迷惑。

6　"后嗣"句：后嗣，后代。逢，大，引申为多。

7　"有莘"句：有莘，古国名，在今河南中北部。爰，结构助词。极，至，到。

8　小臣：指伊尹。

9　吉妃：好妃子，指有莘氏的女儿。传说汤听说伊尹的才能，向有莘氏索要，有莘氏不给。于是汤请求娶有莘氏的女儿，有莘氏很高兴，就把伊尹作为陪嫁送给了商汤。

10　小子：小孩，指伊尹。《吕氏春秋》记载，伊尹的母亲住在伊水边，怀孕时梦见神告诉她家乡将发大水，她就向东跑，家乡果然变成汪洋,她也变成了一株空心桑树。有莘氏女子采桑,在空心桑树中捡到了一个婴儿,并献给国君,国君派厨师抚养他长大,就是后来的伊尹。

11　"夫何"句:恶,讨厌。之,指伊尹。

12　媵:陪嫁。

13　"汤出"句:出,离开,释放。重泉,监狱名。《史记·夏本纪》载桀曾囚汤于夏台。夏代监狱名夏台,重泉可能是其中的水牢。

14　罪尤:罪过。

15　不胜心:不用心,没有心思。胜,任。

16　挑:挑动。

会鼌争盟[1],	诸侯朝会争相盟誓,
何践吾期[2]?	为何遵守前定约期?
苍鸟群飞[3],	军队前进猛如群鹰,
孰使萃之[4]?	谁使他们聚在一起?
到击纣躬[5],	武王猛砍肢解了纣的尸体,
叔旦不嘉[6];	弟周公旦对此并不赞许;
何亲揆发[7],	周公亲自辅佐武王,
定周之命以咨嗟[8]?	周得天命他又为何叹息?
授殷天下[9],	上天把殷商政权交给周人,

其位安施[10]？	王权大位如何稳固？
反成乃亡[11]，	大业已成周公反而要出亡，
其罪伊何[12]？	他究竟犯下了何等罪辜？
争遣伐器[13]，	争相派遣征伐机器，
何以行之？	这要怎么样来指挥？
并驱击翼[14]，	齐头并进攻击侧翼，
何以将之[15]？	这时又如何来统率？
昭后成游[16]，	昭王最终南游成行，
南土爰底[17]；	一直到达南国土地；
厥利惟何[18]，	他那样有什么好处，
逢彼白雉[19]？	在此遇到白羽雉鸡？

1　"会鼂"句：会鼂（zhāo），在早晨会合。会，会合；鼂，通"朝"，早晨。争盟，争相盟誓。

2　"何践"句：践，遵守，履行。期，约定的日期。《史记·周本纪》记载，周文王十一年武王起兵至孟津，八百诸侯不期而会。这句的意思是说，周武王伐纣时，八百诸侯前来履行十一年的盟约。

3　苍鸟：指鹰，比喻武王军队将士勇猛。

4　萃：聚集。

5　"到击"句：到，字应作"列"，通"裂"，分割。躬，身体。

6　"叔旦"句：叔旦，周公旦，武王弟。嘉，赞许，周公不赞成武王肢解纣的做法。《史记·周本纪》："至纣死所，武王自射之，三发而后下车，以轻剑击之，以黄钺斩纣头，县（悬）大白之旗。"

7　"何亲"句：亲，亲自，指周公。揆（kuí），度量，引申为谋划。发，武王发。

8　"定周"句：命，天命。咨嗟，叹息。这句是问，周公既然亲自出谋划策，定了周家的天下，为何还发出叹息之声。一本作："何亲揆发足，周之命以咨嗟？"

9　授殷：把殷商的天下交给周人。

10　"其位"句：位，王位。施，行。在此有稳定政权的意思。这句是说上天既然给了商朝天命，为什么又要改易。

11　"反成"句：反，一本作"及"，等到。成，成功，指周王朝政权稳定。

12　伊：语气词。这两句是说周人既取得了建立政权成功，为什么周公反而出走。就周公奔楚事发问。

13　"争遣"句：遣，派遣。伐器，兵器，这里指军队。以下八句都是就周昭王南征楚荆之事发问。

14　翼：两侧的军队，军队的两翼。

15　将：统率。以上两句写武王克商之事。

16　"昭后"句：昭后，周昭王，康王之子，穆王之父，西周第四代君主。成,通"盛"。指率军出游,规模盛大。

17　"南土"句:南土,指楚国。底,到,至。史载周昭王曾出动
"六师"伐淮夷,归途渡汉水时船只沉没淹死。

18　利:好处。

19　白雉:白色野鸡。《古本竹书纪年》:"周昭王十九年,天大
曀,雉兔皆震,丧六师于汉。"言及雉兔,或与此句有关。

穆王巧梅[1],	穆王的图谋很宏伟,
夫何为周流[2]?	为什么满世去周游?
环理天下[3],	那样环游走天下,
夫何索求?	到底有什么追求?
妖夫曳衔[4],	妖人夫妇拖着货物,
何号于市[5]?	为何在市井中叫卖?
周幽谁诛?	周幽王对谁诛责?
焉得夫褒姒[6]?	他从哪里得到褒姒?
天命反侧[7],	老天反复无常,
何罚何佑?	它惩罚什么又保佑谁?
齐桓九会[8],	齐桓屡次召集盟会,
卒然身杀;	最终他却被人害死;

──　1　"穆王"句:穆王,周第五代君主,周昭王之子,名满。巧梅,

讦(xū)谋的同音字，即宏大的谋略；讦，大。

2　周流：周游。

3　环理：周行，周游。理，通"履"，行走。《左传·昭公七年》："穆王欲肆其心，周行天下，将皆必有车辙马迹焉。"

4　"妖夫"句：妖夫，妖人，不祥之人。曳，拖，拉。衒(xuàn)：炫耀，指夸耀所卖货物的好处。

5　号：大声喊叫，指叫卖。据《国语》记载，周宣王时有童谣："檿弧箕服，实亡周国。"当时正有一对夫妇在街上叫卖这两件东西，宣王派人抓他们。他们往褒国逃跑，路上拾到一个女婴并收养了她，就是后来的褒姒。

6　褒姒：周幽王的王后。《国语·郑语》记载，传说夏衰落时，两条神龙来到宫中，自称是褒国先代国君，离开时留下了一些涎沫，夏王将其收藏在木盒里，由夏传到殷，由殷传到周，没人敢打开。周厉王末年打开看，精化为鳖，跑进后宫。一个宫女碰到它怀了孕，生了一个女孩，就把她抛在路上，被叫卖"檿弧箕服"的夫妇拾到并收养，取名褒姒。后来周幽王欲杀褒君，褒君就把美女褒姒献给了幽王。幽王迷恋褒姒，不理朝政，最后西周被犬戎灭掉。

7　反侧：反复无常。

8　"齐桓"句：齐桓，齐桓公，春秋五霸之一。九，虚数，表示次数很多。管仲死后，齐桓公任用奸臣，造成内乱。桓公在病中被软禁在一间屋子里,不得饮食。死后六十七日,蛆虫爬出门外,人们才知道他死了。

彼王纣之躬[1],	说起纣王那个人,
孰使乱惑[2]?	是谁使他那样混?
何恶辅弼[3],	为何厌恶辅佐重臣,
谗谄是服[4]?	却任用谄媚的小人?
比干何逆[5],	比干他有什么不忠,
而抑沈之[6]?	把他压抑不加任用?
雷开阿顺[7],	雷开他是怎样阿谀奉承,
而赐封之[8]?	纣却对他那样赐封?
何圣人之一德[9],	圣人德行都一样,
卒其异方[10]?	为何处世方式大不同?
梅伯受醢[11],	梅伯被杀制成肉酱,
箕子佯狂[12];	箕子无奈假装癫疯;
稷维元子[13],	后稷本是帝喾长子,
帝何竺之[14]?	为什么对他那样厌憎?
投之于冰上,	把他丢弃在冰面,
鸟何燠之[15]?	鸟为何用毛把他温暖?
何冯弓挟矢[16],	后稷怎么操弓持矢,
殊能将之[17]?	竟有统率兵马的特殊才华?

既惊帝切激[18]，　　　　　　他的出生曾很让上帝剧烈惊恐，
何逢长之[19]？　　　　　　　为何子孙却繁衍昌盛？

―――

1　王纣：纣王。

2　乱惑：昏乱迷惑。

3　"何恶"句：恶，憎恶，厌恶。辅弼，辅佐帮助。这里指辅佐重臣。

4　"谗谄"句：谗谄，指善进谗言、阿谀奉承的小人。服，任用。

5　"比干"句：比干，纣王的叔父，因极力进谏触怒纣王而被剖腹挖心。逆，违背。

6　抑沈：压制，被杀。沈，"沉"字的异体。

7　"雷开"句：雷开，纣王的佞臣。阿，一本作"何"。

8　赐封：赐以金玉，封以爵位。

9　圣人：指纣王的贤臣。

10　"卒其"句：卒，终。异方，不同的方式。指梅伯被醢，箕子装疯，他们有相同的美德，选择的处世方式却不一样。

11　"梅伯"句：梅伯，纣王时诸侯，因忠直进谏被纣王所杀。醢(hǎi)，菹(zū)醢。古代的一种酷刑，把人剁成肉酱。

12　"箕子"句：箕子，纣王的叔父。佯狂，假装发疯。佯，假装。箕子向纣王进谏，纣王不听。于是箕子披发装疯，给人做奴仆。

13　稷：即后稷，名弃，帝喾长子，周族远祖。

14　竺：通"毒"，憎恶。一说通"笃"，看重。

15　燠：温暖。传说姜嫄生稷后，认为他不祥，曾把他扔到寒冰上，鸟用翅膀覆盖他。

16　冯弓：强其弓。冯，操。

17　将：统率。这句说的是后稷为尧司马之事。《诗疏》引《尚书·刑德放》云：稷为司马。王充《论衡·初禀篇》言：弃（后稷小名）事尧为司马，居稷官，故为后稷（出刘盼遂《天问校笺》）。

18　"既惊"句：帝，上帝。切激，激烈。指后稷无父而生，惊扰了上帝。《诗经·生民》言后稷初生"上帝不宁"，当即此处诗句所本。

19　逢长：指文王作西伯，周人由此而发达。

伯昌号衰[1]，	商朝衰落文王发号令，
秉鞭作牧[2]；	执政做了西方的共主。
何令彻彼岐社[3]，	是什么让周拆除旧社立新庙，
命有殷国[4]？	取代商朝是命中注定？
迁藏就岐[5]，	带着宝藏迁往岐山，
何能依[6]？	百姓为何来依附？
殷有惑妇[7]，	殷商有魅人的妲己，

何所讥[8]？　　　　　纣王怎会听取谏议？

受赐兹醢[9]，　　　　纣赐用梅伯肉做的酱，

西伯上告[10]；　　　　文王把此事告到天上；

何亲就上帝罚[11]，　　为何纣亲受上帝惩罚，

殷之命以不救[12]？　　殷商的命运就此垮塌？

——

1　"伯昌"句：伯昌，即周文王，姓姬，名昌，商时封为雍州伯，也称西伯。号，发号施令。衰，衰落，指殷商的衰落。

2　"秉鞭"句：秉鞭，比喻执政。牧，古时代表天子管理一方事务的首长称牧。此句应指周文王受商纣王之命为西伯之事。

3　"何令"句：彻，拆除。岐社，建于岐地的社庙。岐，在今陕西岐山县东北；社，祭祀土地神的庙。周家得天下后，废弃旧有的庙而建新太庙。

4　命：犹言命中注定。

5　"迁藏"句：藏，宝藏，财物。就，到，往。

6　依：依附。这句说的是周祖古公亶父自邠迁岐的事。古公亶父原来住在邠（今陕西旬邑、彬县一带），后为避免与戎狄的战争，携带妻子、宝藏迁居到岐山，邠地百姓也扶老携幼跟随他西迁。

7　惑妇：迷惑人的妇人，指纣王的宠妃姐己。

8　讥：进谏，规劝。

9　受赐兹醢：纣把梅伯的肉酱分赐给大臣们。受，纣王的字。

10　上告：以祭祀方式上告于天。告，字通祰，告祭。

11　"何亲"句：亲，亲身，本身。就，受。

12　命：命运。

师望在肆[1]，	姜尚肉店做屠夫，
昌何识[2]？	文王为什么就能赏识他？
鼓刀扬声[3]，	操刀宰牛高声叫，
后何喜[4]？	文王听了如何就欢喜？
武发杀殷[5]，	武王发杀商王纣，
何所悒[6]？	心中为什么生那样大的气？
载尸集战[7]，	车载文王灵位去征战，
何所急？	他为什么这样急？
伯林雉经[8]，	管叔北林自缢，
维其何故？	是因什么缘故？
何感天抑地[9]，	周公忠诚感动天地，
夫谁畏惧？	雷电大风让谁畏惧？
皇天集命[10]，	天降成命给予殷商，
惟何戒之[11]？	商纣又何尝自我警惕？
受礼天下[12]，	他既君临天下，

又使至代之¹³?　　　　为何让周人把他代替?

1　"师望"句:师望,即吕尚,号太公望,俗称姜太公,被文王、武王立为师,故称师望。肆,店铺。

2　"冒何"句:昌,文王名。识,知道,了解。

3　鼓刀:操刀。

4　后:文王。

5　发:武王名。

6　愢(yì):恨。

7　"载尸"句:尸,灵牌,木主。集战,会战。据载武王灭商时,以车载着文王的灵位前往。

8　"伯林"句:伯林,北林,地名。在今郑州附近。雉经,缢死,上吊自杀。当指周初管叔自杀之事。据载,管叔、蔡叔等因不满周公摄政,而联合殷商遗民造反,失败后自经而死。

9　何感天抑地:这一句可能问的是周公之事。据载,周公摄政,管叔、蔡叔流言于国,诬周公将夺权。周公不得已出走。不久"天大雷电以风,禾尽偃,大木斯拔,邦人大恐"(出《尚书·金滕》)。诗句是说,周公忠心感动天地。

10　集命:降命。

11　戒:戒备,警惕。这句意思是说殷商既然获得上天的大命,就应该有所警惕。

12 礼：通"理"，治理。

13 至：通"周"，古"周"、"至"两字音近义通。指周人克商
而言。

初汤臣挚[1]，	当初商汤任用伊尹，
后兹承辅[2]；	后来担当辅佐重任；
何卒官汤[3]，	为何伊尹最终相汤，
尊食宗绪[4]？	死后祭典与殷商祖先一样？
勋阖梦生[5]，	阖闾是寿梦的长孙，
少离散亡[6]；	年轻时却坎坷流荡；
何壮武厉[7]，	为何壮年孔武勇猛，
能流厥严[8]？	能够使他的威名远扬？
彭铿斟雉[9]，	彭祖调和雉鸟肉羹，
帝何飨[10]？	为何上帝就前来享用？
受寿永多[11]，	赐给彭祖寿命长久，
夫何久长[12]？	为何他还失望不平？
中央共牧[13]，	周公召公一同执政，
后何怒[14]？	死去的厉王为何还愤怒闹鬼？
蚕蛾微命[15]，	百姓微弱低贱如蜂蚁，
力何固[16]？	可力量为何强固不可违？

1　挚:伊尹之名。

2　承辅:担当辅佐大臣。

3　官汤:在汤处做官。

4　宗绪:宗族血脉。这是问,起初伊尹只是一个一般的小官,后来做辅佐大臣,最后做了相,为什么伊尹死后祭祀的规格与商族祖先一样。

5　"勋阖"句:勋阖,犹言有功勋的阖闾;阖闾,又称阖庐,春秋后期吴国君主。梦,寿梦,吴国国君,阖闾的祖父。生,通"姓",孙子。这句是说,阖闾是寿梦的孙子。

6　"少离"句:离,通"罹",遭受。散亡,离散流亡。阖闾少时,寿梦死,其父诸樊立,诸樊死时又传位给弟弟,所以阖闾不得立。散亡即指阖闾不得君位言。

7　"何壮"句:壮,壮年。武厉,威武猛厉。

8　"能流"句:流,传播。严,当为"庄",威武。阖闾刺杀吴王僚,自立为王,故诗人问何以他那样强悍。

9　"彭铿"句:彭铿,即彭祖,传说他活了八百多岁。姓篯(jiān),名铿。受封于彭城,故称彭祖。斟,用勺子舀取,指调和。雉,野鸡,这里指野鸡汤。

10　"帝何"句:帝,上帝。飨,享用。

11　"受寿"句:受,赐予。永,长。

12　长:通"怅",惆怅。

13　"中央"句：中央，指周王朝。共牧，公同执政。这句是说
周厉王时国人暴动，赶走厉王，周公、召公共同执政。一说，
共，指共伯和，《古本竹书纪年》有"共伯和干王位"，即指他在
周厉王被驱逐后代行王政。

14　"后何"句：后，君主，指周厉王。怒，周厉王死后，天大旱，
房屋着火，占卜问原因，说是厉王的鬼魂在作祟。此处"怒"
当指此事。

15　"蠭蛾"句：蠭蛾，蠭，"蜂"字的异体；蛾，通"蚁"；蜂蛾即
蜜蜂蚂蚁。微命，生命细微弱小。

16　固：顽强有力。这一句以蜂蛾比喻民众，仍说的周厉王时
平民暴动一事。

惊女采薇[1]，　　　　　伯夷叔齐采薇惊动妇女，
鹿何祐[2]？　　　　　　白鹿为何保佑之？
北至回水[3]，　　　　　向北而行到达河曲，
萃何喜[4]？　　　　　　留下来有什么可吃？
兄有噬犬[5]，　　　　　兄长有咬人的猛犬，
弟何欲[6]？　　　　　　弟弟为何非要得到？
易之以百两[7]，　　　　用百车交换那只狗，
卒无禄[8]。　　　　　　最终把爵位丢失了。

1　惊女采薇：伯夷、叔齐因反对武王伐商，隐居首阳山，不食周粟，采薇而食。一个采薇女子说："这也是周朝的薇呀!"于是两人从此薇也不吃，最后双双饿死。

2　鹿：传说曾有白鹿给伯夷、叔齐哺乳。

3　回水：黄河转弯之处，河曲。指位于河曲的首阳山。

4　"萃何"句：萃，止、留。喜，通"饎(chì)"，煮熟的米饭，在此作食物解。

5　"兄有"句：兄，指秦景公。噬犬，咬人的猛狗。

6　弟：景公之弟鍼。

7　"易之"句：易，换。两，通"辆"。

8　无禄：失去爵位。秦景公有猛犬，其弟愿用一百辆车来换，秦景公不肯，后兄弟反目，鍼出奔晋国，丧失了爵位。

薄暮雷电[1]，	天色黄昏电闪雷鸣，
归何忧[2]？	上天到底还有什么忧愁？
厥严不奉[3]，	上天的尊严从不敬奉，
帝何求[4]？	上帝对这样的人也还能何求？
伏匿穴处[5]，	我隐居在大山洞里，
爰何云[6]？	还能有什么话可说？
荆勋作师[7]，	楚王兴兵屡战屡败，
夫何长[8]？	国家还能支撑多久？

悟过改更⁹，　　　　　君主如能幡然醒悟，

我又何言？　　　　　　　　我就再也没话可讲？

吴光争国¹⁰，　　　　　　吴王阖闾与楚交战，

久余是胜¹¹？　　　　　　为何我们都吃败仗？

何环穿自闾社丘陵¹²，　　为什么穿街过巷越丘陵，

爰出子文¹³？　　　　　　私通却能生子文这贤相。

吾告堵敖以不长¹⁴，　　　照说堵敖在位难长久，

何试上自予¹⁵，　　　　　为何弑君自立的，

忠名弥彰¹⁶？　　　　　　他的忠名反远扬？

1　薄暮：傍晚，黄昏。

2　归：终，到底。这句把天的电闪雷鸣当作上帝的忧虑。

3　"厥严"句：严，上帝的威严。奉，遵从。

4　"帝何"句：帝，上帝。何求，不遵从上天的威严，求天又有何用处？

5　"伏匿"句：伏匿，隐藏。穴处，住在山洞里。处，居住。

6　何云：说什么？这一句仍说的是诗人自己的被流放。

7　"荆勋"句：荆，楚国。勋，"动"字的错写。作师，兴兵打仗。指楚怀王受秦欺侮后一再兴兵伐秦，屡战屡败。

8　长：长久。

9　更：改。

10　吴光：吴公子光，即阖庐。

11　久余是胜：即"胜余久"。阖庐曾五次兴师伐楚获胜，最终
打到楚国的郢都。这句问为什么吴总是打败楚国。

12　"何环"句：环穿，环绕穿过。闾社，古代二十家为一闾，又
称一社。"环穿自闾社丘陵"即指子文父与女私通一事。此句
一本作"何环闾穿社，以及丘陵，是淫是荡，爰出子文"。

13　子文：春秋前期楚国贤相。据《左传》记载，子文的父亲
与妘姓表姐妹私通生下子文，将其丢弃在云梦泽中，后来妘女
的父亲到云梦打猎，发现有老虎在喂养子文，就又把子文抱回
来抚养长大，后来成为楚成王时期的贤相。

14　"吾告"句：吾告，即语告，吾为"语"字的假借，语告犹言
人们常说。堵敖，楚文王的儿子，名熊囏（同"艰"）。

15　"何试"句：试，通"弑"，臣杀君，子杀父，弟杀兄，都叫作
弑。自予，自立为王。楚文王死后堵敖继位，其弟熊恽杀死堵
敖自立为王，就是楚成王。

16　"忠名"句：弥，更加。彰，显著。这几句的意思是：人们
都说堵敖命不长，可为什么杀君犯上的人却能自立为王并能
声名显赫呢？

　　《天问》的特点，是在"天"这样一个大名目下无所不问
地"问"。因为这样的"问"，就与我国其他一些兄弟民族"创

世史诗"，如藏族的《世巴问答歌》、纳西族的《创世纪》、苗族的《古歌》以及彝族的《梅葛》等，有了许多重要的相似性（范卫平《文体在活动中生成——先秦诗学新论》）。

诗篇提出了很多的问题，表明诗篇出自当时专门负责汇聚传播文化知识的专业人员之手，他们就是巫史。屈原或其本身就曾是这个阶层的一员，或许古传的文本引起了他的兴趣，作了适当的笔削。无论如何，诗篇从文献角度说，都显示了这样一点：在知识传播掌握在一些专职人员手中时，其传播有十分特殊的方式，《天问》的发问，即显示了这样的方式。

《天问》一共 170 多问题，天文方面 30 问，地理方面 42 问，历史传说则多达 95 问（周秉高《楚辞解析》），可谓包罗万象。有些问题颇带理性色彩，有的今天看难免诡异，也正因这一切，造成了诗篇恢弘奇异的整体色彩。

一个个的问题排叠而来、层出不穷，这已经很让人惊叹了；天上地下，无所不问，更令人浮想联翩，眼前仿佛站立着一位顶天立地的探寻的巨人。先秦时期以"问"为题或以"问"为主要内容的篇章还有一些，如《管子》中即有《问篇》，《庄子》《国语》中也有以问为主的文字，近年还有属于出土文献的上博简《凡物流行》，但都没有《天问》这样令人惊奇。这是《天问》的特殊魅力。

　　《天问》与其他兄弟民族创世史诗的明显分别是"只问不答"。有学者以为，能"问"则必定能"答"，所以诗篇省略"答"，全是问题的发问，可读来却不觉沉闷。这是因为诗人注意到句式的变化，或直接发问，或先简要描述然后再问；不过，最终使《天问》连续发问不枯燥的，还是因其内容的丰富奇异。这是《天问》的价值。

　　诗篇构思奇特，气象恢弘，光怪陆离；语言以四言为主，参以三言、五言乃至七言等，称得上是古代文学史上的杰作。

九　章

　　《九章》是屈原流放期间不同时地所作的诗篇，后人将这些诗篇搜集起来，一共九篇。

　　西汉刘向《九叹》有"叹离骚以扬意兮，犹未殚于九章"之句，"九章"之名始见于此。

　　考诸诗篇，诗人足迹曾至汉北、沅、湘等地。《九章》各篇正记录着诗人的行程和内心经历。

　　其中最早的可能是《橘颂》，最晚的可能是《悲回风》、《怀沙》和《惜往日》。

　　《九章》艺术成就颇高。此外对了解和研究屈原，有很重要的文献价值。

惜　诵

《惜诵》，当作于楚怀王时被谗见疏之后。

诗人以痛惜的心情述说了过去的事实，在政治上遭受打击的始末，以及自己对现实的态度。

此篇不仅内容上与《离骚》大致相同，且结构上也颇为相类，因而有人说它是《离骚》的草稿。

篇章取开始一句前两字为题。

惜诵以致愍兮[1]，　　　　　痛陈悲伤表达忧苦，
发愤以杼情[2]。　　　　　　发泄愤怒抒发情愫。
所作忠而言之兮[3]，　　　　我所说的都是忠诚，
指苍天以为正[4]。　　　　　这可以请苍天来作证。
令五帝以析中兮[5]，　　　　让五方神帝来判断吧，
戒六神与向服[6]。　　　　　报请六神来证言。
俾山川以备御兮[7]，　　　　让山川之神作陪审，
命咎繇使听直[8]。　　　　　叫法官咎繇来断案。
竭忠诚以事君兮[9]，　　　　竭尽忠诚侍奉君主，
反离群而赘肬[10]。　　　　　反遭抛弃成众人的赘瘤。
忘儇媚以背众兮[11]，　　　　不知轻佻讨好背离庸众，
待明君其知之。　　　　　　只盼贤明君主把我赏识。
言与行其可迹兮[12]，　　　　言行是否相符可以考察，
情与貌其不变[13]。　　　　　表里是否如一无法瞒欺。
故相臣莫若君兮，　　　　　观察臣子没人比得上君，
所以证之不远[14]。　　　　　验证起来实在不难。
吾谊先君而后身兮[15]，　　　先君后私是我的信条，
羌众人之所仇[16]。　　　　　因此与众人结下了仇怨。
专惟君而无他兮[17]，　　　　只为君王着想没有他意，
又众兆之所雠[18]。　　　　　恰恰被小人当了仇敌。
壹心而不豫兮[19]，　　　　　一心一意毫不犹豫，

羌不可保也²⁰。　　　却不能够明哲保身。

疾亲君而无他兮²¹，　　极力亲近君王没有私心，

有招祸之道也²²。　　　却成了招致祸事的起因。

———　1 "惜诵"句：惜，痛惜，哀痛。诵，陈述。致，表达。愍

(mǐn)，忧愁，愁苦。

2 "发愤"句：发愤，发泄愤怒。杼情，抒发情怀。杼，字当作

"抒"。

3 作：当从一本作"非"。

4 正：通"证"，作证。

5 "令五"句：五帝，五方之帝，五方之神，东方为太昊，南方

为炎帝，西方为少昊，北方为颛顼，中央为黄帝。枋，同"折"。

中，作出公平的判断。

6 "戒六"句：戒，通"诫"，告诉。六神，日、月、星、水旱、四

时、寒暑六神。一说为天地四方之神。向服，向，对；服，事；向

服即对证事实。

7 "俾山"句：俾(bǐ)，使。山川，这里指山川之神。备御，指

陪审。备，陪；御，侍。

8 "命咎"句：咎繇，即皋陶。舜时掌管刑法的大臣，传说是法

制和监狱的创立者。听直，断案，判断曲直。

9 竭：竭尽。

10 "反离"句：离群，远离，指受排挤。赘肬（zhuì yóu），多余的肉瘤。

11 "忘儇"句：儇（xuān），轻佻。媚，取悦于人。

12 迹：根据行迹核查。

13 情：实情，真情。

14 证：验证。

15 "吾谊"句：谊，通"义"，合理的行为叫作义。吾谊，我认为合理的行为。身，自己。

16 众人：指奸佞之臣。

17 惟：思。

18 "又众"句：众兆，众人。雠，同"仇"，怨恨。

19 "壹心"句：壹心，专心，没有二心。豫，犹豫。

20 保：自保。

21 疾：通"亟"，努力，极力。

22 有：通"又"。

思君其莫我忠兮， 思念君主谁也没有我忠心，
忽忘身之贱贫[1]。 全然忘记了我贫贱的出身。
事君而不贰兮[2]， 侍奉君主忠诚没有二心，
迷不知宠之门[3]。 愚笨不知道如何邀宠信。
忠何罪以遇罚兮， 忠诚有什么罪过却被惩处？

亦非余心之所志[4]。 这也不是我能想通的原因。

行不群以巅越兮[5]， 行为与小人不同而颠沛，

又众兆之所咍[6]。 又成众人讥笑的人。

纷逢尤以离谤兮[7]， 遭到许多的责难和诋毁，

謇不可释也[8]。 各种曲折却无法解脱。

情沉抑而不达兮[9]， 心情沉闷压抑不能倾诉，

又蔽而莫之白也[10]。 终究无法诉说。

心郁邑余侘傺兮[11]， 心情很苦闷我精神恍惚，

又莫察余之中情[12]。 又没有人体察我的衷情。

固烦言不可结诒兮[13]， 本来言语太多难以传达，

愿陈志而无路。 想陈述心意无法上达君听。

退静默而莫余知兮[14]， 退处缄默没有人了解我苦心，

进号呼又莫吾闻。 奋力呼号也无人听取我的心声。

申侘傺之烦惑兮[15]， 屡屡失望我烦恼疑惑，

中闷瞀之忳忳[16]。 苦闷烦乱心绪耿耿。

----

1 "忽忘"句：忽，忽略，忘记。贱贫，屈原先世虽出身王族，已是远支，相对于亲近的贵族可以说是贱贫。

2 贰：有二心。

3 "迷不"句：迷，糊涂，不明白。宠之门，获得宠信的途径。

4 志：通"知"，料想，知道。

5　"行不"句：不群，与众不同。巅越，坠落。

6　咍（hāi）：讥笑，嘲笑。

7　"纷逢"句：纷，很多的样子。逢尤，遭到怨恨。离，遭受。谤，诽谤。

8　"謇不"句：謇，语气词。释，解开。

9　沉抑：沉闷压抑。

10　蔽：终，终究。《左传·襄公三十年》："国之祸难，谁知所敝。"王引之《经义述闻》释"敝"为"终"。蔽通敝。

11　"心郁"句：郁邑，忧愁苦闷不能诉说。侘傺（chà chì），失意的样子。

12　中情：内心。"情"与下句的"路"不押韵，所以一说"中情"是"善恶"之误，一说下句的"路"是"径"之误。

13　"固烦"句：烦言，话多。结，封好。诒，寄达。

14　"退静"句：退，退出朝廷，隐退。余知，"知余"的倒文。

15　烦惑：烦闷迷惑。

16　"中闷"句：闷瞀（mào），忧闷烦乱。忳（tún）忳，郁闷的样子。

昔余梦登天兮，　　　　　先前我曾做梦上登天，
魂中道而无杭[1]。　　　　到半路魂魄失了航船。
吾使厉神占之兮[2]，　　　我让厉神来占卜此梦，

曰："有志极而无旁[3]。"　　他说："志向坚定却缺少帮助。"

终危独以离异兮[4]，　　难道始终危难冷落遭孤独？

曰："君可思而不可恃[5]。　　他道："君王可思却不可靠。

故众口其铄金兮[6]，　　众人毁谤金的也要融，

初若是而逢殆[7]。　　开始还可以后来把殃遭。

惩于羹者而吹齑兮[8]，　　被肉汤烫过吃冷菜也吹一吹，

何不变此志也？"　　为什么就不改改你的旧态？"

欲释阶而登天兮[9]，　　想登天却不肯用阶梯，

犹有曩之态也[10]。　　还是以往的老做派。

众骇遽以离心兮[11]，　　人都害怕与君主离心，

又何以为此伴也[12]？　　又怎么能与我为邻？

同极而异路兮[13]，　　同事一君各走各的路，

又何以为此援也[14]？　　又怎么会把你来救助？

晋申生之孝子兮[15]，　　晋国的申生是大孝子，

父信谗而不好。　　父王听谗言对他丝毫不爱惜。

行婞直而不豫兮[16]，　　行为刚直从不知犹豫，

鲧功用而不就[17]。　　鲧的事业因此无结局。

―― 1　杭：通"航"，船。

2　厉神：大神。一说为殇鬼。即战死之鬼。

3　"曰有"句：志极，志向极高远。旁，通"傍"，依靠。

4 "终危"句:危独,危险孤独。离异,分别。

5 恃:依靠,倚仗。

6 铄:熔化。

7 殆:危险。

8 "惩于"句:惩,警戒。羹,肉汤,热食。齑(jī),切细的菜,是冷食。这句比喻吃过亏的人遇事分外小心。

9 "欲释"句:释,放弃。阶,阶梯。

10 "犹有"句:犹,仍,还。曩(nǎng),以往。态,姿态,仪态。

11 骇遽:惊慌。

12 伴:同伴。一说与下句的"援"字是连绵字拆用。伴援,即攀援。

13 同极:同事一个国君,一说指出身相同。

14 援:救助。

15 申生:春秋时晋献公的嫡长子,晋献公的宠妃骊姬诬陷他企图弑父,献公欲杀之,他既不为自己辩解,也不逃走,自缢而死。其事《国语·晋语》记载较详。

16 "行婞"句:婞直,刚直。豫,犹豫,动摇。

17 就:成就。

吾闻作忠以造怨兮[1],   我听说做忠臣就会引来怨恨,
忽谓之过言[2]。   不要以为这夸大其词。

九折臂而成医兮[3]，　　　　　手臂多次折断也可以成医，
吾至今而知其信然[4]。　　　　我到现在才知道果真如此。
矰弋机而在上兮[5]，　　　　　这世道上面布满带绳的箭，
罻罗张而在下[6]。　　　　　　鸟行处张开捕捉的网罗。
设张辟以娱君兮[7]，　　　　　设下弓箭罗网讨好君王，
愿侧身而无所[8]。　　　　　　想侧身避开也无处可躲。
欲儃佪以干傺兮[9]，　　　　　想徘徊停留寻找机会，
恐重患而离尤。　　　　　　　又怕再次遭遇灾殃。
欲高飞而远集兮[10]，　　　　 想要离开这里远走他乡，
君罔谓汝何之[11]？　　　　　 冤枉人的君主要问欲往何方？
欲横奔而失路兮[12]，　　　　 想要横冲直撞不走正道，
坚志而不忍[13]。　　　　　　 坚定的志向不许我这样。
背膺牉以交痛兮[14]，　　　　 胸背分裂剧痛难忍，
心郁结而纡轸[15]。　　　　　 烦闷郁结心中纠缠痛隐隐。
梼木兰以矫蕙兮[16]，　　　　 捣碎木兰揉碎蕙草，
𥿇申椒以为粮[17]。　　　　　 舂磨好花椒作食粮。
播江离与滋菊兮，　　　　　　播种江蓠培植秋菊，
愿春日以为糗芳[18]。　　　　 作春天的干粮实在芬芳。
恐情质之不信兮，　　　　　　担忧中情和真心不够坚定，
故重著以自明[19]。　　　　　 反复地述说以表明心迹。
矫兹媚以私处兮[20]，　　　　 身怀这些美德独处幽居，

愿曾思而远身[21]。　　　反复思考我要远走高飞。

—　　1　"吾闻"句:作忠,做忠诚的事。造怨,造成仇怨。

2　"忽谓"句:忽,忽略。过,夸大。

3　"九折"句:九,虚数,形容多。折臂而成医,多次折断臂膀就成了医生;久病成医的意思。

4　信然:果真如此。

5　"矰弋"句:矰(zēng)弋,矰,拖有丝线的短箭。此箭头不是尖的,而是平头,其作用是击打大鸟的头颈,引导丝线缠绕猎物,令其坠落。矰一般射大鸟,可使其落在猎者附近的范围内。矰近年有出土文物。弋,用矰射鸟;在此是遭受箭射的意思。机,机关。

6　罻(wèi)罗:罻和罗都是捕鸟的网。

7　"设张"句:设,陈设。张,一种与弧类似的弓。辟,也是捕鸟工具。

8　无所:没有地方。

9　"欲儃"句:儃佪(chán huái),徘徊。干傺,寻求机会;傺,通"际"。

10　高飞而远集:犹言"远走高飞"。

11　"君罔"句:罔,诬蔑。之,去。

12　"欲横"句:横奔,乱跑。失路,迷路。比喻改变节操。

13　忍：忍心。

14　"背膺"句：膺，胸。牉（pàn），分裂。交痛，抽着疼痛，剧痛。

15　纡轸：绵延的隐痛。

16　"捣木"句：捣，字当作"捣"，捣碎。木兰，一种香草。矫，通"挢"，揉。

17　"糳申"句：糳（zuò），舂。申椒，申地所产的花椒；申，地名，在今河南。

18　糗（qiǔ）：干粮。

19　"故重"句：重，再次，一再。著，申明。

20　"矫兹"句：矫，高举。媚，美好。私处，独处。

21　曾思：反复思考。曾，层。

涉　江

　　《涉江》，应是屈原流放生活较晚时期的作品。

　　篇中主要叙述了诗人渡过长江，沿湘水逆流而上，到达溆浦一带深山的经历。

　　楚国乐曲中本有"涉江"之曲，见《招魂》，但此诗是否取用旧曲之名，还是个问题。

余幼好此奇服兮[1]，　　　　我从小就喜欢这奇装异服，

年既老而不衰。　　　　　　年纪老了爱好也没有消减。

带长铗之陆离兮[2]，　　　　身佩光彩夺目的长剑，

冠切云之崔嵬[3]。　　　　　头戴高高耸起的切云冠。

被明月兮佩宝璐[4]。　　　　披着明月珠佩戴着宝玉。

世混浊而莫余知兮，　　　　世道混浊没有人理解我，

吾方高驰而不顾。　　　　　我将要远走高飞义无反顾。

驾青虬兮骖白螭[5]，　　　　用青龙驾车白龙做骖，

吾与重华游兮瑶之圃[6]。　　我与帝舜同游瑶圃。

登昆仑兮食玉英[7]。　　　　登上昆仑山品尝玉华。

与天地兮同寿，　　　　　　与天地一样万古长久，

与日月兮同光。　　　　　　与日月一样大放光华。

1　奇服：奇异的服饰，以服装奇异指代自己的高洁，与凡俗
不同。

2　"带长"句：长铗（jiá），长剑。陆离，长貌。

3　"冠切"句：切云，一种高冠的名字，取"高切青云"的意思。
崔嵬，高峻貌。

4　"被明"句：被，同"披"。明月，宝珠名，晶莹光亮，犹如明
月，即夜明珠。璐，美玉。

5 "驾青"句：虬（qiú），传说中一种有角的龙。螭（chī），无角
的龙。

6 "吾与"句：重华，舜的名字。瑶圃，瑶，美玉；圃，园；瑶之
圃，产美玉的地方，即指下句之昆仑，古人认为这里是天帝的
园圃。

7 玉英：玉的精华。

哀南夷之莫吾知兮[1]，　　　　　哀叹南边的蛮夷不理解我，
旦余济乎江湘[2]。　　　　　　　明早我就要渡湘江。
乘鄂渚而反顾兮[3]，　　　　　　登上鄂渚我回头眺望，
欸秋冬之绪风[4]。　　　　　　　叹深秋余风丝丝寒凉。
步余马兮山皋[5]，　　　　　　　让我的马在山冈上漫步，
邸余车兮方林[6]。　　　　　　　把我的车停在树林旁。
乘舲船余上沅兮[7]，　　　　　　乘着有窗的船逆沅水而上，
齐吴榜以击汰[8]。　　　　　　　大桨齐挥激起波浪。
船容与而不进兮[9]，　　　　　　船只缓慢不易前进，
淹回水而疑滞[10]。　　　　　　遇到旋涡行更艰辛。
朝发枉渚兮[11]，　　　　　　　清晨从枉渚出发，
夕宿辰阳[12]。　　　　　　　　傍晚住宿在辰阳。
苟余心其端直兮，　　　　　　　如果我的心真的端方正直，
虽僻远之何伤[13]。　　　　　　即使偏僻遥远又有何妨！

入溆浦余儃徊兮[14]，	进入溆浦犹豫徘徊，
迷不知吾所如[15]。	迷茫困惑不知哪儿是我的前方。
深林杳以冥冥兮[16]，	深林幽僻光线黑漆，
猿狖之所居[17]。	那是猿猴住地。
山峻高以蔽日兮，	山峰险峻高耸遮住了太阳，
下幽晦以多雨。	山下幽深昏暗又多雨。
霰雪纷其无垠兮[18]，	雪糁纷纷无边无际，
云霏霏而承宇[19]。	云雾濛濛布满天宇。
哀吾生之无乐兮，	哀叹生活没有欢乐，
幽独处乎山中。	孤独留处深山里。
吾不能变心而从俗兮，	我不能改变志向顺从流俗，
固将愁苦而终穷。	必将忧愁痛苦困窘直到死期。

——　1　南夷：楚地之南的原始土著民族，可能指武陵一带的苗蛮。楚国贵族是从北方迁移到楚地的，换言之，他们是征服者，被征服的土著，被楚人视为"夷"。这句是说自己将到南夷之地去，那里没有谁是自己的知己。

2　"旦余"句：济，渡。江湘，即湘江。

3　"乘鄂"句：鄂渚（zhǔ），即鄂州，据说在今湖北武汉黄鹄山上行三百步的长江中。隋代设鄂州，即因此渚（水中的小块陆地）而得名。反顾，回头看。

4　"欸秋"句：欸（āi），叹息。冬，此"冬"字应为"终"字的借用。郭店简及上博简中"终"字皆写作"冬"。秋冬即秋终，即秋末，深秋。绪风，余风。

5　"步余"句：步余马，放开缰绳让马随意走动。山皋（gāo），山边。

6　"邸余"句：邸（dǐ），旅舍，引申为停留。方林，地名。

7　"乘舲"句：舲（líng）船，有窗户的小船。上，溯流而上。沅，沅水。

8　"齐吴"句：齐，同时并举。吴榜（bàng），吴即俣，大的意思；榜即桨；吴榜即大桨。一说吴即《诗经》"不吴不敖"之吴，喧哗的意思。汰，水波。

9　容与：行进缓慢的样子。

10　"淹回"句：淹，停留。回水，回旋的水流。疑滞，凝滞，停留不动。

11　枉渚：地名，在今湖南常德南。

12　辰阳：地名，在今湖南辰溪。

13　僻远：偏僻荒远的地方，指放逐地。

14　"入溆"句：溆浦（xù pǔ），地名，在今湖南溆浦。儃佪（chán huái），徘徊不前，无所适从。

15　如：往。

16　"深林"句：杳（yǎo），昏暗。冥冥，昏暗。

17　狖（yòu）：一种黑色的长尾猿。

18　霰（xiàn）：小冰粒。

19　"云霏"句：霏霏，雨雪或烟云很盛的样子。承，连。宇，天空；一说指屋檐。

接舆髡首兮[1]，	接舆剃光头发，
桑扈嬴行[2]。	桑扈赤身而行。
忠不必用兮，	忠诚不一定受重用，
贤不必以[3]。	贤良不一定有保证。
伍子逢殃兮[4]，	伍子胥遭到灾殃，
比干菹醢[5]。	比干被剁成了肉酱。
与前世而皆然兮[6]，	自古以来都是这样，
吾又何怨乎今之人！	我又何必怨恨今天的人！
余将董道而不豫兮[7]，	我将坚持正道毫不犹豫，
固将重昏而终身[8]！	所以重重磨难将伴我终身。

──　1　"接舆"句：接舆（yú），春秋时楚国人，佯狂隐逸，即"楚狂"。《论语·微子》："楚狂接舆歌而过孔子曰：'凤兮凤兮，何德之衰？'"髡（kūn），剃发，本是古代的一种刑罚，接舆是愤世佯狂，自残身体头发。

2　"桑扈"句：桑扈（hù），古代另一位佯狂隐逸的人，即《庄

子·大宗师》中的"子桑户"。赢(luǒ),"裸"的假借字,赤身
露体。

3　以:用。

4　"伍子"句:伍子,伍员,字子胥,吴国贤臣,曾助夫差灭越,
但是后来屡谏夫差不听,反而被赐死。逢殃,遭遇灾祸,指被
赐死。

5　"比干"句:比干,殷纣时贤臣,因屡谏商纣被残杀,"剖其心
而观"。菹醢(zū hǎi),把人剁成肉酱。

6　与:通"举",全部。

7　"余将"句:董道,正道;董,理。豫,犹豫。

8　重(chóng)昏:昏与"闵"义通,忧患;重闵即一再遭受忧
患的意思。

乱曰:

鸾鸟凤皇[1],

日以远兮。

燕雀乌鹊[2],

巢堂坛兮[3]。

露申辛夷[4],

死林薄兮[5]。

腥臊并御[6],

尾声:

鸾鸟和凤凰,

一日日飞远。

燕雀与乌鸦,

筑巢在庙堂。

露申和辛夷,

死在树林边。

腥臊都任用,

芳不得薄兮[7]。　　　芳芬难近前。

阴阳易位[8]，　　　　阴阳换了位，

时不当兮。　　　　　我生不逢辰。

怀信侘傺[9]，　　　　满怀忠诚心惆怅，

忽乎吾将行兮！　　　我将急急走他乡。

1　"鸾鸟"句：鸾（luán）鸟，传说中的神鸟。凤皇，祥瑞之鸟，比喻贤臣。

2　燕雀乌鹊：四种小鸟，比喻没有大志的小人。

3　"巢堂"句：巢，筑巢，居住。堂坛，比喻朝廷。

4　"露申"句：露申，一说即瑞香花，亦名露甲；一说即申椒，状若繁露，故名。辛夷，香木名，北方叫木笔，南方叫望春。两种植物都比喻贤人。

5　林薄：草木丛杂之地。

6　"腥臊"句：腥臊，恶臭气。御，用。

7　薄：靠近。

8　易位：变换位置。

9　怀信：怀抱诚信。

哀　郢

　　《哀郢》即篇中"哀故都之日远"的意思。郢是楚都，也是故国的象征。

　　此篇的创作时间，古今研究有较大歧义。其中一种认为作于秦将白起攻陷郢都、楚东徙陈地之时。此说影响很大。

　　今人姜亮夫《楚辞今绎讲录》提出，楚庄王之后庄蹻曾于楚怀王末年发动了一场类似军事政变的造反，把郢都搞得很残破，导致民众的流离失所。《哀郢》之"哀"，正由此而发。这一说法也颇受学者注意。

　　作品中交织着对故国的难以割舍的爱恋，对民生的关怀和对个人不幸遭遇的叹息，是一篇感人至深的作品。

皇天之不纯命兮[1]，
何百姓之震愆[2]？
民离散而相失兮[3]，
方仲春而东迁[4]。
去故乡而就远兮[5]，
遵江夏以流亡[6]。
出国门而轸怀兮[7]，
甲之鼌吾以行[8]。
发郢都而去闾兮[9]，
荒忽其焉极[10]？
楫齐扬以容与兮[11]，
哀见君而不再得。
望长楸而太息兮[12]，
涕淫淫其若霰[13]。
过夏首而西浮兮[14]，
顾龙门而不见[15]。
心婵媛而伤怀兮，
眇不知其所跖[16]。
顺风波以从流兮，
焉洋洋而为客[17]。
凌阳侯之泛滥兮[18]，

皇天你变化命运真无常，
为什么让百姓震荡受灾殃！
人民骨肉失散不团聚，
正当仲春二月迁徙向东方。
离开故乡投奔远地，
沿着长江夏水去逃亡。
出了国都城门悲痛萦怀，
甲日的早晨我开始远行。
从郢都出发离开故里，
天高地远何处是家乡？
众桨齐举啊船徘徊，
哀伤的是再也见不到君王。
遥望郢都高大梓树长叹息，
泪水扑簌簌落下雪糁一样。
经过了夏口向西行，
想再看郢都城门却看不见。
心中缠绵留恋万分伤感，
路邈邈啊举步不知足所践。
顺风随流任意漂，
不知做客何方前途渺茫。
乘着陵阳涛神掀起的大波，

忽翱翔之焉薄[19]？   飞鸟般随风飘荡何处可停泊？

心絓结而不解兮[20]，   心中牵挂思念放不下，

思蹇产而不释[21]。   思绪忧愁郁结解不脱。

将运舟而下浮兮[22]，   行船只顺江向下浮，

上洞庭而下江[23]。   先过洞庭再入江。

去终古之所居兮[24]，   从此离开世代居住地，

今逍遥而来东[25]。   徘徊不定来东方漂荡。

———

1 纯：常。

2 "何百"句：百姓，古代贵族有姓，所以百姓指贵族，在此指国人。震，震动。愆（qiān），差错，此处有受罪的意思。

3 民：民众。

4 "方仲"句：方，当，正值。仲春，农历二月。

5 "去故"句：去，离开。故乡，一本作"故都"，指郢都。就，前往，到。

6 "遵江"句：遵，沿着。江，长江。夏，夏水。

7 "出国"句：国门，国都的城门。轸（zhěn）怀，沉痛地怀念。轸，悲痛。

8 甲之朝（zhāo）：甲日的早晨。朝，通"朝"。《九店楚简·日书》："凡春三月，甲、乙、丙、丁不吉。"又曰："春不可以东迁。"是春天东迁为不吉，诗言"甲之朝""而东迁"，也犯了

"甲"日东迁之忌。看来是不得已而东迁。

9 "发郢"句：发郢都，从郢都出发。去闾，离开故乡。闾，里巷的大门，这里指故里。

10 荒忽：遥远无边。

11 "楫齐"句：楫(jí)，桨。容与，徘徊不进。

12 长楸：高大的梓树，这里指的是郢都的梓树，高大乔木代表故乡。

13 "涕淫"句：淫淫，形容眼泪很多的样子。霰，雪粒。

14 "过夏"句：夏首，夏口，即夏水口，指今汉口。一说汉口距郢都过远，当指江陵东二十五里之夏口(在今湖北荆州)，此地距郢都不远，所以才有"顾龙门"之句。西浮，向西漂浮，前言沿江夏向东走，此句却说"西浮"，欲多看几眼故都而暂回其舟，与前文"容与"正相应。一说"浮"古与"背"音同义通，西浮即西背，即背对西方向东而行的意思。

15 "顾龙"句：顾，回头。龙门，指郢都的东门。据考古，楚纪南城门的东门有二，一为陆门，一为水门。此龙门当为水门。

16 "眇不"句：眇，通"渺"，辽远的样子。跖(zhí)，踏，落脚。

17 "焉洋"句：焉，于是。洋洋，飘泊不定的样子。客，漂泊他乡的人。

18 "凌阳"句：凌，乘着。阳侯，波涛之神的名字，这里指波浪,传说陵阳国侯溺水而亡,成为水神,据说他能掀起巨大的波浪。天星观楚简有"溺于大波一𦏵"句,可知楚人是祭祀波浪之神的。泛滥,大水漫溢横流的样子。

19　薄:靠近。

20　绖(guà)结:心打了结,形容牵挂思念。

21　蹇(jiǎn)产:连绵字,曲折,形容心情忧郁。

22　"将运"句:运舟,行船。下浮,顺江东下。

23　上洞庭而下江:上有洞庭下有大江。洞庭湖下流入长江,故诗人言此。

24　终古之所居:世代居住的地方。终古,长久,自古以来。

25　逍遥:飘荡。

羌灵魂之欲归兮[1],	灵魂念故国啊,
何须臾而忘反[2]!	没有一刻忘回返。
背夏浦而西思兮[3],	背离夏口心念西方的郢,
哀故都之日远。	哀的是故都一天比一天远。
登大坟以远望兮[4],	登上江边大堤远眺望,
聊以舒吾忧心[5]。	聊以宽慰这忧伤的心肠。
哀州土之平乐兮[6],	看着和平安乐的国土令人哀,
悲江介之遗风[7]。	沿江古风犹存让人悲心怀。
当陵阳之焉至兮[8],	乘陵侯巨浪不知哪里为终点,

森南渡之焉如[9]？　　　　大水茫茫南行何处是尽端？

曾不知夏之为丘兮[10]，　　谁曾想宫室广厦成废墟，

孰两东门之可芜[11]？　　　有谁知郢都东门杂草萋？

心不怡之长久兮[12]，　　　心中不悦长时间，

忧与愁其相接。　　　　　忧思愁苦剪不断。

惟郢路之辽远兮[13]，　　　思念郢路途遥，

江与夏之不可涉[14]。　　　长江夏水难渡过。

忽若去不信兮[15]，　　　　仓皇离乡让人难相信，

至今九年而不复[16]。　　　到如今已九年不归在漂泊。

惨郁郁而不通兮[17]，　　　悲惨郁闷梗塞不通，

蹇侘傺而含戚[18]。　　　　困苦失意满心悲痛！

1　芜：发语词。

2　"何须"句：须臾，片刻。反，即返。

3　"背夏"句：背，离开，背离。夏浦，即上文之夏口。西思，面
　　向西方思念故都。

4　大坟：指江堤。

5　舒：舒展，排遣。

6　"哀州"句：州土，指楚国，尤其是郢都周围陷落的地区。平
　　乐，升平安乐。

7　"悲江"句：江介，江边，指屈原飘流所经过的沿江两岸地

区。遗风,古代遗留下来的质朴的风气。

8　"当陵"句:当,乘。陵阳,即前面所说的陵阳侯,指大波浪。

9　"淼南"句:淼,水面宽广,一望无际的样子。如,去,往。

10　"曾不"句:曾(céng),简直。夏,通"厦",大屋,这里指楚国的宫殿。丘,这里指废墟。

11　"孰两"句:两东门,郢都的城门,即前面说的水、陆两门。芜,荒草丛生的样子。

12　怡:愉快。

13　郢路:回郢都的道路。

14　涉:蹚水过河。

15　"忽若"句:忽若,忽然。若,然。去,离开,指被流放。不信,难以相信。

16　"至今"句:九年,多年。九,虚数,表示多;一说为"终"的通假字。复,回。

17　"惨郁"句:惨郁郁,忧郁压抑的样子。通,传达。

18　"蹇侘"句:蹇(jiǎn),困苦,不顺利。侘傺,失意的样子。戚,忧愁,悲哀。

外承欢之汋约兮[1],　　　外表阿谀讨好太柔媚,
谌荏弱而难持[2]。　　　骨子里意志实在软弱不承重。

忠湛湛而愿进兮[3]，　　忠心厚厚希望效忠，
妒被离而鄣之[4]。　　妒意纷杂闭塞不通。
尧舜之抗行兮[5]，　　尧舜高标他们的德行，
瞭杳杳而薄天[6]。　　光芒闪耀直达云天。
众谗人之嫉妒兮，　　众多谗佞小人嫉妒生，
被以不慈之伪名[7]。　　竟给加上不慈的恶名。
憎愠恰之修美兮[8]，　　憎恨忠诚者的真正美好，
好夫人之忼慨[9]。　　竟喜好谗佞之辈激昂假表演。
众踥蹀而日进兮[10]，　　小人得势一步步升迁，
美超远而逾迈[11]。　　美德却是越来越疏远。

1　"外承"句：外，外表，表面上。承欢，因讨好而受宠。汋
（chuò）约，也写作绰约。

2　"谌荏"句：谌（chén），确实，实在。荏（rěn）弱，软弱。难
持，难以依赖，靠不住。持，通"恃"。

3　"忠湛"句：湛（zhàn）湛，浓厚的样子。进，进用。

4　"妒被"句：被离，众多而杂乱的样子。被，同"披"。鄣，通
"障"，阻塞，壅蔽。

5　抗：通"亢"，高尚。

6　"瞭杳"句：瞭，本指目光明亮，此处有光辉的意思。杳
（yǎo）杳，高远的样子。

7 "被以"句：被，加。不慈，指父母对子女不够慈爱。尧把帝位传给了舜，舜也因为自己的儿子商均不贤而把帝位传给了禹，有人认为尧舜没有把帝位传给儿子，是对儿子不慈。

8 "憎愠"句：憎，憎恶。愠惀（wěn lùn），忠心耿耿的样子。修，美好。

9 "好夫"句：好，喜欢。夫人，那些人，即前面说的"谗人"。忼慨，情绪激昂。

10 "众蹀"句：蹀蹀（qiè dié），小步快走的样子，形容谗人的竞相钻营。进，上升。

11 "美超"句：美，君子贤臣。逾，越发，更加。迈，离去。

乱曰：
曼余目以流观兮[1]，
冀壹反之何时[2]？
鸟飞反故乡兮，
狐死必首丘[3]。
信非吾罪而弃逐兮，
何日夜而忘之[4]！

尾声：
纵目四下远眺望啊，
翘盼的一次返国又要到何年？
鸟飞还要返回旧树林，
狐狸死也头朝着土丘山。
本不是我有罪才遭到放逐，
白天黑夜我又何时不思念！

———

1 "曼余"句：曼目，放眼。曼，拉长。流观，四下眺望。

2 "冀壹"句：冀，希望。壹反，只要再回去看一眼的意思。

壹,强调一次也好。

3　首丘:头向着山丘,据说狐狸死的时候一定朝向它生长的
山丘。这两句比喻对故乡的怀念。

4　之:指故乡郢都。

抽　思

　　《抽思》之名，取篇中"少歌"之"与美人抽怨兮"一句的意思。

　　本篇有"有鸟自南兮，来集汉北"的句子，可知屈原在被迫离开郢都后，曾一度到达过汉北地区并写作此篇，一般认为是楚怀王后期。

心郁郁之忧思兮[1]，　　　忧伤苦闷郁积在心，
独永叹乎增伤[2]。　　　　独自长叹徒增忧伤。
思蹇产之不释兮[3]，　　　思绪烦杂化解不开，
曼遭夜之方长[4]。　　　　又逢黑夜正漫长。
悲秋风之动容兮[5]，　　　悲叹秋风吹来万物摇动，
何回极之浮浮[6]！　　　　回转盘旋何等飘飘荡荡！
数惟荪之多怒兮[7]，　　　常想到荪草你容易发怒，
伤余心之慢慢[8]。　　　　心就有无尽的忧愁。
愿摇起而横奔兮[9]，　　　真想不顾一切远走高飞，
览民尤以自镇[10]。　　　　看到百姓受苦又打消念头。
结微情以陈词兮[11]，　　　编织情思写成文字，
矫以遗夫美人[12]。　　　　高高举起送给你这美人。
昔君与我诚言兮[13]，　　　你曾与我诚恳相约：
曰黄昏以为期。　　　　　我们相见在黄昏。
羌中道而回畔兮[14]，　　　半路上你却变卦折返，
反既有此他志[15]。　　　　是因你已经有了他心。
憍吾以其美好兮[16]，　　　向我夸耀你的美丽外表，
览余以其修姱[17]。　　　　向我显示你的整洁美好。
与余言而不信兮[18]，　　　与我有言在先却不守信，
盖为余而造怒[19]。　　　　为何又有意找茬对我恼？

1　郁郁：忧思的样子。

2　"独永"句：永叹，长叹。增伤，更加忧伤。

3　蹇产：曲折。

4　"曼遭"句：曼，长。方，正在。

5　动容：动荡。

6　"何回"句：回极，指风回旋飘荡的样子。一说回极指北极星。浮浮，动荡不定的样子。

7　"数惟"句：数(shuò)，屡次。惟，想，思。荪，香草名，又称溪荪，这里用来指代楚怀王。多怒，据说楚怀王性格无常，容易发怒。

8　懮(yōu)懮：忧愁悲痛的样子。

9　"愿摇"句：摇起，远远地离开。摇，通"遥"。横奔，不顾一切地出走。

10　"览民"句：尤，苦难。镇，镇定，安定。这句是说本想离开楚国，但看见百姓的灾难，心又坚定下来。

11　"结微"句：结，集结成言。微情，私衷。陈，陈述。

12　"矫以"句：矫，举。遗，送给。美人，比喻楚怀王。这句是说把情思表达成文字，高举送给美人你。

13　诚言：诚恳地说。诚，一作"成"。成言，指约定的话。

14　"羌中"句：中道，半路。畔，通"叛"。

15　他志：别的打算。

16　憍：通"骄"，夸耀。

17　"览余"句：览，显示，炫耀。修姱(kuā)，整洁美好。

18　信：守信。

19　"盖为"句：盖，通"盍"，为什么。造怒，有意找借口发火。

愿承闲而自察兮[1]，　　　　想找个机会向你表白，

心震悼而不敢[2]。　　　　却心中震恐不敢上前。

悲夷犹而冀进兮[3]，　　　悲哀犹豫希望能靠近，

心怛伤之憺憺[4]。　　　　忧伤痛苦心绪不安。

兹历情以陈辞兮[5]，　　　我列举这心情来表白，

荪详聋而不闻[6]。　　　　荪草假装耳聋不愿听。

固切人之不媚兮[7]，　　　本来直切的人就不谄媚，

众果以我为患。　　　　　人们果然把我当眼中钉。

初吾所陈之耿著兮[8]，　　当初我讲得明明白白，

岂至今其庸亡[9]？　　　　难道你现在就忘得干干净净？

何毒药之謇謇兮[10]，　　　我偏偏喜欢忠诚正直，

愿荪美之可完[11]。　　　　希望荪草的美德变得完美。

望三五以为像兮[12]，　　　希望三王五霸成为您的榜样，

指彭咸以为仪[13]。　　　　拿贤臣彭咸作您的仪规。

夫何极而不至兮[14]，　　　什么目标不能够达到？

故远闻而难亏[15]。　　　　声名远扬长久不亏。

善不由外来兮[16]，　　　　良善不从外面来，

名不可以虚作[17]。　　　　声名不靠虚伪得。

孰无施而有报兮[18]，　　　哪有不施可得报？

孰不实而有获[19]？　　　　哪有不种就能获？

少歌曰[20]：　　　　　　　短歌：

与美人抽怨兮[21]，　　　　向美人倾吐我的情丝，

并日夜而无正[22]。　　　　不分日夜可没人判断证实。

憍吾以其美好兮[23]，　　　美人向我炫耀她的丽质，

敖朕辞而不听[24]。　　　　傲慢地不肯听我的言辞。

---

1 "愿承"句：承闲，趁着机会。承，通"乘"。自察，自明。察，表白，说明。

2 震悼：恐惧，害怕。

3 "悲夷"句：夷犹，犹豫。冀进，希望被任用。

4 "心怛"句：怛，伤痛。憺（dàn）憺，心情动荡不安的样子。

5 兹历情：一本作"历兹情"。兹，此。历，列举。

6 详聋：装聋。详，通"佯"。

7 切人：忠厚正直的人。

8 耿著：明白清楚。

9 "岂至"句：庸，乃，就。亡，通"忘"，忘记。

10 "何毒"句：毒药，一本作"独乐斯"，可从。乐，喜欢。斯，

此。蹇(jiǎn) 蹇,忠诚,正直。

11 "愿荪"句:荪美,指君王的美德。完,完美。完,一本作"光",光大。

12 "望三"句:望,希望。三五,三王五霸,即夏禹、商汤、周文王以及春秋五霸。一说指三皇五帝。像,榜样。

13 "指彭"句:彭咸,古代贤臣。仪,法则。

14 极:终极目的地。

15 远闻:远播的声名。

16 "善不"句:善,美德。由,从。外,本身以外。

17 虚作:虚伪的举动。

18 施:施舍。

19 实:果实,种子,播种。

20 少歌:短歌,音乐章节名称,可能是诗歌中间穿插的合唱部分,内容上则是对前一部分的总结。

21 "与美"句:美人,比喻楚怀王。抽,引出,引申为抒发。怨,一本作"思"。

22 无正:没有人评判是非。一说"正"通"证",没有人作证。

23 憍:通"骄"。

24 "敖朕"句:敖,通"傲"。朕,我,我的。

倡曰[1]：

有鸟自南兮[2]，
来集汉北[3]。
好婗佳丽兮[4]，
牉独处此异域[5]。
既茕独而不群兮[6]，
又无良媒在其侧[7]。
道卓远而日忘兮[8]，
愿自申而不得[9]。
望北山而流涕兮[10]，
临流水而太息[11]。
望孟夏之短夜兮[12]，
何晦明之若岁[13]！
惟郢路之辽远兮[14]，
魂一夕而九逝[15]！
曾不知路之曲直兮[16]，
南指月与列星[17]。
愿径逝而未得兮[18]，
魂识路之营营[19]。
何灵魂之信直兮[20]，
人之心不与吾心同[21]！

插曲：

一只鸟从南方飞来，
栖息在了汉水北。
极为美好特别漂亮，
却孤独流落在他乡。
既形单影只离群索居，
又没有好媒人在君王身边。
路途遥远一天天被遗忘，
想要自己表白又不能进前。
遥望北山泪眼婆娑，
面对流水声声长叹。
盼望初夏的夜短时光，
从黄昏到天亮是何其漫长！
想郢都的路是多么的遥远，
梦魂一夜间九次往返！
从不管路是直还是弯，
借月光和群星把南方辨。
本想取直路回去不成功，
梦魂找路急匆匆。
灵魂多么忠诚正直，
君王的心却不与我同！

理弱而媒不通兮[22]，　　　媒人软弱无法沟通，

尚不知余之从容[23]。　　　难知我的举止和形容。

────

1　倡：同"唱"。这一部分与少歌相似，可能也是诗歌中间穿插的合唱部分。

2　鸟：作者自喻。

3　"来集"句：集，栖息。汉北，指屈原被放逐的地方。

4　好、姱、佳、丽：都是美好的意思。

5　"胖独"句：胖（pàn），分离。异域，他乡。

6　"既茕"句：茕（qióng）独，孤独，孤单。不群，失群。

7　"又无"句：良媒，喻能在君王面前替他传达意图的人。其，指君王。这里屈原自比弃妇。

8　卓远：遥远。卓，远。

9　自申：自己申诉。

10　北山：泛指郢都北面的山。屈原在山之北，见山则想起了山南的郢都。

11　流水：当指汉水，屈原所处在郢的上游，故看见流向郢的江水就勾起了回乡的情绪。

12　"望孟"句：望，盼望。一说指失眠。孟夏，农历四月，初夏。

13　晦明：由天黑到天亮，指一整夜。

14　"惟郢"句：惟，想。郢路，回郢都的路。

15　九逝：去了许多次。九，虚数，表示多。逝，往，去。

16　曾：竟。

17　南指：指向南方。郢都在汉水之南，从屈原所在的地方回郢是向南走。这句是说魂魄迷路，靠星星和月亮辨别南方。

18　径逝：直行，取直路回郢。

19　营营：忙忙碌碌的样子。

20　信直：忠诚正直。

21　人：楚怀王。一说指小人。

22　理：使者。

23　从容：举止行为。

乱曰：	尾声：
长濑湍流[1]，	浅滩长长水急流，
泝江潭兮[2]。	逆着江潭向上走。
狂顾南行[3]，	狂乱回首望南行，
聊以娱心兮[4]。	姑且舒解烦乱情。
轸石崴嵬[5]，	怪石真嶙峋，
蹇吾愿兮[6]。	阻我回乡愿。
超回志度[7]，	越过弯路记直路，
行隐进兮[8]。	隐蔽奔向前。

低佪夷犹[9]，	徘徊踟蹰不决，
宿北姑兮[10]。	晚上住宿北姑。
烦冤瞀容[11]，	心烦意又乱，
实沛徂兮[12]。	颠沛赶路苦。
愁叹苦神[13]，	忧愁叹息苦呻吟，
灵遥思兮。	灵魂遥思我君主。
路远处幽[14]，	路途遥远住地偏，
又无行媒兮[15]。	又无媒人通情愫。
道思作颂[16]，	抒发情思作诗，
聊以自救兮[17]。	抒怀聊且自救。
忧心不遂[18]，	忧思不能致君王，
斯言谁告兮[19]！	此音此曲向谁奏！

―― 1　"长濑"句：濑，沙石滩上的浅水。湍流，急流。

2　"泝江"句：泝(sù)，同"溯"，逆流而上。潭，水深为潭。

3　狂顾：失神地回头望。

4　娱心：自我安慰。

5　"轸石"句：轸(zhěn)石，怪石。崴嵬(wēi wéi)，高耸不平的样子。

6　蹇：阻碍。

7　"超回"句：超回，超过弯路。回，弯曲。志度，记住直路。

志,记住。度,直路。

8   行隐:隐蔽而行。

9   "低佪"句:低佪,徘徊。夷犹,犹豫。

10   北姑:地名。

11   "烦冤"句:烦冤,心情烦乱委屈。瞀(mào)容,迷乱。

12   沛徂:颠沛流离。徂,往。

13   苦神:痛苦地呻吟。神,通"呻"。

14   处幽:住在偏僻遥远的地方。

15   行媒:媒人,指可以把自己的想法传达给楚王的人。

16   "道思"句:道思,表达思想。道,陈述。作颂,作歌,即创作本篇。

17   自救:自我解脱。

18   遂:达。

19   "斯言"句:斯言,指本篇。谁告,告谁。

怀　沙

　　《怀沙》,《史记·屈原列传》说:"乃作怀沙之赋……于是怀石,遂自投汨罗以死。""怀沙"即怀抱沙石而死,因而诗篇作于屈原自杀之前不久。篇中"知死不可让"等句表明,诗人已经抱定了必死的决心。

滔滔孟夏兮[1]，　　　　　悠悠的初夏啊，

草木莽莽[2]。　　　　　　草木茂盛。

伤怀永哀兮，　　　　　　心中深长的悲哀啊，

汩徂南土[3]。　　　　　　匆匆前往南方。

眴兮杳杳[4]，　　　　　　遥远啊邈邈，

孔静幽默[5]。　　　　　　死一般静寂。

郁结纡轸兮[6]，　　　　　心中痛楚郁结，

离愍而长鞠[7]。　　　　　遭受忧痛困苦无期。

抚情效志兮[8]，　　　　　抚慰内心省察志向，

冤屈而自抑[9]。　　　　　将遭受的冤屈压抑。

刓方以为圜兮[10]，　　　　把方正削成圆滑，

常度未替[11]。　　　　　　正常的法度却不能被废弃。

易初本迪兮[12]，　　　　　改变本初追求的志向，

君子所鄙。　　　　　　　这样的行径君子鄙夷。

章画志墨兮[13]，　　　　　明确计划牢记准则，

前图未改[14]。　　　　　　过去的法度不能变。

内厚质正兮[15]，　　　　　内心淳厚品质端正，

大人所盛[16]。　　　　　　是大人君子所称赞。

巧倕不斲兮[17]，　　　　　巧匠倕尚未挥斧去砍，

孰察其拨正[18]。　　　　　谁又能看出是曲是直。

玄文处幽兮[19]，　　　　　黑色的花纹放在暗处，

矇瞍谓之不章[20]；	瞎子说它没有纹理；
离娄微睇兮[21]，	离娄要是微微斜视，
瞽以为无明[22]。	盲人会认为他也是瞎子。
变白以为黑兮，	硬把白当成黑，
倒上以为下。	硬把上颠倒为下。
凤皇在笯兮[23]，	凤凰囚在笼中，
鸡鹜翔舞[24]。	任鸡鸭舞蹈飞翔。
同糅玉石兮[25]，	将宝玉和石头混杂在一起，
一概而相量[26]。	用同一个尺度来衡量。
夫惟党人之鄙固兮[27]，	这些党人是这样的鄙陋，
羌不知余之所臧[28]。	根本不知我心之所尚。

——

1　滔滔：悠悠。古"滔"、"悠"语音相同。

2　莽莽：草木茂盛。

3　"汨徂"句：汨（gǔ），水流迅疾的样子，比喻行色匆匆。徂（cú），往。

4　"眴兮"句：眴（shùn），"泂"的假借字，远。杳（yǎo）杳，幽深遥远。

5　"孔静"句：孔，很。幽默，寂静无声。

6　"郁结"句：郁结，忧愁烦闷不得抒发的样子。纡轸（yū zhěn），隐痛揪心。

7　"离慜"句：离，遭受。慜（mǐn），同"愍"，忧痛。鞠（jū），穷困。

8　"抚情"句：抚情，省察、回顾情状。效志，省察志向。效，考核。

9　抑：抑制。

10　"刓方"句：刓（wán），削。圜（yuán），圆。

11　"常度"句：常度，正常的法度。替，废除。

12　"易初"句：易，改变。初，初心。本迪，常道。迪，道，道路。

13　"章画"句：章，同"彰"，显明。画，规划。志，记住。墨，绳墨，指代法度。

14　图：法度。

15　厚：淳厚。

16　"大人"句：大人，正人君子。盛，称赞。

17　"巧倕"句：倕（chuí），传说中尧时的能工巧匠。斲（zhuó），砍。

18　拨：不正。

19　"玄文"句：玄，黑色。文，纹。

20　"矇瞍"句：矇（méng），有眼珠而无视力的盲人。瞍（sǒu），无眼珠的盲人。章，花纹。

21　"离娄"句：离娄，古代一个目力很好的人，《孟子·离娄》

有"离娄之明"。睇(dì)，斜视。

22　瞽(gǔ)：无眼珠的盲人。

23　笯(nú)：笼子。

24　鹜(wù)：鸭子。

25　糅：杂糅。

26　概：量米粟时刮平斗斛用的木板。

27　鄙固：鄙陋。

28　臧(zāng)：善。

任重载盛兮[1]，	身负重任啊，
陷滞而不济[2]。	却沉陷停顿不能前航。
怀瑾握瑜兮[3]，	怀瑾握瑜啊，
穷不知所示[4]。	身穷厄却无可显白。
邑犬之群吠兮[5]，	荒村野狗群吠，
吠所怪也。	它们少见多怪。
非俊疑杰兮[6]，	小人非难疑忌俊杰，
固庸态也[7]。	本是平庸的常态。
文质疏内兮[8]，	外表疏放内心质朴，
众不知余之异采。	众人不知我特异的风采。
材朴委积兮[9]，	才能聚积而质朴，
莫知余之所有。	无人了解我所有。

重仁袭义兮[10]，　　　　　依仁蹈义行正直，

谨厚以为丰[11]。　　　　　我以谨慎忠诚为真正的丰厚。

重华不可遌兮[12]，　　　　遇不到舜帝那样的贤君，

孰知余之从容[13]！　　　　谁来欣赏我的从容气度！

古固有不并兮[14]，　　　　古来圣贤不同时，

岂知其何故也？　　　　　谁能知道其中的缘故？

汤禹久远兮[15]，　　　　　商汤夏禹已离人去，

邈而不可慕也[16]？　　　　距今久远就不去追慕？

惩违改忿兮[17]，　　　　　我将抑止怨恨改变忿怒，

抑心而自强。　　　　　　压抑内心而努力自强。

离愍而不迁兮[18]，　　　　遭受忧痛不改初衷，

愿志之有像[19]。　　　　　愿志向能有效法的榜样。

进路北次兮[20]，　　　　　向北进发途中住宿，

日昧昧其将暮[21]。　　　　日光昏暗天色将暮。

舒忧娱哀兮，　　　　　　发泄忧愁把悲哀变成快乐，

限之以大故[22]！　　　　　可是大故来临心何以舒！

1　盛：多。

2　"陷滞"句：陷，沉陷。滞，停顿。济，成。

3　瑾、瑜：美玉。

4　穷：处境艰难。

5 "邑犬"句:邑,村子。吠,狗叫。

6 非:动词,责难,诽谤。

7 固:原本。

8 "文质"句:文,外表。质,本质。内,通"讷(nè)",朴实而不善言语。

9 "材朴"句:材,木中可用者。朴,未加工的木材。委,聚积。

10 "重仁"句:重,重复。袭,重叠。

11 谨厚:谨慎忠厚。

12 遌(è):遇到。

13 从容:气度举止大方得当。

14 不并:指圣贤不同时而生。

15 汤禹:成汤和大禹。

16 "邈而"句:邈(miǎo),远。慕,思慕。

17 "惩违"句:惩,抑止。违,通"愇",恨。怂,愤怒,怨恨。

18 迁:改。

19 像:法则,榜样。

20 次:临时驻扎和住宿。

21 昧昧:昏暗貌。

22 大故:死亡。

乱曰：

浩浩沅湘，

分流汩兮[^1]。

修路幽蔽[^1]，

道远忽兮[^2]。

怀质抱情，

独无匹兮[^3]。

伯乐既没[^4]，

骥焉程兮[^5]。

民生禀命[^6]，

各有所错兮[^7]。

定心广志[^8]，

余何畏惧兮？

曾伤爰哀[^9]，

永叹喟兮[^10]。

世浑浊莫吾知，

人心不可谓兮[^11]。

知死不可让[^12]，

愿勿爱兮。

明告君子，

尾声：

浩浩荡荡沅湘水，

各自奔流日夜淌。

长路幽深晦暗，

远道辽阔渺茫。

怀抱淳朴热情，

无人匹配孤茕。

伯乐既已死，

骏马谁品评？

万民之生都有命，

各自造就天注定。

坚定内心广志向，

还有什么可畏惧？

屡屡受害长悲伤，

叹息又叹息。

世道混浊没人了解我，

人心本来就不可言说。

既知死无法避免，

生就没有什么可留恋。

明确告诉君子说，

吾将以为类兮[13]！　　　我的榜样是你们这先贤！

1　"修路"句：修，长。幽蔽，幽深晦暗。

2　忽：辽阔渺茫的样子。

3　匹：匹敌的人或事。

4　伯乐：春秋时善于相马的人。

5　"骥焉"句：骥，骏马。程，比较，衡量。

6　"民生"句：民生，一本作"万民"。禀命，承命于天。

7　错：通"措"，位置。

8　广：发扬。

9　"曾伤"句：曾，通"增"，一再地。爰（yuán），长久的。

10　喟（kuì）：叹息。

11　谓：说。

12　让：推辞。

13　类：例子，榜样。

思美人

《思美人》应属于《九章》中时间较早的作品,一般认为与《抽思》同时而稍后,是南渡江、湘期间的作品。

诗篇先写对君主的思念,继而希望楚王幡然悔悟,最后写到自己的流浪。

篇名取自首句前三字。

思美人兮[1]，　　　　　　　思念美人啊，

擥涕而伫眙[2]。　　　　　　擦去泪水伫立远凝视。

媒绝路阻兮，　　　　　　　媒人不通路断绝啊，

言不可结而诒[3]。　　　　　万语千言无法编织无法寄。

蹇蹇之烦冤兮[4]，　　　　　蹇蹇正直心情愁苦，

陷滞而不发[5]。　　　　　　深陷烦闷不能自拔。

申旦以舒中情兮[6]，　　　　日日都想抒发心绪，

志沉菀而莫达[7]。　　　　　想法沉积无以传达。

愿寄言于浮云兮，　　　　　想托浮云寄信传言，

遇丰隆而不将[8]。　　　　　偏偏云神丰隆不送。

因归鸟而致辞兮[9]，　　　　想因回归候鸟传言语，

羌宿高而难当[10]。　　　　　鸟飞得又快又高难相遇。

1　美人：指楚怀王，一说指顷襄王。

2　"擥涕"句：擥涕，擦干眼泪。擥，同"揽"。伫，久立而待。眙(chì)，凝视貌。

3　"言不"句：结，编织，借指书信。诒(yí)，赠给。

4　蹇蹇：即謇謇，正直忠诚。

5　陷滞：陷没沉滞。

6　申旦：犹言旦旦、日日。申，一再地。

7　沉菀(yù)：沉郁。

8　"遇丰"句：丰隆，云神。将，帮助。

9　因：依托，凭借。

10　当：遇上。

高辛之灵盛兮[1]，	古帝高辛神通广大，
遭玄鸟而致诒[2]。	得到燕子传送聘礼。
欲变节以从俗兮，	想要改变节操顺从流俗，
媿易初而屈志[3]。	愧于放弃初衷将志气屈。
独历年而离愍兮[4]，	多年来我独自遭忧烦，
羌冯心犹未化[5]。	愤懑的心情没改变。
宁隐闵而寿考兮[6]，	宁肯隐忍忧伤到老，
何变易之可为[7]！	怎能改变放弃节操！
知前辙之不遂兮[8]，	明知前方道路不通，
未改此度[9]。	却不能改这法度。
车既覆而马颠兮[10]，	车子翻马儿也摔倒，
蹇独怀此异路[11]。	只有我心怀不同的路。
勒骐骥而更驾兮[12]，	重新驾车勒骏马，
造父为我操之[13]。	造父为我把车驾。
迁逡次而勿驱兮[14]，	缓缓前进不必急驱赶，
聊假日以须时[15]。	姑且费些日子等时机。
指嶓冢之西隈兮[16]，	向嶓冢山西侧行，

与纁黄以为期[17]。　　　　约定黄昏到那里。

——　1　"高辛"句：高辛，古帝喾之号。灵盛，善德盛满。

2　"遭玄"句：玄鸟，燕子。致诒，赠送。两句是写帝喾与有娀氏女子简狄的故事。传说简狄是因吞食玄鸟的卵而怀孕生下殷商始祖契，这里活用了这个传说。

3　"媿易"句：媿，同"愧"。易初，改变初衷。屈志，委屈心志。

4　"独历"句：历年，经历多年。愍，忧患。

5　"羌冯"句：冯，读为"凭"，满含，指愤懑的情感。未化，没有消失。

6　"宁隐"句：隐闵，忍受痛苦。寿考，犹言终老。

7　变易：变节异志。

8　"知前"句：前辙，前路。遂，顺利。

9　度：指处世的原则。

10　颠：摔倒。

11　"蹇独"句：蹇，相当于"羌"、"乃"，发语词。怀，坚持。异路，与众不同的道路。

12　"勒骐"句：勒，控御。骐骥，良马。更驾，再次驾车。

13　"造父"句：造父，周穆王时人，以善于驾车著名。操，驾车。

14 "迁逡"句:迁,迁延。逡次,即逡巡,徘徊不前。勿驱,不
要快跑。

15 "聊假"句:假日,借时日。须时,等待时机。

16 "指嶓"句:嶓(bō)冢,山名,在今甘肃境内。西隈
(wēi),西面的山边。

17 纁(xūn)黄:黄昏。纁,通"曛",日落的余光。

开春发岁兮[1],	春天又至新年始,
白日出之悠悠[2]。	太阳明亮光景长。
吾将荡志而愉乐兮[3],	我要荡涤心志生快乐,
遵江夏以娱忧[4]。	沿着长江夏水排忧伤。
擥大薄之芳茝兮[5],	采摘广大丛林中的芳芷,
搴长洲之宿莽[6]。	拔取长洲上的宿莽。
惜吾不及古人兮[7],	可惜我与先贤不同时,
吾谁与玩此芳草[8]?	又与谁一起玩赏这芳草香?
解萹薄与杂菜兮[9],	采下萹竹和野菜,
备以为交佩[10]。	凑集起来混合佩戴。
佩缤纷以缭转兮[11],	佩饰繁杂而缭绕,
遂萎绝而离异[12]。	被冷落的香草孤独中枯败。
吾且僵佪以娱忧兮[13],	我姑且逍遥遣忧愁,
观南人之变态[14]。	静观南夷有怎样的动态。

窃快在中心兮[15]，　　　　心中反倒悄然生快意，

扬厥凭而不俟[16]。　　　　撇开愤懑不再有期待。

芳与泽其杂糅兮[17]，　　　芳香与污垢混在一块，

羌芳华自中出[18]。　　　　芬芳的花朵终会显出来。

纷郁郁其远蒸兮[19]，　　　芬芳馥郁香气远播散，

满内而外扬[20]。　　　　　内在充实必然外飘扬。

情与质信可保兮[21]，　　　情操品质确实高尚，

羌居蔽而闻章[22]。　　　　居住偏僻也能闻名四方。

1　开春发岁：一年的开端。

2　白日出之悠悠：即春日时光变得悠长。

3　荡志：纵情放志。

4　娱忧：排遣忧愁。

5　"擥大"句：擥，采摘。薄，草木丛生之地。芳茞，香芷。

6　"搴长"句：搴（qiān），拔取。宿莽，香草名。

7　惜：痛惜。

8　玩：欣赏，鉴赏。

9　"解萹"句：解，采摘。萹（biān）薄，丛生的萹竹。杂菜，各种的野菜。

10　"备以"句：备，备置。交佩，左右佩戴。以上都是恶草，以喻楚王任用小人。

11　缭转：缠绕。

12　"遂萎"句：萎绝，枯萎。楚王既佩戴恶草，香草自然因被
离弃而枯萎。离异，离弃，弃而不用。

13　儃佪：徘徊。

14　"观南"句：南人，此处指朝廷中人，因为诗篇显示此时诗
人在汉水一带。一说南人即南夷，"人"为"夷"字之误，古代
两字写法相近易混。"南夷"亦见于《涉江》，屈原到湘沅一带
活动，两次提到南夷，其原由后人有种种猜测。一种说法认为
与庄蹻有关，庄蹻在郢暴动后，率众远走滇地，在那里建立政
权，屈原观南夷的动态，是想联合这股势力来振作楚国。一说
南夷指湘沅一带的土著居民，屈原有过联合他们的愿望。这
些说法一时都难以定论。变态，动态。

15　窃快：私下寻求快乐。

16　"扬厥"句：扬，弃。凭，愤懑。不俟，不再等待。这句是说
我抛开心中的愤懑，不再有所期待。

17　泽：污秽。参《离骚》"芳与泽其杂糅兮"句注。

18　"羌芳"句：芳华，芬芳的花朵。自中出，从中显现而出。

19　"纷郁"句：纷郁郁，香气浓郁。远蒸，蒸发到很远。蒸，一
本作"承"。

20　"满内"句：满内，内里充实。外扬，向外散发。

21　"情与"句：情，情志。质，品质。

22　"羌居"句：居蔽，隐居。闻，美誉。章，彰显。

令薜荔以为理兮[1]，	想请薜荔做使者，
惮举趾而缘木[2]。	懒于攀爬上树梢。
因芙蓉而为媒兮[3]，	想借荷花做媒人，
惮褰裳而濡足[4]。	提起衣服又怕湿双脚。
登高吾不说兮[5]，	攀援高处我不愿，
入下吾不能。	走下低处又不爱。
固朕形之不服兮[6]，	这样的事情本来我就不习惯，
然容与而狐疑[7]。	于是犹豫又徘徊。
广遂前画兮[8]，	全然实行从前的计划，
未改此度也[9]。	无法改变既成的法度。
命则处幽吾将罢兮[10]，	命里注定待在幽僻之地直到死，
愿及白日之未暮也[11]。	还是想趁着天色未日暮。
独茕茕而南行兮[12]，	孤零零地走向南方，
思彭咸之故也[13]。	心中想着彭咸的榜样。

―――

1　"令薜"句：薜荔，蔓生草本植物。理，使者，中间人。

2　"惮举"句：惮，害怕。举趾，抬脚。缘木，爬树。薜荔多依附树木而生，故采摘须攀树。

3　芙蓉：荷花。

4　"惮褰"句:褰(qiān)裳,提起衣裳。濡(rú)足,沾湿了脚。

5　说:同"悦",喜欢。

6　"固朕"句:固,固然。形,身体。不服,不习惯。

7　然:因而。这句是说自己不想登高入下,所以处在观望之中。

8　"广遂"句:广遂,广泛地实现。前画,先前的谋划。

9　此度:指"前画",即固有的想法主张。

10　"命则"句:处幽,居于幽闭之地。罢,通"疲",疲倦。

11　愿及:希望趁着。这句是说还是想在死去之前有所作为。

12　茕茕:孤单貌。

13　故:故迹。

惜往日

　　《惜往日》创作时间应与《怀沙》相先后，从"临沅湘之玄渊兮，遂自忍而沉流"看，诗人曾一度选择沅湘做死亡地点。

　　诗篇追忆了当年受君主信任起草诏书、明立法度的往事，申明自己所以死去的苦衷，对了解屈原的一生很有史料价值。

　　篇名取自诗第一句前三字。

惜往日之曾信兮[1]，　　　追惜往日曾受王的信任，

受命诏以昭时[2]。　　　　奉命起草诏书整饬国政。

奉先功以照下兮[3]，　　　高扬先君功业光照下民，

明法度之嫌疑[4]。　　　　明确法度使之分明。

国富强而法立兮，　　　　国家富强法制完善，

属贞臣而日娭[5]。　　　　政务交托忠臣君主就可嬉戏。

秘密事之载心兮[6]，　　　勤勉从政用心劳苦，

虽过失犹弗治[7]。　　　　偶有过失君主也能宽恕。

心纯庞而不泄兮[8]，　　　持心淳厚办事无疏漏，

遭谗人而嫉之。　　　　　不想竟遭奸谗小人妒。

君含怒而待臣兮，　　　　君心含怒对待臣子，

不清澈其然否[9]。　　　　是非黑白不分清楚。

蔽晦君之聪明兮[10]，　　　小人蒙蔽君王视听，

虚惑误又以欺[11]。　　　　虚言蛊惑来把君欺。

弗参验以考实兮[12]，　　　君不验证更不核实，

远迁臣而弗思[13]。　　　　毫不思量就让我远离。

信谗谀之浑浊兮[14]，　　　听信污浊的谗言谀语，

盛气志而过之[15]。　　　　还大发脾气将我指责。

何贞臣之无罪兮，　　　　为什么忠贞本无罪，

被离谤而见尤[16]。　　　　竟受离间又遭罪过？

惭光景之诚信兮[17]，　　　光景的如期也不如我的诚信，

身幽隐而备之[18]。　　　身处幽隐我也全有忠诚美德!

1　曾信:曾经信任。据《史记·屈原列传》,楚怀王一度十分信任屈原。

2　"受命"句:诏,起草诏书。昭时,使国家政治昭明。时,一本作"诗",即创立国家祭祀的诗乐,或指《九歌》。

3　"奉先"句:奉,遵循。先功,先皇的功业。

4　嫌疑:是非正误不清之处。由此句"法度"一语可知,屈原"美政"理想含有法家因素。

5　"属贞"句:属(zhǔ),托付。贞臣,坚贞的忠臣,这里是屈原自指。娭(xī),同"嬉",游戏。

6　"秘密"句:秘密,与黾勉(mǐn miǎn)一样为联绵词,勤劳努力。载心,用心。

7　弗治:不治罪。

8　"纯庬"句:纯庬(máng),淳朴敦厚。不泄,没有疏漏。

9　"不清"句:清澈,辨明。然否,对错。

10　蔽晦:蒙蔽。

11　虚:空话。

12　"弗参"句:参验,审核验证。考实,考察实际。

13　迁:放逐。

14　谗谀:谗言和讨好奉承的话。

15 "盛气"句:盛气志,大发脾气。过,动词,责备。

16 "被离"句:被,遭受。离谤,离间和毁谤。见尤,被指责。

17 "惭光"句:惭,愧。景,通"影",暗处。光景即明与暗,一天的明暗如期到来,是诚信的表现。这句是说自己的诚信比光景的如期变化还要可靠。

18 备:具备,指诚信。

临沅湘之玄渊兮[1],   对着沅湘幽暗深渊,

遂自忍而沉流[2]。   就要忍心自沉江潭。

卒没身而绝名兮[3],   个人最终不过身名俱没,

惜壅君之不昭[4]。   只可惜被蒙蔽君王不了然。

君无度而弗察兮[5],   君王没有准则也不体察实际,

使芳草为薮幽[6]。   致使芳草被沼泽幽蔽。

焉舒情而抽信兮[7],   因而抒发衷情展示精诚,

恬死亡而不聊[8]。   我将坦然赴死决不偷生!

独鄣壅而弊隐兮,   正是小人的蒙蔽阻塞,

使贞臣为无由[9]。   使忠贞之臣无路可行。

闻百里之为虏兮[10],   听说百里奚做过俘虏,

伊尹烹于庖厨[11]。   伊尹曾在厨房烹煮。

吕望屠于朝歌兮[12],   吕望在朝歌为屠户,

宁戚歌而饭牛[13]。   宁戚一边歌吟一边喂牛。

不逢汤武与桓缪兮[14]，　　如不是遇到汤、武和桓、穆，

世孰云而知之？　　他们的贤能当世有谁知？

吴信谗而弗味兮[15]，　　夫差信谗言不辨忠奸，

子胥死而后忧[16]。　　伍子胥死后吴国就遭大难。

介子忠而立枯兮[17]，　　介之推忠贞抱树被烧焦，

文君寤而追求[18]。　　文公这才醒悟去寻找。

1　玄渊：深渊。

2　"遂自"句：遂，就。忍，忍心。

3　"卒没"句：卒，最终。没身，指沉江。

4　壅（yōng）：蒙蔽。

5　度：准则。

6　薮（sǒu）：草木茂盛的低湿之地。

7　"焉舒"句：焉，于是。舒，抒发。抽，抽出，引申为展示。

8　"恬死"句：恬，坦然。聊，依靠，苟且偷生。

9　无由：无路。

10　百里：即百里奚，春秋时虞国大夫，被晋国所俘，作为陪嫁
到秦，中途逃亡楚国，秦穆公听说他是个贤士，就用五张羊皮
将他赎回并任命为大夫。

11　"伊尹"句：伊尹，辅佐商汤灭夏的贤臣，烹于庖（páo）厨：
伊尹曾经作为成汤的小臣，负责烹饪。

12　吕望：见《离骚》"吕望之鼓刀兮"句注。

13　宁戚：见《离骚》"宁戚之讴歌兮"句注。

14　缪：同"穆"。秦穆公。

15　"吴信"句：吴，吴王夫差。味，分辨食物的味道，比喻辨明是非。

16　"子胥"句：子胥，即伍子胥。忧，灾难，指后来吴国为越国所灭。

17　"介子"句：介子，介之推。春秋时晋国人。他跟随晋公子重耳外出流亡，据说途中缺乏食物，介之推割腿上的肉给重耳吃。重耳回国继位为君，奖赏随他流亡的人，却忘记介之推。介之推就跑到绵山隐居起来。晋文公去请介之推，介之推不出，文公就烧山以迫使他出来，结果介之推抱树烧死。立枯，指介之推抱树烧死之事。

18　"文君"句：文君，重耳死后谥号文公，故称。寤（wù），通"悟"，醒悟。

封介山而为之禁兮，	封了介山作禁地，
报大德之优游[1]。	报答介之推恩泽无比。
思久故之亲身兮[2]，	想起介之推是自己亲近旧故，
因缟素而哭之[3]。	晋文公身着缟素为之恸哭。
或忠信而死节兮，	有人忠贞诚信守节死，

或訑谩而不疑[4]。　　　　　　有人欺诈从不犹豫。

弗省察而按实兮[5]，　　　　　既不体察也不核实，

听谗人之虚辞。　　　　　　听信谗人虚假言辞。

芳与泽其杂糅兮，　　　　　芳香和腐臭混杂在一起，

孰申旦而别之[6]？　　　　　又有谁能辨分明？

何芳草之早夭兮[7]，　　　　为什么芳草早早就夭亡，

微霜降而下戒[8]。　　　　　只为微霜降时没有作预防。

谅聪不明而蔽壅兮[9]，　　　诚因君主视听被蒙蔽，

使谗谀而日得[10]。　　　　　使谗谀小人日益得势力。

自前世之嫉贤兮[11]，　　　　自古以来嫉贤之人，

谓蕙若其不可佩[12]。　　　　都说香草和杜若不可佩。

妒佳冶之芬芳兮[13]，　　　　妒嫉美人的芬芳，

嫫母姣而自好[14]。　　　　　丑陋嫫母弄姿耍妖媚。

虽有西施之美容兮[15]，　　　就是有西施的容貌，

谗妒入以自代[16]。　　　　　谗妒妇也要把她取代。

愿陈情以白行兮[17]，　　　　愿得陈情表白行为，

得罪过之不意。　　　　　　获罪实在出意外。

情冤见之日明兮[18]，　　　　冤情如同天日分明，

如列宿之错置[19]。　　　　　又如星辰那样错落明白。

　　1　优游：恩德宽厚的样子。一说，迟缓。

2　"思久"句：久故，故旧。亲身，身边的亲随之人。

3　缟(gǎo)素：指古代的丧服。介之推死后，晋文公穿了丧服去哭祭他。

4　訑谩(dàn màn)：通"诞谩"，欺诈。

5　按实：核实。

6　申旦：分明。

7　夭：夭折。

8　戒：戒备。微霜初降预示寒冬将至，喻谗言初起时应当警惕。

9　"谅聪"句：谅，诚然。聪，听力。

10　日得：日益得逞。

11　自前世：自古以来。

12　蕙若：蕙和杜若，都是香草。

13　佳冶：美好艳丽，指代美人。

14　"嫫母"句：嫫(mó)母，丑妇名，传说为黄帝的妃子。姣(jiāo)，美好，此处指嫫母弄姿作态的样子。自好，自以为很美。

15　西施：春秋时越国美女，吴灭越，越王勾践将她进献给吴王夫差。

16　自代：即代自，取代自己。

17　白：表白。

18　"情冤"句：情冤，衷情和冤屈。见，同"现"。日明，日益显明。

19　"如列"句：列宿（xiù），天上的众星宿。古时根据方位将天上众星划分为二十八宿。错置，措置。

乘骐骥而驰骋兮，	乘着骏马去驰骋，
无辔衔而自载[1]；	却没有辔衔任马行；
乘泛泭以下流兮[2]，	泛筏顺水往下流，
无舟楫而自备[3]。	没有船桨随漂游。
背法度而心治兮[4]，	违背法度私意治国家，
辟与此其无异[5]。	即如无辔、氾泭一般危险全无差。
宁溘死而流亡兮[6]，	愿突然死去随流亡，
恐祸殃之有再[7]。	唯恐国家再有大祸殃。
不毕辞而赴渊兮[8]，	我不能把话说完就投深渊，
惜壅君之不识[9]。	只是可惜被壅蔽的君王不明有危险。

——　1　"无辔"句：辔，缰绳。衔，马嚼子。自载，指马没有约束而任意行走。

2　"乘泛"句：泭（fú），同"桴（fú）"，小木筏。下流，顺流而下。

3　备：通"服"，自服即任舟自行。

4 "背法"句:背,违背。心治,以私心治理。

5 辟:譬,比如。

6 溘(kè)死:突然死去。

7 祸殃:指楚亡国之祸。

8 "不毕"句:毕辞,把话说完。赴渊,投水自尽。

9 "惜壅"句:壅君,被壅塞了的君王。不识,不知道国家面临危险。

橘 颂

《橘颂》,赞美橘树以托物言志的作品。

橘树的幼壮及其生长南国、深固难徙的品格,是诗篇颂扬的重点,洋溢着浓重的邦国情感(这一点在士风朝秦暮楚的战国尤为难得)以及对年轻生命无限美好前景的讴歌。

全篇用思纯净,格调秀雅,词彩绚烂,应为诗人早期的创作,对后来咏物诗写作影响深远。

后皇嘉树[1]，　　　　　皇天后土孕育佳树，
橘徕服兮[2]。　　　　　橘树生来适应水土。
受命不迁[3]，　　　　　受命于天不可迁徙，
生南国兮[4]。　　　　　生长在这南楚国度。
深固难徙[5]，　　　　　根深蒂固难以移植，
更壹志兮[6]。　　　　　心意凝定志向专一。
绿叶素荣[7]，　　　　　绿色叶子白色花朵，
纷其可喜兮[8]。　　　　繁盛纷披惹人怜惜。
曾枝剡棘[9]，　　　　　层层树枝锐利带刺，
圆果抟兮[10]。　　　　　果实生得滚滚圆圆。
青黄杂糅[11]，　　　　　有青有黄长在一起，
文章烂兮[12]。　　　　　花纹斑驳颜色绚烂。
精色内白[13]，　　　　　色彩鲜艳果肉清白，
类可任兮[14]。　　　　　类如君子能挑重担。
纷缊宜修[15]，　　　　　花团锦簇风姿毓秀，
姱而不丑兮[16]。　　　　浑身美丽无半点丑。

───

1　"后皇"句：后，后土。皇，皇天。嘉，美好的。

2　"橘徕"句：徕，来。服，习惯，适应。

3　"受命"句：受命，禀受自然的生命，即秉性。不迁，不能
迁移。

4　南国：南方。

5　"深固"句：深固，根深蒂固。难徙，难以迁徙。

6　壹志：志向专一。

7　素荣：白花。

8　纷：繁茂的样子。

9　"曾枝"句：曾，同"层"，层层。剡(yǎn)，尖锐。棘，刺。

10　"圆果"句：圆果，指橘子。抟(tuán)，圆形的。

11　"青黄"句：青黄，橘子熟时，颜色由青变黄。杂糅，指将熟的果子和已熟的果子颜色间杂。

12　"文章"句：文章，指橘子花纹。烂，灿烂。

13　"精色"句：精色，鲜明的颜色。内白，内里洁白。

14　"类可"句：类，类别，属于。可任，可以承担重任。

15　"纷缊"句：纷缊(yùn)，花团锦簇的样子。宜修，美好。

16　姱(kuā)：美好。

嗟尔幼志[1]，	叹你幼年有大志，
有以异兮[2]。	实在出众不凡庸。
独立不迁，	独立挺拔不从俗，
岂不可喜兮？	岂不是大大的可喜！
深固难徙，	根深坚定难移植，
廓其无求兮[3]。	胸怀宽广不外求。

苏世独立[4],　　　　　清醒独立大地上，

横而不流兮[5]。　　　　劲枝横展绝不媚俗。

闭心自慎[6]，　　　　　固守信念行为谨慎，

终不失过兮[7]。　　　　永远不会有什么失误。

秉德无私[8]，　　　　　保持美德无私心，

参天地兮[9]。　　　　　独立不依参天地。

愿岁并谢[10]，　　　　愿长命百岁永不谢，

与长友兮[11]。　　　　与你结友永无期。

淑离不淫[12]，　　　　质佳德淑绝不骄逸，

梗其有理兮[13]。　　　枝干正直又有文理。

年岁虽少[14]，　　　　年纪虽然小，

可师长兮[15]。　　　　可以做师长。

行比伯夷[16]，　　　　品行如伯夷，

置以为像兮[17]。　　　种在身边作榜样！

---

1 "嗟尔"句:嗟,感叹词。尔,指橘树。幼志,幼时的志向。

2 异:不同一般。

3 "廓其"句:廓,心胸旷远而无所牵累。无求,无所求。

4 苏世独立:清醒地独立于世上。苏,清醒。

5 "横而"句:横,横绝,指特立独行的性格。不流,不随波
逐流。

6　闭心：固守其心不受外界影响。与"自慎"同义。

7　终不失过：始终没有过错。

8　秉德：持有德操。

9　参天地：与天地并立为三。参，三。

10　"愿岁"句：岁，年岁。并，疑为"不"之误。谢，凋零。

11　与长友：与橘树长久为友。

12　"淑离"句：淑，善。离，通"丽"。不淫，不乱，不惑。

13　"梗其"句：梗，正直，指橘子的枝干。理，纹理。

14　少：与前文"幼"同义。指橘子初生之时。

15　可师长：犹言可效法。

16　"行比"句：行，品行。比伯夷，可与伯夷相比。伯夷，殷末孤竹君的长子，因不食周粟饿死在首阳山，成为有志气的象征。

17　"置以"句：置，植，立。像，表率，榜样。

悲回风

《悲回风》，诗人自杀前作品。

诗篇登高俯远，即景抒怀，情绪激荡。既表达了投江的念头，又对死的作用有所怀疑，心绪茫茫。

题目也是取开篇头三字。

悲回风之摇蕙兮[1]，　　　悲凉啊旋风摇动着蕙草，

心冤结而内伤[2]。　　　　内心抑郁充满忧伤。

物有微而陨性兮[3]，　　　物有因其微小而丧性命，

声有隐而先倡[4]。　　　　声有因其微隐而首先鸣响。

夫何彭咸之造思兮[5]，　　为何对彭咸那么追慕，

暨志介而不忘[6]！　　　　他的志坚使人永远不能忘！

万变其情岂可盖兮[7]，　　情况万变真情岂能掩，

孰虚伪之可长！　　　　　虚伪的情感怎么能久长！

鸟兽鸣以号群兮[8]，　　　鸟兽因失群而相互鸣叫，

草苴比而不芳[9]。　　　　杂草混聚再多也不芳香。

鱼葺鳞以自别兮[10]，　　鱼儿靠堆积鳞片显示自己。

蛟龙隐其文章[11]。　　　蛟龙却将它的光彩隐藏。

故荼荠不同亩兮[12]，　　因而甜菜和苦菜不能同田亩，

兰茝幽而独芳[13]。　　　香兰在深谷里也暗吐幽香。

惟佳人之永都兮[14]，　　只有贤人永远美好，

更统世而自贶[15]。　　　经历不同世代也能显扬。

眇远志之所及兮[16]，　　心志所及如此高邈，

怜浮云之相羊[17]。　　　就像那白云在空中徜徉。

介眇志之所惑兮[18]，　　耿介的远志遭人疑惑，

窃赋诗之所明[19]。　　　私下赋诗表明衷肠。

1 "悲回"句:回风,旋风。摇蕙,摇动蕙草。

2 冤结:怨恨郁结。

3 "物有"句:有微,微弱。有,形容词词头。陨(yǔn),落。性,通"生",生机。

4 "声有"句:声,秋风之声。有隐,隐约,指声音低。倡,同"唱"。先倡,始发之歌。

5 造思:追思。

6 "暨志"句:暨,及。志介,志向坚定。

7 "万变"句:万变,指屈原自己所受坎坷遭遇。盖,掩藏。

8 号群:呼群。

9 "草苴"句:草苴(jū),杂草。比,挨在一起。

10 "鱼茸"句:茸(qì),累积排比。自别,自以为有别于旁类,即自我夸耀的意思。

11 "蛟龙"句:隐:隐藏。文章,文采,即龙鳞的花纹。

12 "故荼"句:荼(tú),苦菜。荠(jì),甜菜。

13 "兰茝"句:兰,香兰。茝,白芷,也是一种香草。

14 "惟佳"句:佳人,喻君子,屈原自比。永都,永远美好。都,娴雅。

15 "更统"句:更,经历。统,古人称一个朝代为一统。统世即世世代代。贶(kuàng),同"况","皇"的假借字,光大的意思。这句是说自己将永远以美德自许。

16　眇远志：高远的志向。眇，通"渺"，遥远。

17　相羊：同"徜徉"，飘游。

18　"介眇"句：介，耿介。眇志，深微的意志。所惑，不被理解。

19　窃：私下，谦词。

惟佳人之独怀兮[1]，	只有佳人胸怀独特，
折若椒以自处[2]。	折取香木芳草来自处。
曾歔欷之嗟嗟兮[3]，	歔欷不断声声叹，
独隐伏而思虑。	孤独隐居重重忧。
涕泣交而凄凄兮[4]，	涕泪交流心凄惨，
思不眠以至曙[5]。	愁思不眠星河曙。
终长夜之曼曼兮，	夜色悠长无尽头，
掩此哀而不去[6]。	挥之不去是忧愁。
寤从容以周流兮[7]，	醒来四处去周游，
聊逍遥以自恃。	从容逍遥聊自宽。
伤太息之愍怜兮[8]，	心儿悲伤独自伤，
气於邑而不可止[9]。	气积于心不可散。
纠思心以为纕兮[10]，	缠绕思绪织佩带，
编愁苦以为膺[11]。	编结愁苦作胸衫。
折若木以蔽光兮[12]，	折下若木遮阳光，

随飘风之所仍[13]。　　　　　随它飘风吹我到哪边。

存髣髴而不见兮[14]，　　　　眼前模糊什么都看不清，

心踊跃其若汤[15]。　　　　　心儿滚荡沸水涌。

抚佩衽以案志兮[16]，　　　　抚摩玉佩衣襟来安心，

超惘惘而遂行[17]。　　　　　怅惘失意漫自行。

岁曶曶其若颓兮[18]，　　　　岁月忽忽向西倒，

时亦冉冉而将至[19]。　　　　生命渐渐接近老。

颁薜槁而节离兮[20]，　　　　颁薜枯萎茎节都脱落，

芳以歇而不比[21]。　　　　　芳华凋零香气全散飘。

怜思心之不可惩兮[22]，　　　可怜我忠贞思心不可改，

证此言之不可聊[23]。　　　　以上自解之言都是无聊赖。

宁逝死而流亡兮[24]，　　　　宁愿突然死去魂飘荡，

不忍为此之常愁[25]。　　　　也不愿再忍受这无尽的悲哀。

孤子唫而抆泪兮[26]，　　　　孤儿呻吟擦不尽泪，

放子出而不还[27]。　　　　　弃子流离永不能回故乡。

孰能思而不隐兮[28]，　　　　想到这些谁不痛苦啊，

昭彭咸之所闻[29]。　　　　　我愿使彭咸的法度再度昭彰。

———　1　"惟佳"句：佳人，屈原自喻。独怀，与众不同。

　　　2　若椒：杜若和申椒，都是香草。

　　　3　嗟嗟：叹气声。

4　涕泣交：鼻涕眼泪交流不止。

5　曙：天明。

6　"掩此"句：掩，抑制。不去，摆脱不开。

7　寤：觉醒。

8　愍怜：即怜愍，哀怜。

9　於（wū）邑：即郁悒，苦闷。

10　"纠思"句：纠，纽结。纕（xiāng），佩带。

11　膺：本义为胸。这里指贴胸的内衣。

12　若木：神话中的树木。

13　仍：到达，即风吹到的地方。

14　髣髴：恍惚。

15　"心踊"句：踊跃，跳动。汤，沸水。

16　"抚佩"句：佩，玉佩。衽（rèn），衣襟。案志：按捺心志。

17　"超惘"句：超，"怊"之借字，惆怅，若有所失。惘惘，失意
的样子。

18　"岁曶"句：曶曶，忽忽。颓，没落。

19　冉冉：渐渐。

20　"菀蘅"句：菀、蘅，都是香草。节离，因枯萎而草节分离。

21　"芳以"句：以，通"已"，停止。歇，消散。比，聚集。

22　"怜思"句：怜，自怜。惩，制止。

23　"证此"句：此言，指上文"折若木以蔽光兮，随飘风之所

仍"等话。不可聊,不可依赖,不可信赖。

24 "宁逝"句:逝死,死去。流亡,让灵魂漂流。

25 之:而。

26 "孤子"句:孤子,屈原自指。唫,"吟"的古体字。扨
(wěn),擦拭,揩。

27 放子:被放逐的人,也是屈原自指。

28 隐:悲痛。

29 闻:名声。此句意为要"依彭咸之遗则"。

登石峦以远望兮[1],	登上山峦望远方,
路眇眇之默默[2]。	道路渺茫又寂寞。
入景响之无应兮[3],	没有影子也无回声,
闻省想而不可得[4]。	耳闻心想无所得。
愁郁郁之无快兮,	忧愁郁郁无快乐,
居戚戚而不可解[5]。	身居忧戚难摆脱。
心鞿羁而不形兮[6],	心被束缚不能解,
气缭转而自缔[7]。	怨气缭绕自纠结。
穆眇眇之无垠兮[8],	天地渺渺放眼无边际,
莽芒芒之无仪[9]。	四处苍茫万物无形迹。
声有隐而相感兮[10],	声响微弱万物都有感应,
物有纯而不可为[11]。	品性纯一本来就孤单。

藐蔓蔓之不可量兮[12]，　　道路漫长得无法去丈量，

缥绵绵之不可纡[13]。　　　缥缈绵延迂回多曲弯。

愁悄悄之常悲兮[14]，　　　愁思悄悄长怀悲哀，

翩冥冥之不可娱[15]。　　　幽暗中疾飞心如何欢喜?

凌大波而流风兮[16]，　　　乘大波浪随风去，

托彭咸之所居[17]。　　　　灵魂依托在彭咸所居。

——　1　石峦：石山。

2　"路眇"句：眇眇，辽远。默默，静寂。

3　景响之无应：景同"影"。有影就有形，有响就有应，影响无应，指环境极为沉寂。

4　"闻省"句：闻，耳听。省(xǐng)，省察。想，冥想。这句是说耳闻目见心想都不可得见楚国。

5　"居戚"句：居，居留。戚戚，忧愁的样子。

6　"心鞿"句：鞿(jī)羁，缰绳，此处引申为束缚。形，字当从一本作"开"，指心气郁结不能打开。

7　缔：结，郁结。

8　"穆眇"句：穆，静。眇眇，深远貌。无垠，无边无际。

9　"莽芒"句：莽，苍茫。芒芒，同"茫茫"，空旷的样子。无仪，无影无形。

10　感：感应。

11　不可为：与上一句"相感"相对，指有些品格纯正的事物
是容易处境孤单的。诗人以此表现自己孤立无依的现状。

12　"藐蔓"句：藐，通"邈"，遥远。蔓蔓，通"漫漫"。不可量，
无法估计。

13　"缥绵"句：缥，缥缈。纡(yū)，同"迂"，迂回。

14　悄悄：忧愁的样子。

15　"翾冥"句：翾，疾飞。冥冥，幽暗。

16　"凌大"句：凌，乘。流风，随风漂流。

17　托，依托。此句指要效法彭咸投水而死。

上高岩之峭岸兮[1]，	登上陡峭高山顶，
处雌霓之标颠[2]。	身居霓虹最上端。
据青冥而摅虹兮[3]，	背靠苍穹将彩虹揽，
遂儵忽而扪天[4]。	刹那间高举手儿抚摩天。
吸湛露之浮源兮[5]，	吸吮着浓郁清凉的甘露，
漱凝霜之雰雰[6]。	又把冰凉的浓霜来漱含。
依风穴以自息兮[7]，	依着风穴来休息，
忽倾寤以婵媛[8]。	忽然醒来忧缠绵。
冯昆仑以瞰雾兮[9]，	凭依昆仑俯视雾气，
隐岷山以清江[10]。	依着岷山俯瞰长江清涟涟。
惮涌湍之礚礚兮[11]，	急流巨石相撞哗哗令人惊，

听波声之汹汹[12]。　　　　　汹涌波涛让人心胆寒。

纷容容之无经兮[13]，　　　　大水横流泛滥涌动无条理，

罔芒芒之无纪[14]。　　　　　白茫茫一片纷纷又混乱。

轧洋洋之无从兮[15]，　　　　浊浪滔滔不知从何而来，

驰委移之焉止[16]。　　　　　奔驰蔓延到哪里才是终点。

漂翻翻其上下兮[17]，　　　　澎湃翻腾上下滚，

翼遥遥其左右[18]。　　　　　江水疾流时左时右汹汹荡。

氾潏潏其前后兮[19]，　　　　波涛奔涌后浪推前浪，

伴张弛之信期[20]。　　　　　时快时慢伴着潮汐时落涨。

观炎气之相仍兮[21]，　　　　眼见夏日水汽在蒸腾，

窥烟液之所积[22]。　　　　　又眼见烟水积累层层生。

悲霜雪之俱下兮，　　　　　悲叹寒霜雨雪一齐降，

听潮水之相击。　　　　　　倾听潮水撞击轰隆响。

借光景以往来兮[23]，　　　　驰骋往来赖有日月时间，

施黄棘之枉策[24]。　　　　　扬起黄棘弯曲的马鞭。

求介子之所存兮[25]，　　　　寻访介之推存身之地，

见伯夷之放迹[26]。　　　　　拜见伯夷隐居遗迹。

心调度而弗去兮[27]，　　　　调适心绪故国还是不忍别，

刻著志之无适[28]。　　　　　守志不移才是我不变的气节。

——　　1 "上高"句：高岩，高山。峭岸，陡峭的山峰。

2 "处雌"句：雌霓，虹的一种，色较淡，也叫副虹。标颠，顶点。

3 "据青"句：青冥，青天。摅（shū），舒展，布开。

4 "遂儵"句：儵（shū）忽，迅速。扪（mén），摸。

5 "吸湛"句：湛露，清凉的露，一说为浓厚的露。浮源，当作浮浮，形容露水浓厚的样子。

6 "漱凝"句：漱，漱口。凝霜，浓霜。雰雰，凝霜浓重的样子。

7 风穴：古代神话中风的聚集地，在昆仑山上。

8 "忽倾"句：倾寤，转身醒过来。婵媛，情思缠绵。

9 "冯昆"句：冯，同"凭"，依傍。瞰，俯视。

10 "隐岐"句：隐，依。岐山，即岷山，为岷江的发源地，古人认为岷江是长江正源。清江，指长江。

11 "惮涌"句：涌湍，急流。礚（kē）礚，水石相击声。

12 汹汹：汹涌的声音。

13 "纷容"句：容容，即溶溶，纷乱的样子。无经，与下句的"无纪"相对，都是没有规则的意思，形容水势的翻腾汹涌无固定样态。

14 "罔芒"句：罔，通"惘"，迷惑。芒芒，即茫茫。

15 "轧洋"句：轧，波涛相互倾轧。洋洋，形容盛大的水势。无从，汗漫。

16 "驰委"句：驰，奔腾。委移，同"逶迤"，形容水流的漫长弯曲。

17　漂:同"飘"。

18　"翼遥"句:翼,疾走。遥遥,犹摇摇,不定的样子。此句写波涛起伏不止,左右奔腾的状态。

19　潏(jué)潏:水涌出的样子。

20　"伴张"句:伴,通"判",判别。张弛,指潮水涨落。信期,潮水涨落的周期。

21　"观炎"句:炎气,夏季郁蒸之气。相仍,相牵连。

22　烟液:地气上升凝结的水液。

23　光景:日光月影。

24　"施黄"句:施,用。黄棘,神话中的木名,带刺。一说,黄棘为楚地名,楚怀王二十五年曾在这里与秦昭王盟约,自此楚国外交陷入被动。枉,弯曲。策,鞭子。一说,枉策指楚怀王错误的外交国策。

25　"求介"句:介子,即介之推。所存,隐居之处。

26　放迹:隐居的遗迹。

27　调度:调适心情。

28　"刻著"句:刻著志,意志坚决。无适,别无所从。这句是说念念不忘介之推和伯夷等人的气节。

曰[1]:　　　　　　　尾声:

吾怨往昔之所冀兮[2]，　　　　　我怨恨已往的希望成空，

悼来者之悐悐[3]。　　　　　　　哀叹未来是那样遥远。

浮江淮而入海兮[4]，　　　　　　还是随江淮流入大海吧，

从子胥而自适[5]。　　　　　　　追随伍子胥才遂我愿。

望大河之洲渚兮[6]，　　　　　　遥望河中大大小小的沙洲，

悲申徒之抗迹[7]。　　　　　　　痛悼申徒狄投水的高行。

骤谏君而不听兮[8]，　　　　　　屡次进谏君主不听，

重任石之何益[9]？　　　　　　　抱着大石自沉又有什么用？

心结结而不解兮[10]，　　　　　　心中愁思郁结无法解开，

思蹇产而不释[11]。　　　　　　　悲伤郁塞让我不能宽怀。

————　1　曰："乱曰"的省略。

　　　　2　冀：希望。

　　　　3　"悼来"句：悼，伤感。悐悐，同"逷（tì）逷"，遥远的样子。

　　　　4　浮江淮而入海：指投水自尽。

　　　　5　"从子"句：子胥，伍子胥，贤臣，传说伍子胥被迫自杀后，吴
　　　　王夫差命人将他的尸体投入江中。子胥的灵气化为怨气，势
　　　　若奔马，归于大海。屈原作品中数次提到伍子胥的死亡方式。
　　　　自适，顺适自己的心意。

　　　　6　"望大"句：大河，黄河。洲渚，水中的沙洲。

　　　　7　"悲申"句：申徒，申徒狄。殷代之贤臣，因屡次进谏纣王不

听,抱石投水而死。抗迹,高尚的行为。

8　骤:屡次。

9　重任石:一本作"任重石"。任,抱。这一句显示了诗人自杀之前内心的矛盾。

10　绖(guà)结:打了结,指愁思郁结。

11　"思蹇"句:蹇产,纠结。不释,不能释放。这两句又见于《哀郢》,或该篇文字错简至此。

　　《九章》在内容及一些句子和用词上,都与《离骚》有着高度相似。但也有重要不同。

　　首先在流放期间诗人的行踪上,就比《离骚》要表现得多,如诗人曾到过汉北,到过溆浦等,曾经随着郢都的破没而流亡等等,就都是《离骚》没有的。而且,《惜诵》言诗人"贱贫",表明屈原这位"楚国同姓"实际与王室血缘关系颇为疏远,这也是屈原其他篇章所没有的。对研究诗人生平,这些无疑都是很重要的。

　　其次是艺术上。与《离骚》一样,《九章》中也多有香草美人、历史、神话等各种的意象,但是,在抒情手法上又有新变,且具开创意义。

　　其一,浓郁的即景抒情,如《涉江》"入溆浦余僮佪兮"以下八行对周围景物的描述,又如《悲回风》"登石峦以远望兮"

一段所展现的诗人眼中之孤寂景象,都是融情入景的手法。以前《诗经》也有,但如此浓烈的抒情还是空前的。

其二,在修辞言情上,也多有新巧之喻,如《思美人》中"寄言浮云"、"归鸟致辞"想以浮云、飞鸟传递消息,以及《悲回风》中"纠思心以为纕兮,编愁苦以为膺"的化虚为实的想象,是一个创造,是言情方式的新突破。

其三,一些篇章四言的使用,如《涉江》、《抽思》和《怀沙》中"乱曰"部分的上句四言,下句三言加一虚词"兮"的句法,形成了一种情急哀切的调子,很富表现力。

说到四言,不能不谈一下《橘颂》。此诗吟咏生长南国的橘树,先从橘树生长之地说起,赞美其受命不迁的坚定品格;之后顺次叹美其花叶枝果;继而赞橘树幼苗以表其特异,美其"苏世独立"以突出其"参天地"的大志;最后表达敬意。

作品具有极高的思想及审美价值,而且,作为咏物之祖,其技法也极高,因为诗篇特别善于抓住橘树特征,实笔形象,虚笔传神,形神兼备。总体风调毓秀俊雅,极为可爱。

卜　居

卜居的字面是选择居处，从篇章内容看却是对人生道路的选择。

旧题屈原所作。前人对此表示怀疑，以为是后人假托之作。

不过，即便是假托，假托之人也是"深知屈原生活和思想的"（郭沫若《屈原赋今译》）。

屈原既放[1]，三年不得复见。　　屈原既遭放逐，三年未能见
　　　　　　　　　　　　　　　　　楚王。

竭知尽忠[2]，而蔽鄣于谗[3]，　　竭尽智慧与忠诚，却被谗言
　　　　　　　　　　　　　　　　　所阻障。

心烦虑乱，不知所从。　　　　　他心中烦杂纷乱，不知何去
　　　　　　　　　　　　　　　　　何从。

乃往见太卜郑詹尹[4]，曰：　　　于是去见太卜郑詹尹，问：
"余有所疑，愿因先生决之[5]。"　"我有疑惑，愿先生为我决断。"
詹尹乃端策拂龟[6]，曰：　　　　詹尹摆正蓍草，拂拭龟甲，说：
"君将何以教之？"　　　　　　　"先生有何见教？"

屈原曰：　　　　　　　　　　　屈原说：

"吾宁悃悃款款朴以忠乎[7]？　　"我应该诚实恳切为国尽忠，
将送往劳来斯无穷乎[8]？　　　　还是应该永无休止地往来应酬？
宁诛锄草茅以力耕乎[9]？　　　　是该芟除杂草努力耕种，
将游大人以成名乎[10]？　　　　　还是游说权贵获取名声？
宁正言不讳以危身乎[11]？　　　　是忠言直谏，不顾危及自身，
将从俗富贵以媮生乎[12]？　　　　还是顺从世俗，追求富贵，
　　　　　　　　　　　　　　　　　苟且偷安？

宁超然高举以保真乎[13]？　　　　是应该超然远去，保持本性，
将哫訾栗斯[14]，喔咿儒儿[15]，　还是低眉顺眼，圆滑敷衍，
　　　　　　　　　　　　　　　　　模棱支吾，

以事妇人乎¹⁶?　　　　　赔着笑脸奉承得宠的女人?

宁廉洁正直以自清乎?　　　是廉洁正直，清白自重，

将突梯滑稽¹⁷，　　　　　还是插科打诨，

如脂如韦¹⁸，　　　　　　油滑绵软，

以洁楹乎¹⁹?　　　　　　见风转舵?

宁昂昂若千里之驹乎²⁰?　是像千里马一样昂然而行，

将泛泛若水中之凫²¹，　　还是像水中野鸭子一样，

与波上下，　　　　　　　　随波逐流，得过且过，

偷以全吾躯乎²²?　　　　保全自己?

宁与骐骥亢轭乎²³?　　　是与骏马并驾齐驱，

将随驽马之迹乎²⁴?　　　还是应该在驽马身后跟随?

宁与黄鹄比翼乎²⁵?　　　是与黄鹄比翼高飞，

将与鸡鹜争食乎²⁶?　　　还是与鸡和鸭争食残羹剩饭?

1　放：放逐。

2　知：即智，古代"智"字常作"知"。

3　蔽鄣：遮掩阻挡。

4　"乃往"句：乃，于是。太卜，国家掌管卜筮之官。郑詹尹，太卜的名字。

5　"愿因"句：因，靠，凭借。决，决断。

6　"詹尹"句：端策，将蓍草摆正。策，古代占卜用的蓍草。拂

龟,拂拭占卜用的龟甲。

7 "吾宁"句:宁(nìng),宁愿。悃(kǔn)悃,诚恳,诚实。款(kuǎn)款,诚恳,恳切。朴以忠,质朴尽忠。朴,质朴。

8 "将送"句:将,还是。与上句中的"宁"构成一组内容相反的问句,可以翻译为"是应该……还是应该……"。送往劳来,指交际往来,周旋应酬。斯,如此,这样。无穷,没有终结。

9 "宁诛"句:诛,芟除。力耕,努力耕种。比喻努力从政,排除党人。

10 "将游"句:游,游说。大人,指掌权的显贵之人。

11 "宁正"句:正言,直谏。不讳,不避讳、顾忌。身,指自己性命。

12 "将从"句:从俗,顺从世俗。媮生,苟且偷安。媮,同"偷"。

13 "宁超"句:高举,远去归隐。保,保持。真,本性,本质,道家常用语。

14 "将哫"句:哫訾(zú zī),言语谄媚的样子。栗,圆滑应对的意思。斯,语助词。

15 "喔咿"句:喔咿(wō yī),咿咿呀呀,说话不清楚的样子。儒兒,又作嚅呢,强笑的样子。

16 妇人:指宠妃,如郑袖之流。

17 "将突"句:突梯,处世圆滑。滑稽(gǔ jī),古代一种盛酒的器具,能不断地往外流酒,比喻能言善辩,语言流畅。

18　"如脂"句:脂,油脂,比喻处世圆滑。韦,熟牛皮,比生牛皮柔软,比喻极易改变立场。

19　"以洁"句:洁,同"絜(xié)",量度物体周围的长度。楹(yíng),柱子。絜楹比喻根据事物的情况而改变自己。

20　昂昂:志行高超,气质不凡的样子。

21　"将泛"句:泛泛,漂浮。凫(fú),野鸭子。

22　偷:苟且,得过且过。

23　"宁与"句:骐骥(qí jì),骏马。亢(kàng),同"伉",高举。轭(è),驾车时套在牲口脖子上的曲木。

24　驽(nǔ)马:劣马。

25　"宁与"句:黄鹄(hú),大鸟,据说能一飞千里。比翼,并飞。

26　鹜(wù):家鸭。

此孰吉孰凶?	请问哪个是吉,哪个是凶?
何去何从?	我将何去何从?
世溷浊而不清[1]:	世道混浊不清:
蝉翼为重[2],	将轻薄蝉翼看做重,
千钧为轻[3];	把千钧之重当成轻;
黄钟毁弃[4],	黄钟遭到毁弃,

瓦釜雷鸣⁵；	瓦釜却在雷鸣；

瓦釜雷鸣⁵；　　　　　　瓦釜却在雷鸣；

谗人高张⁶，　　　　　　谗佞小人气焰高，

贤士无名。　　　　　　贤明之士默无声。

吁嗟默默兮⁷，　　　　　可叹只有沉默啊，

谁知吾之廉贞⁸！"　　　有谁知道我的廉洁忠贞！"

詹尹乃释策而谢曰⁹：　　詹尹放下蓍草辞谢道：

"夫尺有所短，　　　　　"尺有时也短，

寸有所长¹⁰；　　　　　　寸有时也长；

物有所不足，　　　　　世间万物各有不足，

智有所不明¹¹；　　　　　智者有时也糊涂；

数有所不逮¹²，　　　　　卜卦也有算不准，

神有所不通。　　　　　神灵也有想不通。

用君之心，行君之意¹³。　以你的心，行你的意。

龟策诚不能知此事¹⁴！"　卜筮问卦实在无法弄清有些事情！"

1　溷（hùn）：混浊。

2　蝉翼：蝉的翅膀，极轻薄。

3　钧（jūn）：古代重量单位，三十斤为一钧。

4　黄钟：符合黄钟律的钟，体积较大，声音最为宏亮。

5　"瓦釜"句：釜（fǔ），圆锅。雷鸣，发出雷鸣一般大的声响。

6　高张：谗人占据高位而气焰嚣张。

7　吁嗟(xū jiē)：叹息。

8　廉贞：廉洁忠贞。

9　"詹尹"句：释策，放下龟策。谢，辞，告知。

10　尺有所短，寸有所长：尺比寸长，但有时也会显得短；寸比尺短，而有时也会显得长。

11　物有所不足，智有所不明：世间万物都有其不足之处，智者也有不明白的道理。

12　"数有"句：数，卜卦所得的卦数。逮，及，达到。这句是说，占卜问卦也有算不准的时候，神灵也有不通的时候。

13　用君之心，行君之意：按照自己的心志和意愿行动。

14　诚：实在。

《卜居》除开头和结尾之外，中间一大部分是由"宁……将"的选择句式构成的。

在这样的句式下，问题鱼贯而出，显示了屈原内心的压抑，选择句内容上非此即彼的截然对立，形成一种张力，很适宜表现诗人誓死不向黑恶势力低头的操守与品格。

篇章的特点还在其文体，很像古典版的散文诗，大多数句子是有韵的，不押韵的散句时而夹杂其中，意味浓郁而又气格疏朗。

渔 父

《渔父》，楚人表现屈原人生志向的作品。

旧题屈原作，不可信。

作品表现了屈原放逐沅湘后的精神状况，对了解屈原沉江前的生活很有帮助。

楚地尊称老人为父，渔父即打鱼的老人，实际却是楚地一位隐者。

屈原既放，游于江潭[1]，
行吟泽畔[2]，
颜色憔悴[3]，形容枯槁。
渔父见而问之曰[4]：
"子非三闾大夫与[5]！
何故至于斯[6]？"
屈原曰：
"举世皆浊我独清[7]，
众人皆醉我独醒，
是以见放[8]。"
渔父曰：
"圣人不凝滞于物[9]，
而能与世推移[10]。
世人皆浊，
何不淈其泥而扬其波[11]？
众人皆醉，
何不哺其糟而歠其醨[12]？
何故深思高举[13]，
自令放为[14]？"
屈原曰：
"吾闻之，

屈原放逐后，独行于江潭，
且行且吟在大泽之边，
面容憔悴，形容枯槁。
渔父见了问道：
"您不是三闾大夫吗？
为什么流落到这般地步？"
屈原答：
"全世界都混浊，只有我还清白；
世人都醉，只有我还清醒，
因此被放逐了。"
渔父说：
"圣人对待万事不拘泥固执，
他随世道变化而变通。
世人都污浊，
何不搅和泥水，助长其波？
众人都醉，
何不食糟饮酒，与世同醉？
为何非要思虑深切，举止高超，
以致被放逐？"
屈原答道：
"我听说，

新沐者必弹冠[15]，	刚洗过头发一定要弹掉帽子上的灰土，
新浴者必振衣[16]。	刚洗过澡一定要抖落衣上的尘埃。
安能以身之察察[17]，	怎能让洁净的身体，
受物之汶汶者乎[18]？	遭到污浊的玷辱？
宁赴湘流，	宁愿投身江流，
葬于江鱼之腹中。	葬身鱼腹，
安能以皓皓之白[19]，	怎么能让洁白，
而蒙世俗之尘埃乎[20]！"	蒙受世俗的尘埃！"
渔父莞尔而笑[21]，	父微微一笑，
鼓枻而去[22]。	荡舟而去。
乃歌曰：	唱道：
"沧浪之水清兮[23]，	"沧浪江的水清澈啊，
可以濯吾缨[24]。	可以洗我的冠缨。
沧浪之水浊兮，	沧浪江的水混浊啊，
可以濯吾足。"	可以洗我的双足。"
遂去[25]，	渔父远去了，
不复与言。	再不与屈原说什么。

—— 1 "游于"句：江，这里应指沅江。潭，深渊，在今湖南常德境内。

2　泽畔:水边。

3　颜色:脸色。

4　渔父:打鱼的老丈,应是一位隐士。

5　"子非"句:三闾(lú)大夫,三闾大夫是掌管王族三姓(昭、屈、景)的官,屈原曾做过三闾大夫。与,同"欤(yú)",句末语气词,表疑问或感叹。

6　斯:此,这个地步。

7　举:全。

8　见放:被放逐。

9　凝滞:停止流动,不灵活。

10　与世推移:随着社会的变化而灵活变通,与"凝滞于物"相反。

11　淈(gǔ):混浊,搅乱。

12　"何不"句:哺(bǔ),食,吃。糟,酒渣。歠(chuò),饮。醨(lí),薄酒。吃些酒渣,饮些薄酒,与众人同醉的意思。

13　高举:高于世人的行为方式。

14　为(wéi):句末语气词。

15　"新沐"句:沐(mù),洗头。弹(tán),用手指弹击。

16　"新浴"句:浴,洗澡。振,抖动。

17　察察:洁白的样子。

18　汶(mén)汶:玷辱,污染。

19　皓（hào）：洁白。皓皓之白是形容极白，比喻高洁品行。

20　蒙：遭受。

21　莞（wǎn）尔：微笑的样子。

22　鼓枻（yì）：划动船桨。

23　沧浪：水名，在今湖南常德。

24　"可以"句：濯（zhuó），洗。缨，帽子上的装饰带。渔父歌此，表达的是与时推移、时移事异的意思。

25　遂（suì）：于是。

　　《渔父》表现的是诗人的人生抉择，也是两种生活观念的对决。

　　楚地多隐者，当年孔子南游至楚国北界时就遇到了长沮、桀溺一类人物。其所持的观念，与这里渔父所说也颇为相似。有意思的是《庄子》中也有《渔父》一篇，写一位道家人物（文中称之为"客"）与子路、子贡、孔子的对话，而与孔子对话部分也发生在"泽畔"，文章主旨则是以道家思想批译儒家，以礼乐、仁义教民为"多事"。不难看出，《庄子·渔父》的立意，与《楚辞·渔父》截然对立。不过在渔父为"有道者"这一点上，又是相同的。两者之间的关系，值得研究。这篇《渔父》很可能是后人的假托。

　　假托之人对儒、道两家人生哲学的分歧很了解。文字虽多散句,却诗意浓厚。

这首先是因为善于选取角度,截取诗人与渔父对话片段展现人物品格,言简意赅。

其次,也更重要,是渔父与诗人截然对立的对话,都采取了形象鲜明的比喻;加之句子的抑扬顿挫、朗朗上口,更增添了文字的意味。

九　辩

《九辩》是宋玉的作品。

据《史记·屈原列传》、《韩诗外传》及《汉书·艺文志》等文献，宋玉为楚顷襄王时的文学侍臣，也有人认为他与屈原有师生关系，与唐勒、景差同时。

又有学者考证，宋玉为楚幽王时人，六十岁作《九辩》(游国恩《楚辞概论》)。

近年又有新说法，即宋玉即宋主，即宋国王子，宋灭国后逃往楚国，并改换名字(赵明主编《先秦大文学史》)。

宋玉作品除《九辩》外，可信的还有《风赋》、《高唐赋》、《登徒子好色赋》等。

"九辩"一词见于《离骚》，应是夏代流传下来的古曲之一。"辩"即"变"，凡乐曲改换乐章、曲调都可称之为"变"。

《九辩》旧说是悯惜屈原的作品，近现代学者多认为此篇是宋玉自述伤情之作，写法上很受《离骚》影响，但在表达情感的方式上也有新的变化。

悲哉,秋之为气也[1]!　　悲伤啊,这秋天的萧飒之气!
萧瑟兮草木摇落而变衰[2]。　萧瑟啊草木摇摆飘落而凋零。
憭栗兮若在远行[3],　　凄凉冷落啊好像一人独自远方行,
登山临水兮送将归[4]。　又像登山临水送人踏归程。
泬寥兮天高而气清[5],　空旷啊天空清朗又肃爽,
寂寥兮收潦而水清[6]。　积水消退水面澄澈又平静。
憯凄增欷兮薄寒之中人[7],　凄惨唏嘘秋寒侵人阵阵冷,
怆怳懭悢兮去故而就新[8],　失意惆怅啊天地万物舍旧而变新,
坎廪兮贫士失职而志不平[9]。　坎坷啊穷士抛闲困顿意难平。
廓落兮羁旅而无友生[10],　孤独啊滞留他乡没有朋友,
惆怅兮而私自怜[11]。　寂寞啊自哀自怜情自生。
燕翩翩其辞归兮[12],　燕子翩翩回故地,
蝉寂漠而无声[13]。　蝉儿困守寂寞无响声。
雁廱廱而南游兮[14],　大雁雍雍鸣叫向南飞,
鹍鸡啁哳而悲鸣[15]。　鹍鸡唧唧喳喳发悲鸣。
独申旦而不寐兮[16],　从夜到明无法入睡,
哀蟋蟀之宵征[17]。　暗夜蟋蟀哀鸣触发幽情。
时亹亹而过中兮[18],　时光流逝不觉已过了中年,
蹇淹留而无成[19]。　可还是停留在原地无所成。

—— 　1 气:气候,古人认为秋气即杀气、阴气。

2 "萧瑟"句：萧瑟，风吹草木的声音。摇落，脱落，凋零。

3 憭（liáo）栗：凄凉。

4 "登山"句：送，送别。将归，将要结束的这一年。

5 泬寥（xuè liáo）：空旷的样子。

6 "寂漻（liáo）"句：寂漻，水清澈平静的样子。潦（lǎo），雨后地面积水，收潦即雨水退尽。夏天水涨，故浊，秋天水退，故河道中的水特别澄清。

7 "憯凄"句：憯，同"惨"。憯凄即悲凄。增欷（xī），不断的叹息。欷，叹息。薄寒，轻寒。中（zhòng），伤，侵袭。

8 "怆怳"句：怆怳（chuàng huǎng），失意的样子。懭悢（kuǎng liàng），惆怅的样子。

9 "坎廪"句：坎廪（kǎn lǐn），即坎坷，遭遇不顺。贫士，作者自称。失职，失去官职。

10 "廓落"句：廓落，空虚孤独。羁旅，留滞异乡。友生，友人。

11 怜：怜悯。

12 "燕翩"句：翩翩，轻快飞行的样子。辞归，辞北归南。

13 寂漠：即寂寞。

14 廱廱：即雍雍，雁子和谐的鸣叫声。

15 "鹍鸡"句：鹍（kūn）鸡，鸟名，像鹤，黄白色。啁哳（zhāo zhā），形容声音繁杂细碎。

16　申旦：直到天亮。

17　宵征：本义是夜行，这里指蟋蟀的夜鸣。

18　"时亹"句：亹（wěi）亹，运行不息的样子。过中，过了中年。

19　"蹇淹"句：蹇，楚方言，发语词。淹留，久留。无成，没有成就。

悲忧穷戚兮独处廓[1]，	哀叹处境穷愁啊孤寂又空落，
有美一人兮心不绎[2]；	有一个美人啊心中总忧戚；
去乡离家兮徕远客[3]，	离开家乡来这遥远处做客，
超逍遥兮今焉薄[4]？	飘飘荡荡何时才是至期？
专思君兮不可化[5]，	思念君王的心意不可变，
君不知兮可奈何！	君王不知啊无可奈何！
蓄怨兮积思，	层层积怨郁愁思，
心烦憺兮忘食事[6]。	心乱发呆无心做事无心食。
愿一见兮道余意[7]，	希望见您一面表我心，
君之心兮与余异。	可君的想法总与我相异。
车既驾兮朅而归[8]，	车子已经驾好那我只能离去，
不得见兮心伤悲；	不得相见心伤不已；
倚结轸兮长太息[9]，	倚着车厢长叹息，
涕潺湲兮下沾轼[10]。	眼泪落下车前衡木湿。

忼慨绝兮不得[11]，　　　愤懑至极无法抑制，

中瞀乱兮迷惑[12]。　　　心中昏迷错落再也不能平静。

私自怜兮何极[13]？　　　这样的自叹自怜何时是尽头，

心怦怦兮谅直[14]。　　　内心忠诚正直永远是坚定！

1　"悲忧"句：戚，读作蹙（cù），一本作蹙；穷困、无路可走。廓（kuò），空旷，也可解为空虚。

2　"有美"句：有美一人，诗人自指。绎，通"怿"，喜悦，愉快。

3　"去乡"句：去乡离家，指离开郢都。徕远客，来荒远之地做客。徕，同"来"。

4　"超逍"句：超，遥远。逍遥，闲散无着落的样子。焉，疑问代词作状语，解作"到哪里"。薄，止，薄的本义是靠近，在这里作停止解。

5　"专思"句：专，专心。君，指王。不可化，无可改变。

6　"心烦"句：烦憺（dàn），因忧愁而发呆的样子。食事，吃饭和做事。一说为饮食之事。

7　道余意：说明我的意思。

8　朅（qiè）：离开。

9　"倚结"句：倚，靠着。结轸（líng），古代的车厢的木栏，用木条交错构成，所以叫结轸。

10　"涕潺"句：涕，眼泪。潺湲（chán yuán），泪流不断的样

子。轼,古代车前用以扶手的横木。

11　"忼慨"句:忼慨,一作"慷慨",激愤不平的心情。绝,
断绝。

12　瞀(mào)乱:昏迷错乱。

13　"私自"句:怜,悲伤。何极,何时到头。

14　"心怦"句:怦(pēng)怦,忠诚的样子。谅直,忠诚正直。

皇天平分四时兮[1],	老天平分春夏秋冬为四季,
窃独悲此廪秋[2]。	独有这凄冷的秋天让我悲伤。
白露既下百草兮,	冰凉的露水降落在百草上,
奄离披此梧楸[3]。	霎时间桐楸树纷纷叶凋丧。
去白日之昭昭兮[4],	昭昭白日离人远,
袭长夜之悠悠[5]。	进入沉沉暗夜悠悠长。
离芳蔼之方壮兮[6],	芳菲繁茂的旺盛已成过去,
余萎约而悲愁[7]。	如今只剩下萎缩和悲凉。
秋既先戒以白露兮[8],	白露降下预告秋来临,
冬又申之以严霜[9]。	接踵而至是冬天的严霜。
收恢台之孟夏兮[10],	孟夏浩大生气已收缩,
然欿傺而沉藏[11]。	刹那间一切景象被收藏。
叶菸邑而无色兮[12],	叶子黯淡再也无光泽,
枝烦挐而交横[13];	空枝交错一片杂乱相;

颜淫溢而将罢兮[14]，　　　　色泽发暗逐渐在凋落，

柯仿佛而萎黄[15]；　　　　　枝桠颜色暗淡稀疏又枯黄；

剪橚椮之可哀兮[16]，　　　　可怜那树梢光秃秃高耸，

形销铄而瘵伤[17]。　　　　　形体消磨郁积着病伤。

惟其纷糅而将落兮[18]，　　　那败叶纷杂将脱落，

恨其失时而无当[19]。　　　　可惜它们已经失去了时光。

擥騑辔而下节兮[20]，　　　　拉住马的缰绳停下车，

聊逍遥以相佯[21]。　　　　　消闲散步且徜徉。

岁忽忽而遒尽兮[22]，　　　　岁时如水一年将完结，

恐余寿之弗将[23]。　　　　　恐怕我的性命不会太长。

悼余生之不时兮，　　　　　悲痛我的生不逢时，

逢此世之俇攘[24]。　　　　　遇见的是这混乱无序的世相。

淡容与而独倚兮[25]，　　　　散淡逍遥独自伫立，

蟋蟀鸣此西堂。　　　　　　听蟋蟀悲鸣在西堂。

心怵惕而震荡兮[26]，　　　　叫声让心中震荡惊惧，

何所忧之多方[27]！　　　　　百千忧思一齐涌上心房。

仰明月而太息兮[28]，　　　　抬头仰望明月长叹息，

步列星而极明[29]。　　　　　星光下徘徊一直到天亮。

───

　1　四时：四季。

　2　廪秋：廪，一作"凛"。凛秋即寒秋。

3　"奄离"句:奄,忽然。离披,分散的样子。指叶子落尽,枝条疏散。梧楸,梧树和楸树,都是早凋的树木。

4　去:离开。

5　袭:进入。

6　"离芳"句:芳藹,芳菲繁茂,喻壮年。方壮,正当壮年。

7　萎约:萎缩。

8　戒:警戒。

9　申:加重。

10　"收恢"句:恢台(yí),广大而繁茂的样子。孟夏,初夏。

11　"然欿"句:然,于是,就。欿,通"坎",陷落。僁(chì),停止。沉藏,沉埋收藏。这两句是说,秋天一到,盛夏繁盛的景象就停止而沉埋收藏起来。

12　菸(yān)邑:黯淡的样子。

13　"枝烦"句:烦挐(rú),纷乱的样子。交横,树枝交错。

14　"颜淫"句:颜,树叶的颜色。淫溢,即"淫暗",色泽阴暗貌。罢,同"疲"。

15　"柯仿"句:柯,树枝。仿佛,在此为暗淡的意思。

16　"萷橷"句:萷,通"梢",树梢。橷椮(xiāo sēn),树枝光秃而高耸的样子。

17　"形销"句:销铄(shuò),销毁。瘀伤,树木受寒冷淤积的损伤。

18　"惟其"句：惟，语词。纷糅，繁多错杂。

19　失时：过了壮盛的季节。

20　下节：即按鞭停车。

21　相佯：即徜徉，徘徊。

22　逎（qiú）：迫近。

23　弗将：不能持续。

24　伹（guàng）攘：混乱的样子。

25　"淡容"句：容与，闲散的样子。倚，有所依靠而伫立。

26　怵惕：惊惧。

27　所忧多方：多方面的忧虑，即忧虑重重。

28　仰：仰望。一本作"卬"。

29　"步列"句：步，边走边观望。列星，众星辰。极明，直到天明。

窃悲夫蕙华之曾敷兮[1]，　暗悲那曾经花朵丰腴的香蕙，
纷旖旎乎都房[2]。　在华屋散播过浓郁芬芳。
何曾华之无实兮[3]，　为何如此好花却不曾结果实，
从风雨而飞飏[4]！　遭风雨瞬间香消玉飘扬。
以为君独服此蕙兮[5]，　原以为君王独爱这蕙花，
羌无以异于众芳[6]。　哪知道待她与普通花一样。
闵奇思之不通兮[7]，　可怜这曲折心思不能告诉君，

将去君而高翔。	就要离开到远方翱翔。
心闵怜之惨凄兮，	心哀悯而凄凉，
愿一见而有明[8]。	多么想见君王倾吐衷肠。
重无怨而生离兮[9]，	深念自己无罪却要生离，
中结轸而增伤[10]。	悲愁缠结越来越多是忧伤。
岂不郁陶而思君兮[11]，	难道我不是心神郁结思念您，
君之门以九重[12]。	可是君的大门九重深。
猛犬狺狺而迎吠兮[13]，	凶猛的狗冲着我狺狺狂吠，
关梁闭而不通[14]。	不能通行的正是门关和桥梁。
皇天淫溢而秋霖兮[15]，	上天总是连绵不绝降秋雨，
后土何时而得漧[16]！	潮湿的大地何时才干爽！
块独守此无泽兮[17]，	块然独守在这芜泽地，
仰浮云而永叹。	对着浮云长长叹息长哀伤。

—— 1 "窃悲"句：华，古"花"字。蕙华，蕙草的花。此为作者自
比。曾敷，曾，即层，重叠；敷，开花。曾敷即花朵层叠开放。

2 "纷旖"句：旖旎（yǐ nǐ），茂盛的样子。都房，都，美；都房
即华屋。

3 实：果实。

4 飏（yáng）：飘扬。

5 服：佩带。

6　众芳：一般的花朵。这句是说楚王拿蕙芳不当回事。

7　"闵奇"句：闵，同"悯"，伤念。奇思，奇妙的心思。

8　有明：有以自明。

9　"重无"句：重，反复地想。无怨，无罪，没有过错。生离，生生别离，指被抛弃。"重无怨"是说自己反复想，并没有在君主面前招致怨恨的行为。

10　"中结"句：中，心中。结轸(zhěn)，沉痛郁积。

11　郁陶：忧思郁结。

12　九重：形容君王住处深远，难以见到。

13　狺(yín)狺：狗吠声。

14　关梁：门关和桥梁。比喻小人的重重阻挠。

15　"皇天"句：淫溢，过度，指下雨过多。霖，久下不停的雨。

16　"后土"句：后土，土地，与"皇天"相对。漧，字同"干燥"的"干"。

17　"块独"句：块，孤独的样子。无泽，无，通"芜"。芜泽即荒芜的草泽。

何时俗之工巧兮[1]，　　　为何时俗这样善于取巧？
背绳墨而改错[2]！　　　　背离规矩并且抛弃法度。
却骐骥而不乘兮[3]，　　　拒绝乘坐那优良的骏马，
策驽骀而取路[4]。　　　　却要鞭策劣马来赶路。

当世岂无骐骥兮，　　　　　难道当今世上再无骏马，

诚莫之能善御。　　　　　　其实是没车夫可以将它驾驭。

见执辔者非其人兮[5]，　　　眼见操缰的人滥竽充数，

故骎跳而远去[6]。　　　　　骏马跳跃着远远逃去。

凫雁皆唼夫梁藻兮[7]，　　　野鸭都吃着精米和鲜蔬，

凤愈飘翔而高举。　　　　　凤凰也只得展翅远举。

圜凿而方枘兮[8]，　　　　　在圆的榫眼里放入方榫头，

吾固知其钮铻而难入[9]。　　我就知道它一定冲突相抵触。

众鸟皆有所登栖兮[10]，　　　凡鸟都有地方可栖息，

凤独遑遑而无所集[11]。　　　唯有凤凰无处安身好孤独。

愿衔枚而无言兮[12]，　　　 愿从此缄口不言做哑巴，

尝被君之渥洽[13]。　　　　 又难忘您曾给我恩泽沃。

太公九十乃显荣兮[14]，　　 姜太公九十岁才尊荣，

诚未遇其匹合[15]。　　　　 诚因先前所遇不投合。

谓骐骥兮安归[16]?　　　　　说骏马到哪里找归宿?

谓凤皇兮安栖[17]?　　　　　说凤凰到何处寻栖舍?

变古易俗兮世衰[18]，　　　 世风衰败心不古，

今之相者兮举肥[19]。　　　 相马人眼里只有马肥瘦。

骐骥伏匿而不见兮[20]，　　 骏马全都藏起来再也不出现，

凤凰高飞而不下。　　　　　凤凰也都高飞不下远远走。

鸟兽犹知怀德兮[21]，　　　 鸟兽尚知感念有德者，

何云贤士之不处[22]？　　　　又怎能质问贤士不留去他所？

骥不骤进而求服兮[23]，　　　　良马从不贸然求驾车，

凤亦不贪馁而妄食[24]。　　　　凤凰也不贪嘴随便吃食物。

君弃远而不察兮[25]，　　　　君主轻于抛弃从不明察，

虽愿忠其焉得？　　　　　　贤人想效忠可怎能施展抱负？

欲寂漠而绝端兮[26]，　　　　想从此沉默断除思念，

窃不敢忘初之厚德。　　　　不敢忘记当初您恩德厚。

独悲愁其伤人兮，　　　　　独自悲秋真伤人，

冯郁郁其何极[27]？　　　　愤懑浓愁何时休？

────

1　工巧：善于钻营。

2　"背绳"句：绳墨，比喻法度。错，通"措"，举措。

3　"却骐"句：却，拒绝。骐骥，良马，比喻贤士。

4　"策驽"句：策，用作动词，鞭策。驽骀（nú tái），劣马，比喻小人。

5　执辔者：操缰绳的人，比喻执政者。

6　駶（jú）跳：跳跃，指良马远远地离开。

7　"凫雁"句：凫，野鸭。唼（shà），象声词，水鸟或鱼类吃食物的声音。粱，精米。藻，水草。这两句比喻群小食禄，贤士远去。

8　"圜凿"句：圜，同"圆"。凿，榫眼。方枘（ruì），方形的榫。

9　钼锘(jǔ yǔ)：彼此不相合，字亦作龃龉。

10　"众鸟"句：众鸟，比喻小人。登栖，栖宿。

11　"凤独"句：遑(huáng)遑，往来不定的样子。集，栖。

12　"愿衔"句：衔，含。枚，像筷子一样的木杆。古代行军时，为了防止喧哗，每个士兵的口里衔枚，以防止出声。这里指闭口不言。

13　"尝被"句：被，蒙受。渥洽(wò qià)，深厚周到的恩泽。

14　太公：姜子牙，姜尚。据说他年纪很大时才遇到周文王，成就了一番大事业。

15　"诚未"句：诚，实在。匹合，匹配，投合。

16　安归：归于何处。

17　安栖：停留在何处。

18　变古易俗：改变古代法则和风俗。

19　"今之"句：相者，指相马的人。比喻选拔人才的人。举肥，挑选肥壮的马。比喻用人忽略了贫士。

20　伏匿：藏匿，躲藏。

21　"鸟兽"句：鸟兽，指凤凰和骐骥。怀德，感恩。

22　不处：不愿留在朝廷中。

23　"骥不"句：骤进，急进。服，驾车。

24　"凤亦"句：餧，同"喂"，本义是喂食，在此有吃的意思。妄食，胡乱进食。

25 弃远：抛弃，疏远。

26 绝端：断绝思绪。指不再思念君王。

27 "冯郁"句：冯，愤懑。何极，哪里是尽头。

霜露惨凄而交下兮[1]，　　漫天的寒霜露水一齐落，
心尚幸其弗济[2]。　　　　心里原想霜露难有作用。
霰雪雰糅其增加兮[3]，　　雪糁雪花纷纷扬扬夹杂下，
乃知遭命之将至[4]。　　　才知道我的坏命运将显形。
愿徼幸而有待兮[5]，　　　心存侥幸还有期待，
泊莽莽与野草同死[6]。　　却要腐烂在荒野与野草同死。
愿自往而径游兮[7]，　　　想亲自走捷径游说君王，
路壅绝而不通[8]。　　　　可道路堵塞断绝了交通。
欲循道而平驱兮[9]，　　　想要沿着大路驱车来见，
又未知其所从。　　　　　可不知何去又何从。
然中路而迷惑兮，　　　　路的中途就陷入迷惑，
自压桉而学诵[10]。　　　压制着愤懑学着将诗歌诵。
性愚陋以褊浅兮[11]，　　天性愚笨性格又狭隘，
信未达乎从容[12]。　　　从来也没真做到从容。
窃美申包胥之气盛兮[13]，暗自赞美申包胥的大志气，
恐时世之不固[14]。　　　又担心时世不相同。
何时俗之工巧兮？　　　　为何时代风俗偷奸取巧？

灭规矩而改凿[15]。　　　　破坏了规矩妄自改凿孔。

独耿介而不随兮[16]，　　　要独自耿直光明不随波逐流，

愿慕先圣之遗教[17]。　　　仰慕先圣遵从德教老传统。

处浊世而显荣兮，　　　　在混浊的世界身处高位，

非余心之所乐。　　　　　不是我心希望的光荣。

与其无义而有名兮，　　　与其徒有虚名失道义，

宁穷处而守高[18]。　　　情愿保持节操永远都贫穷。

食不媮而为饱兮[19]，　　　决不苟且求饱食，

衣不苟而为温；　　　　　决不苟且求衣暖融融。

窃慕诗人之遗风兮[20]，　　敬佩诗人留下的遗风，

愿托志乎素餐[21]。　　　　决不白白吃饭不做事情。

蹇充倔而无端兮[22]，　　　穷困褴褛无终止，

泊莽莽而无垠[23]。　　　　飘零野外茫茫永无尽。

无衣裘以御冬兮[24]，　　　没有皮衣抵御这刺骨寒气，

恐溘死不得见乎阳春[25]。　怕要忽然死去再见不到阳春！

1　"霜露"句：霜露，比喻群小的排挤和打击。交下，交错
　　地下。

2　"心尚"句：幸，希望。弗济，不能成功。以霜露指群小的
　　迫害。

3　"霰雪"句：霰，雪珠。雰(fēn)，雨雪纷纷。糅，交杂。雨

雪交杂而下比喻祸乱的加深。

4　遭命：将要遭受的不幸命运。

5　"愿徼"句：徼幸，即侥幸。有待，指等待楚王的醒悟。

6　"泊莽"句：泊，通"溥"，广大的意思。一说泊是洎（jì）字的误写，及、到的意思。莽莽，无边无际的样子。

7　往：是"枉"字之误或假借。自枉而径游，即经小路去见楚王。一本作"愿自直而径往"。

8　壅绝：阻塞断绝。

9　"欲循"句：循道，沿着大道。平驱，平稳地驱驰。

10　"自压"句：压桉，压抑，压制。桉，同"按"。一本作"按"。压桉，一本作"压塞"。学诵，学习作诗。

11　"性愚"句：陋，浅陋，见闻少。褊（biǎn）浅，狭隘浅薄。

12　"信未"句：信，确实，实在。从容，镇静自若。

13　"窃美"句：窃美，私下赞美。申包胥，春秋时楚大夫。吴伐楚，攻占郢都，楚昭王逃亡到国外，申包胥只身前往秦国求救，在秦廷哭七日，秦哀公被感动，出兵帮助楚国。气盛，志气旺盛。

14　固："同"字的误写。

15　"灭规"句：规矩，指法度。改凿，改了凿孔，指废弃了法度。

16　"独耿"句：耿介，正大光明。随，顺从世俗。

17　慕：仰慕。

18　"宁穷"句：穷处，处于穷困。守高，坚守崇高的节操。

19　"食不"句：媮，同"偷"，苟且。为，争取，求。

20　诗人：指《诗经》的作者。

21　素餐：白吃饭。《诗经·伐檀》："彼君子兮，不素餐兮。"指责在位者尸位素餐。此处诗人说的是反话。

22　充倔：同"裗褔"，衣衫褴褛的意思，此处比喻穷困，承上"衣不苟而为温"一句而来。

23　"泊莽"句：泊，飘泊无定。垠，边际。

24　御：抵御。

25　溘（kè）死：突然死去。

靓杪秋之遥夜兮[1]，	安静的暮秋夜正长，
心缭悷而有哀[2]。	郁结缠绕无尽愁。
春秋逴逴而日高兮[3]，	春秋替代渐渐老，
然惆怅而自悲[4]。	于是独自惆怅独自忧。
四时递来而卒岁兮[5]，	四季更替一年又结束，
阴阳不可与俪偕[6]。	阴和阳永远不共处。
白日晼晚其将入兮[7]，	天色苍茫太阳将落下，
明月销铄而减毁[8]。	明月也残缺圆满不再有。
岁忽忽而遒尽兮[9]，	岁月匆匆近年尾，

老冄冄而愈弛[10]。　　　年纪越老心志也跟着在朽蠹。

心摇悦而日幸兮[11]，　　心意摇动每日总期盼，

然怊怅而无冀[12]。　　　可又惆怅这都是白日在做梦。

中憯恻之凄怆兮[13]，　　沉痛迫中肠啊心苦楚，

长太息而增欷。　　　　长长的叹息一声声。

年洋洋以日往兮[14]，　时光荏苒年华空流逝，

老嵺廓而无处[15]。　　老迈人在这空旷世界无宿处。

事亹亹而觊进兮[16]，　勤勉国事希望得到进用，

蹇淹留而踌躇。　　　一生就白白度过空踟蹰。

———

1 "靓杪"句：靓（jìng），静。杪（miǎo）秋，晚秋。遥夜，长夜。

2 缭悷（liáo lì）：缠绕郁结。

3 "春秋"句：春秋，年岁。逴（chuò）逴，越走越远。日高，犹言一天天老了。

4 然：乃。

5 "四时"句：递来，更迭而来。卒岁，过完一年。

6 "阴阳"句：阴阳，指变化的时光。春夏为阳，秋冬为阴。与，与阴阳在一起。俪偕，同时并存。

7 晼（wǎn）晚：日落时昏暗的样子。

8 销铄（shuò）：亏损，与"减毁"同义。

9　遒：临近。

10　愈弛：指心志越来越松弛。

11　"心摇"句：摇悦，心神摇荡。悦，同"跃"。日幸，天天希望，指回到故都。

12　"然怊"句：怊（chāo）怅，惆怅。冀，希望。

13　憯恻（cǎn cè）：悲痛。与"凄怆"同义。

14　洋洋：广大无边的样子。

15　"老嵺"句：嵺廓，同"寥廓"，空旷的意思。无处，无处托身。

16　"事亹"句：事，国事。亹（wěi）亹，勤奋不息的样子。觊（jì），希望。进，进用。

何氾滥之浮云兮[1]，　　　　浮云何其奔涌又滚翻，

焱壅蔽此明月[2]！　　　　　迅速升起将明月来蔽掩！

忠昭昭而愿见兮，　　　　　昭昭忠心希望君主能见到，

然霠曀而莫达[3]。　　　　　可昏暗阻隔无法令知晓。

愿皓日之显行兮[4]，　　　　愿太阳光明显耀在天运行，

云蒙蒙而蔽之[5]。　　　　　可乌云蒙蒙总是将它遮盖。

窃不自料而愿忠兮[6]，　　　自不量力想献出一片忠心，

或黕点而污之[7]。　　　　　可有人将我诬蔑和陷害。

尧舜之抗行兮[8]，　　　　　唐尧虞舜品行多高尚，

瞭冥冥而薄天[9]。   光辉耀眼可以上与天齐。

何险巇之嫉妒兮[10]，   嫉妒小人多么险恶，

被以不慈之伪名[11]？   横加诬蔑说他们虚假无恩慈。

彼日月之照明兮[12]，   那日月在天空照耀，

尚黯黮而有瑕[13]。   尚且点点有瑕瘢。

何况一国之事兮，   何况一国之大事，

亦多端而胶加[14]。   更是纷扰胶着头绪繁。

被荷裯之晏晏兮[15]，   穿上柔和短身荷叶衣，

然潢洋而不可带[16]。   松垮邋遢只因不可腰带系。

———

1 "何氾"句：氾滥，同"泛滥"，形容浮云的层层翻涌。浮云，比喻谄谀小人。

2 "猋壅"句：猋（biāo），本义是狗跑得飞快，引申为迅速。壅蔽，遮蔽。明月，比喻君王。

3 "然露"句：露（yīn），同"阴"，阴云。暳（yì），阴暗。

4 "愿皓"句：皓日，比喻君王。显行，显耀地在空中运行。

5 蒙蒙：云气浓重的样子。

6 不自料：不自量。"料"一本作"聊"。

7 "或默"句：或，有人。默（dǎn）点，污垢。污，玷污。

8 抗行：高尚的德行。

9 "瞭冥"句：瞭冥冥，高远的样子。瞭，一本作"杳"。薄，

迫近。

10　险：险阻崎岖,指小人阴险难测。

11　被：强加。

12　日月：比喻尧舜。

13　"尚黯"句：黯黮(àn tàn),昏暗。瑕,玉石上的斑点,指缺点。

14　"亦多"句：多端,头绪多。胶加,纠缠不清。"彼日月"以下四句,是说日月虽光明尚有斑点,一国之事那样复杂,是特别容易被小人抓到把柄的。

15　"被荷"句：被,通"披"。荷裯(dāo),荷叶做的短衣。晏晏,轻柔的样子。

16　"然潒"句：潒洋,衣服不合身的样子。带,动词,给衣服系带子。这两句以荷叶做的短衣,比喻楚王只讲外表,不重实际。

既骄美而伐武兮[1],	总是夸耀自己美好又勇武,
负左右之耿介[2]。	辜负左右亲信心正直。
憎愠惀之修美兮[3],	忠正美德总被你憎恶,
好夫人之慷慨[4]。	装腔作势你爱惜。
众踥蹀而日进兮[5],	小人投机钻营一天天在高升,
美超远而逾迈[6]。	美德总是越来越远离开你。

农夫辍耕而容与兮[7]，　　　农夫若停下耕作来逍遥，

恐田野之芜秽[8]。　　　　　恐怕田野会凋敝。

事绵绵而多私兮[9]，　　　　国事纷纭群小以私多害公，

窃悼后之危败。　　　　　　真担心国事不久要溃崩。

世雷同而炫曜兮[10]，　　　　群小雷同相互炫耀，

何毁誉之昧昧[11]。　　　　　毁誉颠倒一塌糊涂。

今修饰而窥镜兮[12]，　　　　现在可以对着镜子来伪装，

后尚可以窜藏[13]！　　　　　到后来如何逃脱罪责和惩处！

愿寄言夫流星兮，　　　　　愿托流星带封信给君主，

羌儵忽而难当[14]。　　　　　可是它飘忽无定难托付。

卒壅蔽此浮云兮[15]，　　　　天地都被这浮云遮，

下暗漠而无光。　　　　　　下界昏暗一片模糊。

1　"既骄"句：骄美，自骄其美。伐武，自夸勇武，夸耀武功。

2　"负左"句：负，背离。左右，身边臣属。耿介，耿直。

3　"憎愠"句：憎，恨。愠惀（wǔn lùn），忠诚的样子，这里指代忠心耿耿的人。修美，美好。

4　慷慨：这里指能说会道，装腔作势。

5　"众蹀"句：蹀躞（qiè dié），奔走钻营的样子。日进，一天天被重用提拔。

6　"美超"句：美，指贤明、忠诚的人。超远、逾迈，都指越走

越远。

7　"农夫"句：辍耕，停止耕作。容与，闲适。

8　芜秽：荒芜，长满乱草。

9　"事绵"句：事，指国事。多私，指许多小人徇私舞弊。

10　"世雷"句：雷同，比喻小人们的同声唱和。炫曜，比喻小人们的互相吹捧。

11　昧昧：昏暗的样子。

12　修饰：指小人修饰伪装，照镜自赏。

13　"后尚"句：可，何。窜藏，逃窜藏匿。两句是说现在小人可以蒙蔽君主一时，将来何以逃避罪责。

14　"羌儵"句：儵忽，快速的样子。难当，难以遇到。当，值。指流星难以寄言。

15　卒：终于。

尧舜皆有所举任兮[1]，	唐尧虞舜无不举贤能，
故高枕而自适[2]。	因此高枕无忧自逍遥。
谅无怨于天下兮[3]，	自信没有辜负天下期望，
心焉取此怵惕[4]？	就不会心里有鬼总恐慌。
乘骐骥之浏浏兮[5]，	骏马驾车总会畅行如流水，
驭安用夫强策[6]？	何用鞭笞强督促？
谅城郭之不足恃兮[7]，	如果城郭都不可靠，

虽重介之何益[8]？　　　厚重盔甲又有何用处？

遭翼翼而无终兮[9]，　　　迟缓谨慎从不懈，

怛惽惽而愁约[10]。　　　愁闷沉沉心被缚。

生天地之若过兮[11]，　　人生天地如过客，

功不成而无效。　　　事业不成名声也无从树。

愿沉滞而不见兮[12]，　　想隐姓埋名人不见，

尚欲布名乎天下[13]。　　又想四海之内名声布。

然潢洋而不遇兮[14]，　　飘飘荡荡没有机遇得重用，

直怐愗而自苦[15]。　　　空怀愚忠自愁苦。

莽洋洋而无极兮[16]，　　空落旷野茫茫无边际，

忽翱翔之焉薄？　　　一身漂泊何处是归处？

国有骥而不知乘兮，　　国有良马不知乘，

焉皇皇而更索[17]？　　　急匆匆四下乱找岂不瞎忙碌？

宁戚讴于车下兮[18]，　　宁戚在车下一唱歌，

桓公闻而知之。　　　桓公就知道他有大抱负。

无伯乐之善相兮，　　世上没有了伯乐的慧眼，

今谁使乎誉之[19]？　　　有谁还能将良马来称数？

1　举任：推举任用贤能的人。

2　高枕自适：即高枕无忧。自适，安闲的样子。

3　谅：确实，诚然。

4　怵惕：惊惧，害怕。

5　浏(liú)浏：形容顺行无阻。

6　强策：强硬的鞭策。这两句用骏马驾车不需鞭策比喻贤人治国无需国君驱使。

7　恃：依靠。

8　重介：介，铠甲，重介即层层铠甲。这句是说如果不能任用贤人，有坚甲利兵也没有用。

9　"邅翼"句：邅(zhān)，回旋不前。翼翼，谨慎的样子。无终，无极，始终。

10　"忳惽"句：忳(tún)，忧愁。惽(hūn)惽，郁闷的样子。愁约，忧愁穷困。这两句是说自己常年谨慎忧愁。

11　"生天"句：生天地，谓人生一世。若过，像过客一样。

12　"愿沉"句：愿，志愿。沉滞，埋没。见，现。

13　布名：扬名。这两句是说志愿不能实现，还谈得上扬名天下么。

14　潢洋：无所遇合的样子。

15　"直怐"句：直，一味地。怐愁(kòu mào)，愚昧。这句是说自己空怀愚忠，自寻烦恼。

16　莽洋洋：荒野茫茫。这两句是形容一身漂泊，无所栖止。

17　"焉皇"句：皇皇，同"遑遑"，往来不定的样子。更索，另做寻求。

18　宁戚:春秋卫国人,参《离骚》"宁戚之讴歌兮"句注。

19　誉:赞誉。一本作"訾",估量。

凋流涕以聊虑兮[1],	怅惘流泪姑且抒发忧愁,
惟著意而得之[2]。	望国君能体察我的忠厚。
纷纯纯之愿忠兮[3],	纯纯的心意想要献给君主,
妒被离而鄣之[4]。	无休无止的嫉妒将我来障堵。
愿赐不肖之躯而别离兮[5],	望还我轻贱身躯让我离去,
放游志乎云中[6]。	纵身与白云在空中相追逐。
乘精气之抟抟兮[7],	乘着团团的精气,
骛诸神之湛湛[8]。	随从众多的诸神。
骖白霓之习习兮[9],	驾着白虹飘飘飞,
历群灵之丰丰[10]。	超过群神纷如云。
左朱雀之茇茇兮[11],	左有朱雀神鸟飞翩翩,
右苍龙之躍躍[12]。	右有苍龙腾跃相陪伴。
属雷师之阗阗兮[13],	雷师在后鼓起阗阗的雷声,
通飞廉之衙衙[14]。	风神在前呼呼作响来开路。
前轻辌之锵锵兮[15],	前有轻车响起悦耳铃声,
后辎乘之从从[16]。	后有辎重车轰隆隆紧相连。
载云旗之委蛇兮,	车树云旗随风舞,
扈屯骑之容容[17]。	随侍车队如飞如扬气势炫。

计专专之不可化兮¹⁸，　　　拳拳忠贞的心意终不可改变，

愿遂推而为臧¹⁹。　　　终愿自进做名贤。

赖皇天之厚德兮²⁰，　　　靠着皇天的厚恩，

还及君之无恙²¹。　　　保佑我君无病无灾永安然。

—— 1 "罔流"句：罔，通"惘"，怅惘。聊虑，姑且抒发自己的思虑。

2 "惟著"句：著意，专心一意。得之，体察到自己的忠心。

3 "纷纯"句：纷，盛多。纯纯，诚挚的样子。

4 "妒被"句：被离，通"披离"，纷乱众多的样子。鄣，阻挠。

5 不肖：不才。

6 放游：无拘无束地游历。这两句是希望乞身而去。

7 "乘精"句：精气，阴阳之气。抟(tuán)抟，聚集的样子。

8 "骛诸"句：骛(wù)，追求。湛(zhàn)湛，诸神盛多貌。

9 "骖白"句：白霓，不带颜色的虹。习习，飞动的样子。

10 "历群"句：群灵，众神。丰丰，众多貌。

11 "左朱"句：朱雀，主南方的神鸟。茇(pèi)茇，翩翩飞翔的样子。

12 "右苍"句：苍龙，主东方的神龙。躣(qú)躣，行走的样子。

13 "属雷"句：属(zhǔ)，在后面跟随。阗(tián)阗，雷声。

14　"通飞"句：通，一本作"道"，导引。飞廉，风神。衙（yú）衙，行走的样子。

15　"前轻"句：轻辌（liáng），轻车。轻，一本作"轻"。锵锵，指车铃声。

16　"后辎"句：辎乘，重车。从从，紧紧相连。

17　"扈屯"句：扈（hù），侍从。屯骑，聚集的车辆。容容，飞扬的样子。

18　"计专"句：计，思虑。专专，专一。化，改变。

19　"愿遂"句：遂，终于。推，进。臧（zāng），善。这两句是说因为自己爱国之情终不可变，最后还是推进自己与人为善。

20　赖：依赖。

21　"还及"句：君，指楚王。无恙，无病无忧。最后两句祝愿自己的君主安然无恙。

　　诗篇开始时的"贫士失职而志不平"句，正可概括《九辩》的主题。即是说，志士的失意是篇章感情的主调。

　　篇中表达了"余"的志向极其高洁，也表达了君主善恶是非不分、小人对"余"的排挤，当然也有对历史贤者的议论，看上去与《离骚》都很像。

　　然而与《离骚》中之"我"相比，《九辩》中的主人公则显得颇为文弱，就是说，《九辩》假如真的就是宋玉为屈原代言的话，也把屈原精神给文士化了。

《离骚》中强烈的爱邦家情怀，强烈的改善世界的宏愿，以及誓不向恶势力低头妥协的意志等等，都趋于平淡了。

《九辩》不是没有情感，只是不能表现一个抗争的顶天立地的英雄形象了。这与其说是宋玉个人的问题，不如说是时代变迁，士子阶层普遍文士化的表现而已。

不过，在艺术上，《九辩》倒确实有自己的特点，那就是开创了一个为后世文人十分喜爱的"悲秋"主题。

零散地描写秋天，在《诗经》就有，在屈原《九歌》中也有很好的片段，但将士子的政治失意放到寥落的秋光中大力渲染，是要以《九辩》为始的。

因此《九辩》有"悲秋之祖"的美誉。

如诗篇开始部分，对秋天浓郁的萧索之意全方位的描绘铺排，确是十分感人。

招　魂

《招魂》，屈原为楚怀王招魂之作。

旧说一种认为宋玉为屈原招魂，一说屈原为自己招魂。

考诸篇章内容，叙述的都是一个国君所应当享受的饮食、歌舞、住宅等；又《史记·屈原列传》曾明确地说："余读《离骚》、《天问》、《招魂》、《哀郢》，悲其志。"可知《招魂》是屈原为怀王招魂的作品。

古代招魂之俗遍布大江南北，有招生魂、死魂之别。

此篇明显系怀王死后招魂，写作时间当在顷襄王初期。

朕幼清以廉洁兮[1]，　　　　　我自幼清白廉洁，

身服义而未沫[2]。　　　　　　持正义气节未曾有污点。

主此盛德兮[3]，　　　　　　　守此盛德啊，

牵于俗而芜秽[4]。　　　　　　可被世俗牵累遭污染。

上无所考此盛德兮[5]，　　　　上天不能成全这美德啊，

长离殃而愁苦[6]。　　　　　　于是陷入苦痛而不能断绝。

帝告巫阳曰[7]：　　　　　　　上帝告诉巫阳说：

"有人在下，　　　　　　　　"有人困在下界，

我欲辅之[8]。　　　　　　　　我想给他以护佑。

魂魄离散[9]，　　　　　　　　他的魂魄已经飘散，

汝筮予之[10]。"　　　　　　　你去为他占筮招回且还原。"

巫阳对曰："掌梦[11]，　　　　巫阳回答说："我是掌梦的小神，

上帝命其难从[12]。　　　　　上帝您的吩咐我实难办。

若必筮予之[13]，　　　　　　如果一定要我把魂魄招回，

恐后之谢[14]，　　　　　　　恐怕时辰已过，

不能复用[15]。"　　　　　　　也不能再让他复活。"

―――

1　"朕幼"句：朕，我。清，清白。

2　"身服"句：服，行，操行。沫，古沫与秽读音相近，污染的意思。

3　"主此"句：主，守。盛德，指清、廉、洁、义等美德。人生而德

善,但生活经验会让灵魂变坏,所以下文又说"牵于俗而芜秽"。

4　"牵于"句:牵,牵累。俗,世俗小人。芜秽,败坏、变质。

5　"上无"句:上,指上天。考,考察。

6　"长离"句:离,罹,遭受。殃,祸患。以上六句,当写的是楚怀王客死他乡之后无所归依的灵魂。

7　"帝告"句:帝,天帝、上帝。巫阳,古代神话中的巫,亦见于《山海经·海内西经》。有人,有下界的人,这里指楚王。

8　辅:帮助。

9　魂魄:古人把人的精神叫做魂魄,它必须依托在躯壳中,如果离开了,人就活不了。

10　"汝筮"句:筮(shì),占卜。予之,这里指把魂魄找回来给他。

11　掌梦:掌管占梦的巫。

12　难从:难以听从。古代占梦和招魂的神职不同,巫阳是招魂之巫,所以这样说。

13　若:如果。

14　"恐后"句:恐,恐怕。后,已经迟了。谢,凋零,这里指死亡。

15　不能复用:再也没有作用了。

巫阳焉乃下招曰[1]:　　　巫阳还是到下界四方呼唤:

魂兮归来!

灵魂啊，回返吧!

去君之恒干[2]，

为什么要离开自己的躯体，

何为四方些[3]?

为什么要跑到遥远异地?

舍君之乐处[4]，

舍弃你安乐的国土，

而离彼不祥些[5]。

去遭受那无尽的不吉。

魂兮归来!

灵魂啊，归来吧!

东方不可以托些[6]。

东方之地不可以寄居啊。

长人千仞[7]，

那里有千仞高的长人，

惟魂是索些[8]。

专门索要人的灵魂。

十日代出[9]，

那里的太阳是十个并出，

流金铄石些[10]。

金属和石头都化为液体。

彼皆习之[11]，

那里的人都习惯如此酷热，

魂往必释些[12]。

你的魂灵必定被烈日溶释。

归来归来[13]!

回来吧，回来吧!

不可以托些。

东方之地千万不可以停止。

魂兮归来!

灵魂啊，归来吧!

南方不可以止些[14]。

南方不可以寄居啊。

雕题黑齿[15]，

那的人额上雕花弄黑牙齿，

得人肉以祀，

他们野蛮到竟用人肉来祭祀。

以其骨为醢些[16]。

还喜欢把人骨剁成肉酱来吃。

蝮蛇蓁蓁[17]，

四处聚集着长满黑斑的毒蛇，

封狐千里些¹⁸。　　　　硕大狐狸出没往来千里。

雄虺九首¹⁹，　　　　九个头的毒蛇，

往来儵忽，　　　　　　飘忽往来忽现隐，

吞人以益其心些²⁰。　专吃人来滋补心。

归来归来！　　　　　　回来吧，回来吧！

不可以久淫些²¹。　　千万不可久留南方之地。

1　焉乃：于是。此句说巫阳没有占蓍，直接招魂。

2　恒干：魂魄依托的躯干。

3　些(suò)：古代南方荆楚一带巫术咒语的语尾词。

4　"舍君"句：舍，舍弃。乐处，安乐的处所，这里指楚国。

5　"而离"句：离，罹。不祥，不吉利。

6　托：依托，寄托。

7　"长人"句：长人，巨人。仞，古代七尺或八尺为一仞。

8　惟魂是索：专门索取魂魄吃。

9　"十日"句：十日，古代东方有十日并出的神话，此处极言其地的酷热。代，更替、轮换。

10　"流金"句：流金，熔化成流体的金属液。铄(shuò)石，熔化销毁的石头。

11　"彼皆"句：彼，指巨人。习之，习惯了高温。

12　释：消释、熔化。

13　归来归来：一本作"归来兮"，下同。

14　止：停留。

15　"雕题"句：题，额角。黑齿，涂黑的牙齿。此为南方习俗。

16　醢：肉酱。

17　"蝮蛇"句：蝮蛇，毒蛇。蓁（zhēn）蓁，草木茂盛的样子。

18　封狐千里：千里之地到处是凶恶的大狐狸。

19　雄虺（huǐ）：凶恶的大毒蛇。

20　益：滋补。

21　久淫：淹留，长期的停留。

魂兮归来！	灵魂啊，归来吧！
西方之害，	西方更是祸害，
流沙千里些[1]。	那儿的流沙蔓延千里。
旋入雷渊[2]，	旋转流坠入雷渊，
靡散而不可止些[3]。	一定要将人碾成碎粉才停止。
幸而得脱，	就算侥幸逃过，
其外旷宇些[4]。	也面临一片荒漠大地。
赤蚁若象[5]，	红色的蚂蚁有象那样大，
玄蜂若壶些。	黑色蜜蜂体大葫芦似。
五谷不生，	五谷杂粮从来不生长，
藂菅是食些[6]。	食物用茅草来代替。

其土烂人[7]，　　　　　　土地腐烂人身体，
求水无所得些。　　　　　想要一滴水都无从寻觅。
彷徉无所倚[8]，　　　　　飘飘荡荡没有地方可依靠，
广大无所极些。　　　　　广大的土地没有边际。
归来归来！　　　　　　　回来吧，回来吧！
恐自遗贼些[9]。　　　　　不要自己害自己。
魂兮归来！　　　　　　　灵魂啊，归来吧！
北方不可以止些。　　　　北方也不可以停息啊。
增冰峨峨[10]，　　　　　层层的冰雪耸入云，
飞雪千里些。　　　　　　飞扬的雪花飘千里。
归来归来！　　　　　　　回来吧，回来吧！
不可以久些。　　　　　　那里不可以久留。
魂兮归来！　　　　　　　灵魂啊，归来吧！
君无上天些。　　　　　　千万不要上天啊。
虎豹九关[11]，　　　　　九重天门虎豹来把守，
啄害下人些[12]。　　　　它们都是吃人兽。
一夫九首[13]，　　　　　有九个脑袋的巨人，
拔木九千些[14]。　　　　一天拔的树木千数计。
豺狼从目[15]，　　　　　凶恶的豺狼凸双眼，
往来侁侁些[16]。　　　　许许多多来来又去去。
悬人以娭[17]，　　　　　把人吊起来当玩笑，

投之深渊些；　　　　　　把人扔到深渊当作游戏。

致命于帝[18]，　　　　　　直到报到至天帝，

然后得瞑些[19]。　　　　　死人才能把眼闭。

归来归来！　　　　　　　回来吧，回来吧！

往恐危身些。　　　　　　去了恐怕会危难自己。

魂兮归来！　　　　　　　灵魂啊，归来吧！

君无下此幽都些[20]。　　　千万不要到阴曹地府去啊！

土伯九约[21]，　　　　　　看门的土伯手持九矛，

其角觺觺些[22]。　　　　　它头角尖尖十分锐利。

敦脄血拇[23]，　　　　　　背肉隆起指爪染鲜血，

逐人䭸䭸些[24]。　　　　　快速追逐让人无处逃避。

参目虎首[25]，　　　　　　还有三只眼魔怪老虎头，

其身若牛些，　　　　　　身子壮得像猛牛，

此皆甘人[26]。　　　　　　都是喜吃人肉的魔兽。

归来归来！　　　　　　　回来吧，回来吧！

恐自遗灾些。　　　　　　不然恐怕会招祸灾。

1　流沙：沙漠地带的沙流动如水，故称流沙。

2　雷渊：古代神话中的深渊。雷，指水旋转声音如雷。一说
即今天新疆罗布泊，于阗河至此入地。

3　麇（mí）：散、碎。

4　旷宇:旷野。

5　赤蚁若象、玄蜂若壶:壶,葫芦。这两句说红蚂蚁大如象,大黑蜂像葫芦那么大。极言境况险恶。

6　"藂菅"句:藂,同"丛"。菅(jiān),一种茅草。

7　烂:糜烂。

8　彷徉(páng yáng):游荡无定。

9　"恐自"句:遗(wèi),给予。贼,害。

10　"增冰"句:增冰,冰山。增,同"层"。峨峨,高耸的样子。

11　九关:天门有九重,每重有一关。

12　啄害:残害。

13　一夫:一人,应是指神话中的开明兽,据《山海经·海内西经》,此兽状似虎,九首人面。

14　拔木九千:一下能拔九千棵树木,极言其力气之大。

15　从目:眼睛突出向前,如三星堆铜人之眼。这样的眼睛视力极远。一说竖起眼睛。

16　侁(shēn)侁:众多的样子。

17　"悬人"句:悬,倒挂起来。娭(xī),游戏,玩乐。

18　致命:请命。

19　瞑:闭上眼睛,安息。

20　幽都:阴间的都城。

21　"土伯"句:土伯,地府守门神。九约,约,通"稍",稍即矛,九约即九矛,意思是土伯手持九矛,十分可怕。一说约,皮肉间的褶皱;九,言褶皱之多。

22　觺(yí)觺:角尖锐的样子。

23　"敦脄"句:敦脄(méi),敦,厚;脄,背上的肉。一说敦脄为地下魔怪。血拇,血染的大拇指。

24　駓(pī):跑得很快的样子。

25　参:三。

26　甘人:以人肉为甘美。

魂兮归来!	灵魂啊,归来吧!
入修门些[1]。	进到高大城门来。
工祝招君[2],	神工鬼祝招领你,
背行先些[3]。	倒退行走做引导。
秦篝齐缕[4],	秦国灯笼系齐丝,
郑绵络些[5]。	郑国绵丝织灯罩。
招具该备[6],	招魂工具都齐备,
永啸呼些[7]。	长呼短唤把魂招。
魂兮归来!	亡魂啊,归来吧!
反故居些。	返回故园宅地。
天地四方,	天地四方啊,
多贼奸些。	到处是恐怖害人怪。

像设君室[8]，　　　　　你的画像摆房间，
静闲安些。　　　　　　静谧又安闲。
高堂邃宇[9]，　　　　　高大厅堂幽深室，
槛层轩些[10]。　　　　　廊檐围绕层层栏。
层台累榭[11]，　　　　　多层楼台造水榭，
临高山些[12]。　　　　　轩敞前临是高山。
网户朱缀[13]，　　　　　门上网格缀红色，
刻方连些[14]。　　　　　菱形雕纹串串连。
冬有突厦[15]，　　　　　冬时大屋能保暖，
夏室寒些。　　　　　　夏日房间可生寒。
川谷径复[16]，　　　　　山川溪谷相环绕，
流潺湲些[17]。　　　　　水声动人声潺潺。
光风转蕙[18]，　　　　　蕙风四溢风光好，
氾崇兰些[19]。　　　　　花香浮动溢丛兰。
经堂入奥[20]，　　　　　经过厅堂入深室，
朱尘筵些[21]。　　　　　红色地幕铺竹席。
砥室翠翘[22]，　　　　　石板为室翠羽翘，
挂曲琼些[23]。　　　　　精美玉钩挂墙壁。

————
　1　修门：修长高大的门，指郢都的城门。

　2　"工祝"句：工祝，祭祀中负责向神灵致词和转达神灵旨意

的巫。招,招引。君,楚王。

3　"背行"句:背行,倒退着走,古代表示恭敬的礼节。先,
先导。

4　"秦篝"句:秦篝(gōu),招魂用的灯笼。产于秦地。齐缕,
装饰灯笼用的线,产于齐地。

5　绵络:细线织成的罩灯笼的网。

6　"招具"句:招具,招魂用的工具,指上文提到的篝、缕等。
该备,齐备。

7　永啸呼:长长地呼喊。

8　像:画像,招魂时要将死者的画像挂在堂中。

9　邃:深幽。

10　"槛层"句:槛(jiàn),用栏杆围着。层轩,层层的堂屋。

11　"层台"句:层、累,重重叠叠。榭,建在台子上的亭子。

12　临:对着。

13　"网户"句:网户,带有网状格子的门。朱缀,用红的颜色
涂在格子上。

14　方连:连成串的菱形图案。

15　突(yào)厦:结构深邃的大屋。

16　"川谷"句:川谷,山川溪谷。径复,指川谷流水的曲折
萦回。

17　潺湲:流水声。

18　"光风"句：光风,阳光和风。转,摇动。

19　崇兰：丛生的兰草。

20　"经堂"句：堂,厅堂。奥,屋的深处。

21　"朱尘"句：朱尘,即红色的承尘,古代铺设在地上的幕布,犹如今天的红毯铺地。筵,竹席。

22　"砥室"句：砥(dǐ)室,用磨平的石板铺就的房子。翠翘,翡翠鸟尾上的长羽,用来装饰堂宇。一说用来掸灰尘。

23　曲琼：用美玉制成的钩,挂在墙上用来悬挂衣物帷帐。

翡翠珠被[1]，　　　　　　被绣翡翠与明珠,

烂齐光些[2]。　　　　　　灿烂光芒齐斗艳。

蒻阿拂壁[3]，　　　　　　细软缯绵遮四壁,

罗帱张些[4]。　　　　　　纱罗绸帐张屋间。

纂组绮缟[5]，　　　　　　五光十色丝织美,

结琦璜些[6]。　　　　　　珍琦玉璜莹泽闪。

室中之观[7]，　　　　　　房间摆设多奇观,

多珍怪些[8]。　　　　　　奇珍异宝叹观止。

兰膏明烛[9]，　　　　　　香脂华灯照白昼,

华容备些[10]。　　　　　　娇媚容颜一齐至。

二八侍宿[11]，　　　　　　二八佳人陪伴君,

射递代些[12]。　　　　　　更替值夜分班次。

九侯淑女[13]，	来自各国淑女，
多迅众些[14]。	数目多得难计。
盛鬋不同制[15]，	浓密黑发型各异，
实满宫些[16]。	宫室充满皆佳丽。
容态好比[17]，	仪态娇美不相让，
顺弥代些[18]。	倾城美色盖世奇。
弱颜固植[19]，	娇柔面容苗条身，
謇其有意些[20]。	脉脉含情都钟情你。

1　"翡翠"句：翡翠，鸟名。雄为翡，雌为翠。又指一种矿石。这里是说被上绣着翡翠鸟。珠被，被上还缀着珠玉。

2　齐光：鸟的色彩与珠光交相辉映。

3　"翡阿"句：翡(ruò)，柔软。阿，细缯，丝织品。拂壁，张在墙上，即墙帷。

4　"罗帱"句：罗，丝织品。帱(chóu)，帐子。

5　"纂组"句：纂(zuǎn)，红色的丝带。组，杂色的丝带。绮，有花纹的绸子。缟(gǎo)，白色的丝织品。

6　"结琦"句：琦，美玉。璜，半圆形的玉。

7　观：观看到的东西。

8　珍怪：珍贵而奇异。

9　"兰膏"句：兰膏，泛有香气的油脂。烛，照耀。

10 华容：华丽的容颜，指美人。

11 "二八"句：二八，十六个美女，古代乐舞八人为一列，二八
即两列。一说指十六岁女孩。侍宿，伺候过夜。

12 "射递"句：射，通"夜"，夜晚。递代，依次替换。

13 "九侯"句：九侯，九代表多数，即众多诸侯。淑女，好女，
指来自各诸侯国的美女。

14 迅众：迅通"洵"，超出；迅众即超群出众。

15 "盛鬋"句：盛鬋(jiǎn)，浓密的鬓发。制，发型的式样。

16 实满：充满。

17 好比：比，并；好比即一样的好。

18 "顺弥"句：顺，借作"洵"，确实，真的。弥代，举世无双。

19 "弱颜"句：弱颜，柔嫩的容颜。固植，侍立不去的意思。

20 有意：含情脉脉。

姱容修态[1]，	娇巧脸庞好仪态，
絙洞房些[2]。	填满洞房娇滴滴。
蛾眉曼睩[3]，	弯弯细眉滢滢眼，
目腾光些[4]。	目光流转神采溢。
靡颜腻理[5]，	细嫩面颊肤光滑，
遗视矊些[6]。	眼神流盼无限意。
离榭修幕[7]，	离宫别馆房帐中，

侍君之闲些[8]。　　　美女伴君恣嬉戏。

翡帷翠帐[9]，　　　翡翠鸟羽缀罗帐，

饰高堂些。　　　高高华堂美装饰。

红壁沙版[10]，　　　红色墙壁丹砂版，

玄玉梁些[11]。　　　屋梁镶嵌黑色玉。

仰观刻桷[12]，　　　仰看屋椽精雕刻，

画龙蛇些。　　　龙蛇飞动手工细。

坐堂伏槛[13]，　　　坐在堂中身伏栏，

临曲池些。　　　下临曲池水波碧。

芙蓉始发[14]，　　　荷花初开正娇娆，

杂芰荷些[15]。　　　荷叶翠绿映红颜。

紫茎屏风[16]，　　　紫色水葵迎风摆，

文缘波些[17]。　　　风吹水面起漪涟。

文异豹饰[18]，　　　武士豹皮裁制衣，

侍陂陁些[19]。　　　山坡山冈正警惕。

轩辌既低[20]，　　　带窗篷车都已到，

步骑罗些[21]。　　　步兵骑士皆肃立。

兰薄户树[22]，　　　丛丛兰花门前种，

琼木篱些[23]。　　　琼枝玉树围作篱。

魂兮归来！　　　灵魂啊，回来吧！

何远为些[24]？　　　远方怎比归故里？

1 "姱容"句：姱，美好。修，好。

2 "絙洞"句：絙（gèng），原指绳索，此处指美女交错周遍。洞房，即卧室。

3 "蛾眉"句：蛾眉，细长的眉毛。曼，柔美。睩（lù），目光转动。

4 腾光：指眼神明亮。

5 "靡颜"句：靡、腻，都是细腻的意思。理，皮肤的纹理。

6 "遗视"句：遗（wèi）视，目光流转。矊（mián），含情而视。

7 "遗榭"句：离榭，宫外的台榭。修幕，长大的帷幕。

8 "侍君"句：侍，陪侍。闲，闲暇时光。

9 翡帷翠帐：翡翠色的帷帐。一说绣着翡翠鸟的帷帐。

10 红壁沙版：红泥涂的墙壁，丹砂涂的户板、栏杆板。

11 玄玉梁：用黑色的玉装饰的屋梁。

12 桷（jué）：方的屋椽。

13 伏槛：伏在栏杆上。

14 芙蓉：荷花。

15 芰荷：荷花的一种，此处与芙蓉对举，专指荷叶。

16 屏风：水葵，水生植物，其茎紫色。

17 "文缘"句：文，水纹。缘，因。

18 文异豹饰：以豹皮为奇异装饰的武士。

19 "侍陂"句：侍，侍卫。陂（bēi），高坡。陁（tuó），山冈。这两句是说,君主游园,有穿着豹饰的武侍在山坡上护卫。

20　"轩辌"句:轩,有篷的车。辌(liáng),有窗户的卧车。
低,通"抵",到达。

21　步骑:步兵骑兵。

22　"兰薄"句:兰薄,丛生的兰花。户树,户外种植的树木。

23　"琼木"句:琼木,玉树,指名贵的树。篱,围上篱笆。

24　何远为些:即"远何为些"的倒文,意思是到远处去干
什么。

室家遂宗[1],　　　　　　　　家族乡里聚一起,

食多方些[2]。　　　　　　　　美食丰富又多样。

稻粢穱麦[3],　　　　　　　　大米小米早熟麦,

挐黄粱些[4]。　　　　　　　　掺入黄粱精米香。

大苦咸酸[5],　　　　　　　　大苦大咸又大酸,

辛甘行些[6]。　　　　　　　　甘苦杂陈任品尝。

肥牛之腱[7],　　　　　　　　肥牛蹄筋仔细煮,

臑若芳些[8]。　　　　　　　　绵软烂熟气味芳。

和酸若苦[9],　　　　　　　　放入调料酸和苦,

陈吴羹些[10]。　　　　　　　再上吴羹风味汤。

胹鳖炮羔[11],　　　　　　　鳖龟煮熟羔羊烤,

有柘浆些[12]。　　　　　　　新榨蔗汁味为上。

鹄酸臇凫[13]，	醋烹天鹅烧野鸭，
煎鸿鸧些[14]。	热油煎炸鸿和鸧。
露鸡臛蠵[15]，	烹鸡纯炖大海龟，
厉而不爽些[16]。	肉味浓烈胃不伤。
粔籹蜜饵[17]，	蜜米蒸出蜜糖糕，
有餦餭些[18]。	入口即溶有饴糖。
瑶浆蜜勺[19]，	美酒调上一点蜜，
实羽觞些[20]。	装满酒杯是羽觞。
挫糟冻饮[21]，	除去酒糟冬酿酒，
酎清凉些[22]。	入口醇醇真清凉。
华酌既陈[23]，	陈列雕花纹酒斗，
有琼浆些。	内装纯浓琼酒浆。

—— 1 "室家"句：室家，家族。遂宗，当为"术宗"。术，古代街道
　　称术；术宗即由街道连接的闾里宗族。

2 多方：多样。

3 "稻粢"句：粢（zī），稷的别名，小米。稻（zhuō），一种早熟
　　的麦。

4 "挐黄"句：挐（rú），掺杂。黄粱，一种味香的黄小米。

5 大苦：味极苦。

6 "辛甘"句：辛，辣味。甘，甜。行，用。

7　腱(jiàn)：筋头肉。

8　臑(ér)：煮烂。

9　"和酸"句：和，调和、调味。若，和、与。

10　吴羹：吴人作的羹，当时名贵的羹汤。

11　"腼鳖"句：腼(ér)，煮。炮，烤。

12　柘(zhè)："蔗"字的假借，即甘蔗。

13　"鹄酸"句：鹄(hú)酸，当为"酸鹄"之误。鹄，天鹅。臇(juǎn)，少汁的羹。凫(fú)，野鸭。

14　"煎鸿"句：鸿，雁。鸧(cāng)，水鸟名，像雁，苍黑色。

15　"露鸡"句：露，一种烹饪方法。臛(huò)，不加菜，纯粹用汤来煮。蠵(xī)，大海龟。

16　"厉而"句：厉，烈、浓烈。不爽，不伤胃口。

17　"粔籹"句：粔籹(jù nǚ)，用蜜和米面煎制出来的点心。蜜饵，蜜糖糕。

18　餦餭(zhāng huáng)：一种甜点心，即饴糖。

19　"瑶浆"句：瑶浆，美酒。勺，通"酌"，代指酒。

20　羽觞(shāng)：一种酒杯，鸟形状。

21　"挫糟"句：挫，压榨。糟，酒糟。冻饮，冬天酿制的酒。

22　酎(zhòu)：醇酒。

23　华酌：豪华的酒宴。

归返故室，	灵魂赶快回故居，
敬而无妨些[1]。	对你只有恭敬无损伤。
肴羞未通[2]，	美味佳肴未上齐，
女乐罗些。	女乐歌舞已开场。
陈钟按鼓[3]，	钟架摆好鼓已敲，
造新歌些[4]。	新制歌唱声悠扬。
涉江采菱[5]，	《涉江》与《采菱》，
发扬荷些[6]。	《扬荷》高歌唱。
美人既醉，	美人个个都沉醉，
朱颜酡些[7]。	酒晕泛红娇容颜。
娭光眇视[8]，	美目动人是斜睇，
目曾波些[9]。	微眇眸光波闪闪。
被文服纤[10]，	披琦绣衣轻罗细，
丽而不奇些[11]。	华丽大方不怪诞。
长发曼鬋[12]，	漆黑头发长鬋角，
艳陆离些[13]。	光彩艳丽如神仙。
二八齐容[14]，	十六佳人服饰一，
起郑舞些[15]。	郑地舞步起翩跹。
衽若交竿[16]，	衫襟交错似纤竹，
抚案下些[17]。	舞罢手足徐徐敛。
竽瑟狂会[18]，	竽瑟并作竞相吹，

摛鸣鼓些[19]。	鼓手填填敲鼓点。
宫庭震惊，	雄壮音乐摇堂屋，
发激楚些[20]。	《激楚》之曲响宫殿。
吴歈蔡讴[21]，	吴国歌曲蔡地谣，
奏大吕些[22]。	奏起大吕声飞旋。
士女杂坐，	男士女子夹杂坐，
乱而不分些[23]。	威仪礼法全抛闪。
放陈组缨[24]，	解下冠缨松束带，
班其相纷些[25]。	散落拉杂成一片。
郑卫妖玩[26]，	郑国卫国妖冶女，
来杂陈些。	纷然杂陈在华筵。
激楚之结[27]，	秀发编成新式髻，
独秀先些[28]。	时髦出众真不凡。

1 "敬而"句：敬，受到尊敬。妨，害。

2 "肴羞"句：肴羞，羞，通"馐"；肴羞，鲜美的菜肴。未通，即未遍，指肴馐还没上齐。

3 "陈钟"句：陈钟，陈设乐钟。按鼓，击鼓。

4 造：创作。

5 涉江、采菱：都是楚地的乐曲名。

6 "发扬"句：发，发声，歌唱。扬荷，楚地的乐曲名。

7　酡(tuó)：酒醉之后的红润面容。

8　"娭光"句：娭光，娭为"眸"的错字，眼眸发出的光芒。眇视，偷着看。

9　目曾波：眼神流转，如同层层水波；曾，通"层"。

10　"被文"句：文，指有花纹的衣裳。服，穿着。纤，指纤细柔软的丝织衣裳。

11　不奇：大方，不奇形怪状。

12　曼鬋：长长的鬓发。

13　陆离：光彩照人。

14　齐容：相同的服饰。

15　郑舞：来自郑国的舞蹈。

16　若交竿：舞女们曼舞回旋，衣襟如同交叉的竹竿。

17　"抚案"句：抚案，即收敛，舞毕收敛手足徐徐而退。案，按。下，退下。

18　"竽瑟"句：竽、瑟，都是乐器名。狂会，不同的乐器交相演奏。

19　搷(tián)："填"字的假借，形容鼓声。

20　激楚：楚地的乐曲，音调激昂。

21　吴歈(yú)蔡讴(ōu)：吴、蔡都是春秋时的国名；歈、讴都是曲调的意思。

22　大吕：乐调名，六律之一。

23　这两句是说,男女杂坐,不分礼节。

24　"放陈"句:放陈,即放散。组缨,衣带和帽缨。

25　"班其"句:班,坐次。纷,杂乱。

26　妖玩:指美女。

27　"激楚"句:激,感动,触发情绪。楚,楚国人。结,发髻。这句是说那些郑卫妖女的发式,很能动人。

28　秀、先:都是出色的意思。

菎蔽象棋[1],	玉制筹码象牙棋,
有六簙些[2]。	六簙对弈堪休闲。
分曹并进[3],	分成两组相竞进,
遒相迫些[4]。	对手之间争斗酣。
成枭而牟,	走成枭棋赢筹码,
呼五白些[5]。	大呼"五白"叫声喧。
晋制犀比[6],	晋造犀比赌具好,
费白日些[7]。	一玩上瘾度全天。
铿钟摇虡[8],	敲钟摇动挂钟架,
揳梓瑟些[9]。	手指拨动梓瑟弦。
娱酒不废[10],	欢乐沉醉无休止,
沉日夜些[11]。	日以继夜总沉湎。
兰膏明烛,	香兰脂膏做成烛,

华镫错些¹²。	华彩灯光照房间。
结撰至思¹³,	竭尽心志来构思,
兰芳假些¹⁴。	辞藻华美好诗篇。
人有所极¹⁵,	人人极尽情之思,
同心赋些¹⁶。	同赋诗章联成篇。
酎饮尽欢,	开怀畅饮纵情乐,
乐先故些¹⁷。	故旧新朋皆如愿。
魂兮归来!	灵魂啊,归来吧!
反故居些。	回到宁静安详旧家园。

1　"菎蔽"句:菎,"琨"字的假借,玉的一种。蔽,字应作"箶",下棋的竹制筹码。象棋,象牙做的棋子。

2　六簙(bó):又叫六博,古代的一种棋,用六个筹码十二个棋子,每人掌握六个棋子,两人对下,以决胜负。

3　曹:伙伴。

4　"遒相"句:遒,急迫。相迫,相逼迫。

5　"成枭"二句:这两句是写弈棋时双方争胜的情景。先秦时代的簙法已经失传,不可确考。据推测,二人对棋时,掷骰成彩,才得走棋,棋子走到一定的方位,便竖起来,叫做枭棋。双方的枭棋相对叫牟。五白,指五颗骰子形成的特彩,掷得五白便可以杀对方的枭棋,所以下棋的人在得到"五白"时要大呼小叫。

6　"晋制"句：晋制,晋地制造的赌博器具。犀比,赌胜负的彩注。

7　这两句是说,除六博之外,还有晋制犀比的赌博,很费时间,一玩就是一天。

8　"铿钟"句：铿(kēng),撞击。虡(jù),挂钟的木架。

9　"揳梓"句：揳(jiá),弹奏。梓瑟,梓木做的瑟。

10　"娱酒"句：娱酒,饮酒作乐。废,停止。

11　沉：沉溺的意思。

12　"华镫"句：华镫,镫即灯,华镫即华美的灯具。错,错落。

13　"结撰"句：结撰,构思诗文。至思,尽心思考。

14　"兰芳"句：兰芳,形容诗篇辞藻之美。假,即嘉,美好的。

15　人有所极：人人都竭尽所能。

16　赋：赋诗。

17　先故：故旧。

乱曰：

献岁发春兮[1],

汩吾南征[2],

绿蘋齐叶兮白芷生[3]。

路贯庐江兮左长薄[4],

倚沼畦瀛兮遥望博[5]。

尾声：

新年伊始春天到,

我急急忙忙往南奔,

绿蘋齐生新叶白芷嫩。

穿越过庐江旁的茂树林,

对着沼泽水田遥望旷无垠。

青骊结驷兮齐千乘[6]，　　　青马黑马齐驾车千乘，

悬火延起兮玄颜烝[7]。　　　燃起林火黑烟腾。

步及骤处兮诱骋先[8]，　　　随向导行追奔停捕猎竞驰骋，

抑骛若通兮引车右还[9]。　　或停或驰行止如意引转车头往

　　　　　　　　　　　　　　　右行。

与王趋梦兮课后先[10]，　　随君王狩猎梦泽要比出个先后，

君王亲发兮惮青兕[11]，　　王射幼兕亲自张大弓，

朱明承夜兮时不可以淹[12]。日与夜轮流交替啊时光前行不

　　　　　　　　　　　　　　　可停。

皋兰被径兮斯路渐[13]，　　高地兰草已把道路侵，

湛湛江水兮上有枫[14]。　　江水湛湛倒映红枫林。

目极千里兮伤春心[15]，　　千里春光眼望多伤情，

魂兮归来哀江南[16]！　　　魂灵回归啊哀婉动人江南景！

1　"献岁"句：献岁，进入新的一年。献，进。发春，开春。

2　"汩吾"句：汩（yù），走路很快的样子。吾，楚怀王之魂，
受招而南来。南征，南行。

3　"绿蘋"句：蘋（pín），水草。齐叶，叶子长得齐。白芷，
香草。

4　"路贯"句：贯，通，穿过。庐江，地名，即今湖北襄阳宜
城界内的潼水。怀王死于北方，其魂归南楚要经过此江。

长薄,草木丛生的大泽。这两句是承"南征"而言,由北向南,循着水路前进,水的两边,向右有一条可以贯通庐江的横路,左边是林薄相依的大泽。

5 "倚沼"句:倚,靠近。沼,水塘。畦,成块的田。瀛(yíng),大泽。博,广阔无边,指旷野。

6 "青骊"句:青,青色的马。骊,黑色的马。驷,四匹马,古代由四匹马驾一辆车。齐千乘,千乘齐发,古代一辆车叫一乘。此句以下,写怀王魂灵归楚后,为招待他(魂灵)而举行盛大的射猎活动。

7 "悬火"句:悬火,古代打猎时焚烧林泽驱赶动物。延起,火焰绵延。玄颜,黑色的烟气。烝,火气上升。

8 "步及"句:步,步行。及,追赶。骤,奔驰。处,留处。这一句是四字并列的结构,用四个动词描述猎场的情景。诱,引导,这里指向导。骋先,驰骋于先。

9 "抑骛"句:抑,发语词。骛,奔驰。若,顺。通,通畅。这句是描写打猎者进止自如。右还,向右转。

10 "与王"句:王,指楚怀王。趋,急走。梦,梦泽,即云梦泽,古代湖名。课,考察。后先,谁先谁后。古代狩猎要考核成绩,以其优劣作为选拔士卒的标准。此句这样说,是表明怀王魂灵已经在召呼下返回。

11 "君王"句:亲发,亲自射击。惮(dàn),小心,戒惕。

据记载,楚国有一种迷信,射杀幼兕的人不出三月也会丧命,此句是提醒君王亲自射杀猎物时遇到青兕要小心。一说,惮为"殚"字的假借,击毙的意思。青兕(sì),古代犀牛一样的野兽;青兕即幼兕。

12 "朱明"句:朱明,太阳。承,承接。淹,久留。这两句是说时光过得很快。

13 "皋兰"句:皋兰,水边生的兰草。被,覆盖。渐,淹没。

14 湛(zhàn)湛:水清的样子。一说水深。这两句是说,时间流逝很快,有催促怀王魂归之意。

15 伤春心:看见春色而使内心更加伤悲。

16 哀江南:可悲哀的江南。"皋兰"以下几句都是怀王魂灵的眼中光景和心中情感。

———

此篇作品在篇章体制上无疑遵循了楚地招魂的习俗,那就是外陈四方之恶,内崇楚国之美。在这样的规矩下,诗以夸张之调渲染了四方的险恶;以生花之笔,铺陈了楚国的宫室亭台、歌舞声乐以及美食、美女的奢华等等。

后一点,在正统之士看来有些刺眼,如刘勰在其《文心雕龙·辨骚》中就以"诡异"、"谲怪"讥刺此篇之铺叙,以"荒淫之意"斥责此篇之内容。其实,"诡异"、"谲怪"正是此篇的语言和风调上的特点;至于"荒淫"的指责,也是无视"招魂"的修辞策略才有的偏见。

　　当然无意间也暴露了楚国上层生活的奢靡，但不是诗人的目的。

　　同理，自来也颇有一些学者将篇中奢华场景的描述，视为作家的"讽谏"变法，也未免求之过深。

　　诗篇给人印象深刻的是四方与楚国对比的分明；还有，就是篇章开头、结尾部分与中间情绪颇显激扬的描述之间，是有着节奏上的缓急差别的，这也形成了对比。

　　最后两句"哀江南"的句子，更是凄美无比，令人过目成诵。

吊屈原赋

《吊屈原赋》，西汉贾谊所作。

汉景帝时贾谊曾为太中大夫，受到当时一批老臣的排挤，外放为长沙王的太傅。渡过湘水时，感于自己与屈原相似的遭遇，作《吊屈原赋》。

赋中作者在伤悼屈原的同时，也对这位前辈的不忍离开楚国表示了不理解。

可能是因为这一点，东汉王逸《楚辞章句》不选，到南宋时朱熹作《楚辞集注》才将其补入。

恭承嘉惠兮俟罪长沙[1]，　　敬受皇帝恩惠令我待罪长沙，

仄闻屈原兮自湛汨罗[2]，　　闻说屈原自沉在汨罗，

造托湘流兮敬吊先生[3]。　　特意托湘水悼祭先生。

遭世罔极兮乃陨厥身[4]，　　遇上这倒霉时代就丧了命，

呜呼哀哉逢时不祥！　　呜呼哀哉遭遇的世道真叫凶！

鸾凤伏窜兮鸱枭翱翔[5]。　　凤凰隐匿啊鸱枭在翱翔。

阘茸尊显兮谗谀得志[6]，　　平庸杂碎们谄媚得志显贵，

贤圣逆曳兮方正倒植[7]。　　贤圣境遇不顺方正被倒置。

谓随夷溷兮谓跖蹻廉[8]，　　说随、夷昏庸盗跖、庄蹻廉，

莫邪为钝兮铅刀为铦[9]。　　莫邪钝剑铅刀锋利光闪闪。

于嗟默默生之亡故兮[10]，　　叹息这昏聩世道先生无辜，

斡弃周鼎宝康瓠兮[11]。　　抛弃周鼎反把破瓦盆当宝贝。

腾驾罢牛骖蹇驴兮[12]，　　让疲牛驾车让瘸驴拉套，

骥垂两耳服盐车兮[13]。　　让骏马负重盐车累得两耳垂。

章父荐屦渐不可久兮[14]，　　把礼帽垫鞋底很快会磨烂，

嗟苦先生独离此咎兮[15]！　　悲叹先生偏偏独遭此灾难！

----

1 "恭承"句：恭承，敬受，承受。嘉惠，恩惠，指皇帝的指令。俟罪，待罪。贾谊由于被贬至长沙，所以说俟罪。

2 "仄闻"句：仄闻，即传闻。仄，通"侧"，是一种谦虚的说法。湛，沉。汨(mì)罗：水名，发源于湖南、江西交界山地，流

经湖南东北部入洞庭湖。

3　"造托"句：造，往，到。敬吊，恭敬地凭吊。

4　"遭世"句：罔（wǎng）极，变化无常。陨（yǔn），同"殒"，牺牲。厥，其，他的。

5　"鸾凤"句：伏窜，隐藏。鸱枭（chī xiāo），即猫头鹰。古人认为它是不祥之鸟。

6　"阘茸"句：阘茸（tà róng），细小而杂乱的样子，这里指没有才能的小人。尊显，尊贵，显要。谗谀，专门诽谤谄媚的小人。

7　"贤圣"句：逆曳（yè），不顺的意思。方正，指正直的人。倒植，即倒置。

8　"谓随"句：随，卞随，夏代的贤者。《史记·伯夷列传》记载，商灭夏以后，要把天下让给他，他不接受，结果投水自杀。夷，伯夷，殷代的贤士，孤竹国君的长子，因为反对周武王灭殷，不食周粟而饿死。溷（hùn），混浊。跖（zhí），即盗跖。蹻（qiāo），即庄蹻。前者为春秋鲁国人，后者为战国楚国人，都是古人眼中的江洋大盗。

9　"莫邪"句：莫邪，吴国制造的名剑。铅刀，铅制的刀，不锋利。铦（xiān），锋利。

10　"于嗟"句：于嗟，吁嗟，感叹词。默默，昏聩的样子。生，先生的略称，指屈原。亡故，无故遭祸；亡，通"无"，故，即"辜"。

11 "斡弃"句:斡(wò)弃,斡,转;斡弃,转而抛弃。周鼎,周朝的宝鼎。康瓠(hù),即葫芦瓢;康,空。

12 "腾驾"句:腾,飞奔。罢(pí),疲。骖,用作动词,在两边拉车。蹇驴,瘸腿驴。

13 "骥垂"句:骥,骏马。垂两耳,形容乏力的样子。服,驾车。盐车,载盐的车。骏马善跑,却让它负重盐车,是屈才的意思。

14 "章父"句:章父,即章甫,殷代式样的冠。荐,垫。屦(jù),用麻做的鞋。渐,消损。帽子原应戴在头上,可是却用它来垫脚。比喻上下颠倒,贤愚倒置。

15 "嗟苦"句:苦,使先生受苦。离,遭遇。咎,罪,苦难。

讯曰[1]:

已矣[2]!

国其莫吾知兮[3],

子独壹郁其谁语[4]?

凤缥缥其高逝兮[5],

夫固自引而远去[6]。

袭九渊之神龙兮[7],

沕渊潜以自珍[8]。

偭蟂獭以隐处兮[9],

尾声:

算了吧!

国家没人能了解我,

您一个人郁闷又对谁诉说?

凤凰飘飘高飞远方,

本就该避开去远行。

藏在深渊中的神龙,

潜藏勿见就为着自我珍重。

背弃蟂獭隐居深渊里,

夫岂从虾与蛭蟥[10]？	它岂能与蚂蟥蚯蚓相过从！
所贵圣之神德兮[11]，	圣贤的神德最可贵，
远浊世而自臧[12]。	避开浊世自己去独善。
使麒麟可系而羁兮[13]，	假使麒麟也可以捆起来，
岂云异夫犬羊？	那怎会与猎狗绵羊不一般？
般纷纷其离此邮兮[14]，	遭遇这些乱七八糟的祸乱，
亦夫子之故也[15]！	也要从您自己身上找因缘！
历九州而相其君兮[16]，	应该走遍九州后再选择君主，
何必怀此都也[17]？	又何必苦苦系念这楚国都？
凤凰翔于千仞兮[18]，	凤凰高飞千仞上，
览德辉而下之[19]；	看见德政光辉才肯降落；
见细德之险征兮[20]，	看见险恶征象出苗头，
遥增翮而去之[21]。	马上振翅高飞远远躲。
彼寻常之污渎兮[22]，	一丈来长的窄水沟，
岂容吞舟之鱼[23]！	哪容得下吞舟的大鱼？
横江湖之鳣鲸兮[24]，	江湖中横行的鳣鱼和鲸鱼，
固将制乎蝼蚁[25]。	沦落水沟当然要受蝼蚁欺！

1　谇（suì）曰：即《离骚》之"乱曰"，尾声。《史记》作"讯曰"。

2　已矣：罢了。

3　莫吾知：是"莫知吾"的倒装，没有人知道我。

4　"子独"句：子，指屈原。壹郁，郁闷烦恼。

5　"凤缥"句：缥缥，字同"飘飘"，轻快飞翔的样子。高逝，高飞而去。

6　引：一作"缩"，躲避的意思。

7　"袭九"句：袭，深藏。九渊，深渊。

8　"汨渊"句：汨（mì），深藏的样子。渊，一本作"深"。潜，潜伏。自珍，自我珍爱。

9　"偭蟂"句：偭（miǎn），背弃。蟂獭（xiāo tǎ），都是食鱼的水生动物。

10　"夫岂"句：蛭（zhì），蚂蟥。蟥（yǐn），蚯蚓。

11　神德：非凡的德操。

12　自臧：独善其身的意思。

13　"使麒"句：使，假使。麒麟，古代传说中的一种动物，形状似鹿头上有角，全身有鳞甲，有尾，是瑞兽。系、羁，束缚。

14　"般纷"句：般，通"斑"。斑纷纷，纷乱的样子。离，罹，遭遇。邮，通"尤"，罪过。

15　夫子：指屈原。

16　历：经历。

17　此都：指郢都，亦即楚国。

18　仞：八尺为仞。

19　德辉：有德行的美誉。

20　"见细"句:细德,苛细的行为,即小人之行。险征,险恶的征象。

21　"遥增"句:遥,即摇。增翮(hé),增,同"层";翮,翅膀;摇层翮即摆动翅膀飞走。

22　"彼寻"句:寻常,八尺为寻,十六尺为常。污,积水。渎(dú),小水沟。

23　吞舟之鱼:能吞下舟船的鱼,即特大的鱼。

24　"横江"句:横,横行。鳣(zhān),鳇鱼,无鳞,长四五米。鲸:鲸鱼。《史记》录此赋字作"鲟(xún)"。

25　"固将"句:制,受摆布。蝼,蝼蛄。

屈原的遭遇在后代士人群体中引起了持久的共鸣,此篇即是这样共鸣的篇章。

篇章可以分为两部分,前半部分简述屈原的遭遇,后半部分则表达自己对屈原遭遇的理解。

表面看,贾谊以为屈原的最终自杀,是不高明的,他应该像凤凰那样高举远行,否则就只有被蝼蚁制服了。

这其中龙的"沕渊潜以自珍"之句,更像是贾谊以龙的能屈能伸、可用可藏,对屈原不肯离开楚国的固执表达批评。

其实这不过是一种故作跌宕的修辞手法,其真意不过是说,在政治浑浊的世界,一个人的死亡根本就是白白牺牲,没有谁会在意的。

如此,后半部分对屈原的不以为然,就是作品表达愤激的一种方式:说"风凉话",不过是对屈原特别是作者自己所处世界表达无奈的愤激。

诗篇以相对短小的篇幅表现深厚的情感,体制上是出了新的。

招隐士

《招隐士》，西汉淮南小山作。

淮南王刘安广招门客，这些人或为其写作篇章，或为其制作辞赋；有的称为小山，有的称为大山。此赋即"小山之徒"所作，具体何人，已经无从考察了。

关于篇章题旨，有两说较为可取：一说是为淮南王刘安招纳那些山中隐士的，一说是淮南王刘安为争夺西汉皇位继承权去京城活动，他的门客招他返回的。

桂树丛生兮山之幽[1]，　　　深山幽处丛丛生桂树，
偃蹇连蜷兮枝相缭[2]。　　　卷曲牵连枝叶相纠缠。
山气笼苁兮石嵯峨[3]，　　　山石嵯峨郁郁云气山头缭绕，
溪谷崭岩兮水曾波[4]。　　　溪水撞击岩石激起层层波涛。
猿狖群啸兮虎豹嗥[5]，　　　猿狖聚吼虎豹在长啸，
攀援桂枝兮聊淹留[6]？　　　攀桂枝是否只是暂停留？
王孙游兮不归[7]，　　　　　王孙进山久不归，
春草生兮萋萋[8]。　　　　　如今山外到处是芳草。
岁暮兮不自聊[9]，　　　　　一年将尽山居应无聊，
蟪蛄鸣兮啾啾[10]。　　　　蟪蛄哀声也在啾啾叫。
块兮轧[11]，山曲第[12]，　山势不平，山路曲折，
心淹留兮恫慌忽[13]。　　　想到居此神思恍惚心不安。
罔兮沕[14]，憭兮栗[15]，　恍惚颤抖啊，
虎豹穴[16]。　　　　　　　这是虎豹的穴居。
丛薄深林兮[17]，　　　　　幽密深林杂草生，
人上栗[18]。　　　　　　　登此如何不恐惧！

1　"桂树"句：桂树，桂花树。以桂树的芳香比喻隐士的高洁。
山之幽，山的幽隐之处。

2　"偃蹇"句：偃蹇，桂树曲折的样子。连蜷(quán)，一作连卷，树枝盘曲的样子。缭，纠结缠绕。

3　"山气"句：山气，山中云雾之气。苁苁(lóng zōng)，山气浓郁的样子。嵯峨(cuó é)，山势高峻的样子。

4　"溪谷"句：溪谷，山涧。崭岩，同"巉岩"，山石险峻。曾，即"层"。层波，水势湍急层叠的样子。

5　狖(yòu)：一种黑色的长尾猿。

6　"攀援"句：聊，姑且。淹留，停留，滞留。

7　王孙：对人的尊称，与公子、君子的意思相近，此处指文中所招之隐士。

8　萋(qī)萋：草茂盛的样子。

9　"岁暮"句：岁暮，一年到了尽头，表示时序渐晚。不自聊，即无聊。

10　蟪蛄(huì gū)：蟪蛄，昆虫的一种，秋天鸣叫。

11　块轧(yǎng yà)：地势高低不平的样子。

12　曲崥(fú)：山势曲折的样子。

13　"心淹"句：恫(dòng)，恐惧。慌忽，同"恍惚"，心神迷离不安的样子。

14　罔沕(wǎng wù)：惘惚，忧愁。

15　憭(liáo)栗：心中恐惧；栗，战栗。

16　穴：穴居。

17　丛薄：草木丛生之处。

18　人上栗：人登上此山就会战栗。

嵚岑碕礒兮碅磳磈硊[1]，	怪石嶙岣高低不平阴森森，
树轮相纠兮林木茷骫[2]。	树木缠结枝干盘曲丫叉叉。
青莎杂树兮薠草霍靡[3]，	青莎草杂生薠草随风披，
白鹿麚麑兮或腾或倚[4]。	白鹿獐子雌雄夹杂跳或倚。
状皃崟崟兮峨峨[5]，	状貌峨峨又峥嵘，
凄凄兮漇漇[6]。	毛色幽幽又漆漆。
猕猴兮熊罴[7]，	猕猴啊熊罴，
慕类兮以悲[8]。	各唤同类声悲摧。
攀援桂枝兮聊淹留。	攀援着桂枝只能姑且住。
虎豹斗兮熊罴咆[9]，	虎豹搏斗啊熊罴咆哮，
禽兽骇兮亡其曹[10]。	禽兽惊恐失群逃。
王孙兮归来，	王孙啊，归来哟，
山中兮不可以久留[11]。	山中啊实在不宜久留。

---

1 "嵚岑"句：嵚(qīn)岑，一作嵚嵯(yín)，山高而险的样子。碕礒(qí yǐ)，山石高危貌。碅磳(jūn zēng)，高耸的样子。磈硊(wěi wěi)，山石高险。此句极言山中环境之险恶。

2 "树轮"句：树轮，轮，盘曲，树轮即树干曲折互相纠结。茷骫(bá wěi)，枝叶茂盛盘曲的样子，联绵词。

3 "青莎"句：莎(suō)，多年生草本植物，开黄褐色小花。树，竖立。薠(fán)，草名，似莎而大。霍靡(huò mí)，草随风披拂的样子。

4 "白鹿"句:麔(jūn),獐子。麚(jiā),雄鹿。倚,倚靠着(休息)。

5 "状兒"句:兒(mào),同"貌"。崟(yín)崟、峨(é)峨,均指高耸的样子。

6 凄凄、漇(xǐ)漇:毛色光润的样子。

7 "猕猴"句:猕(mí)猴,猴子的一种。罴(pí),熊的一种。

8 慕类以悲:野兽悲鸣以呼唤同类。

9 咆(páo):猛兽怒吼。

10 "禽兽"句:骇(hài),惧怕。亡,失。曹,类。"亡其曹"即禽兽因受惊奔散而失群的意思。

11 "王孙"两句:召唤隐士早日归来。

———

此篇的主题既然是召唤那些山中隐士前来,其笔触重点就放在描绘渲染山中之境的奇崛险恶、不宜人居之上。

山中的艰危,与笔法的惊警奇倔是相得益彰的。

其中,多用联绵字突出山中令人惊悚的光景,也收到了很好的效果。

全篇气象雄奥,颇能突破屈、宋旧体而别出新调,有相当高的成就。